KB164508

리틀 아이즈

KENTUKIS
by Samanta Schweblin

리틀 아이즈

사만타
슈웨블린

SAMANTA
SCHWEBLIN

엄지영 옮김

LITTLE EYES

창비
Changbi Publishers

시동을 걸기 전에
모든 사람이
위험 범위에서
벗어났는지 확인하세요.

『안전 매뉴얼』
JCB 백호 로더*

저기, 별들 사이에 있을지도 모르는
다른 세계에 대해서,
다른 인간들에 대해서,
다른 삶들에 대해서
우리에게 말해주시겠어요?

『어둠의 왼손』
어슐러 K. 르 귄

* JCB(Joseph Cyril Bamford Excavators Ltd.)는 건설 및 농업용 중장비를 주로 제조하는 영국 업체이며, 백호 로더(Backhoe Loader)는 앞쪽에는 적재용 버킷이, 뒤쪽에는 굴삭 도구가 달린 트랙터를 가리킨다.

차례

일러두기

1. 이 책은 Samanta Schweblin, *KENTUKIS*(Literatura Random House 2018)를 번역 저본으로 삼았다.
2. 본문 중의 각주는 옮긴이의 것이다.
3. 본문 중의 고딕체는 원서에서 이탤릭체로 강조한 부분이다.

그들이 처음 한 짓은 자기 가슴을 보여주는 것이었다. 그들 셋은 침대 가장자리에 걸터앉아 카메라를 보면서 티셔츠를 벗고 차례차례 브래지어를 풀었다. 로빈은 딱히 보여줄 것이 없었지만, 게임 그 자체보다 카티아와 에이미의 눈치가 보여 어쩔 수 없이 따라 했다. 언젠가 두 사람은 로빈에게 이런 말을 한 적이 있다. 사우스벤드*에서 살아남으려면 강한 애들이랑 어울려야 돼.

카메라는 인형의 눈에 달려 있었는데, 동물 모양을 한 이 인형은 밑바닥에 바퀴 세개가 숨겨져 있어서 빙글빙글 도는가 하면 앞뒤로 움직이기도 했다. 누군가가 다른

* 미국 인디애나주 북부에 자리한 도시. 대학과 미식축구로 유명하다.

곳에서 인형을 조종하고 있었지만, 그들로서는 그가 누군지 알 도리가 없었다. 얼핏 보기에 엉성한 판다처럼 생긴 이 인형은 사실 제대로 설 수 있도록 한쪽 끝을 잘라낸 럭비공과 비슷한 형태였다. 카메라 저편에 있는 사람이 누구인지는 몰라도, 그가 세 아이의 일거수일투족을 하나도 빠짐없이 지켜보려 했기에 에이미는 자기들의 가슴이 잘 보이도록 판다 인형을 들어 의자 위에 올려놓았다. 그 인형은 원래 로빈의 것이지만, 로빈이 가진 물건은 모두 카티아와 에이미의 것이기도 했다. 그것이 그들 셋이 금요일에 피로 맺은 약속이었고, 그로써 세 사람은 평생 함께 하기로 굳게 다짐한 터였다. 이제 작은 의식을 치르듯 각자 장기 자랑을 해야 했기에 그들은 다시 옷을 입었다.

에이미는 인형을 바닥에 내려놓은 뒤 주방에서 가져온 양동이를 인형에 뒤집어씌웠다. 그러자 양동이는 정신이 나간 듯 방 안을 이리저리 돌아다니기 시작했다. 바닥에 널려 있던 공책과 신발, 옷가지 등에 부딪치자 더욱 조바심을 내는 것 같았다. 에이미가 일부러 흥분한 것처럼 거친 숨과 신음을 토해내기 시작하자, 갑자기 양동이가 멈춰섰다. 카티아도 이에 합세해서, 둘은 함께 깊고도 황홀하게 지속되는 오르가슴을 느끼는 척했다.

“이건 네 장기 자랑에 포함되지 않으니까 그렇게 알아.” 다들 간신히 웃음을 멈추자마자 에이미가 정색하며 카티아에게 말했다.

"당연하지." 카티아는 그렇게 대꾸하고 방에서 뛰쳐나갔다. "다들 준비해!" 그녀가 복도로 나가면서 소리쳤다.

이런 게임을 할 때마다 로빈은 마음이 편치 않았다. 물론 자유분방하게 살아가는 에이미와 카티아가 부럽긴 했다. 그들은 남자아이들 이야기도 아무 거리낌 없이 내뱉었고, 어떻게 하는지 몰라도 머리에서는 항상 향긋한 냄새가 풍겼을 뿐 아니라 손톱은 하루 종일 매니큐어로 반짝거렸다. 하지만 게임이 좀 심해진다 싶을 때마다 로빈 머릿속엔 저들이 자기를 시험하는 건지도 모른다는 생각이 들곤 했다. 이 '무리'—그들은 그 모임을 그렇게 불렀다—에 마지막으로 합류한 로빈으로서는 그저 그들과 어깨를 나란히 하기 위해 열심히 노력할 따름이었다.

카티아는 가방을 들고 방에 돌아오더니, 양동이 앞에 앉아 판다를 풀어주었다.

"잘 봐." 그녀가 카메라를 응시하며 말하자 인형이 눈으로 그녀를 좇았다.

로빈은 저 인형이 자기들의 말을 알아듣는지 궁금했다. 전부 알아듣는 것 같긴 했다. 더구나 그들은 세상 사람들이 다 쓰는 영어로 이야기를 하지 않는가. 어쩌면 사우스벤드처럼 따분한 곳에서 태어나 유일하게 좋은 점이 있다면, 그건 영어를 할 수 있다는 것일지도 몰랐다. 시간조차 제대로 물어보지 못하는 외국인과 마주칠 가능성은 여전히 남아 있지만 말이다.

카티아는 가방을 열고 체육 수업 앨범을 꺼냈다. 에이미가 박수를 치며 고함을 질렀다.

"그 개 같은 년 사진 가져온 거야? 저 인형한테 보여주려고?"

카티아가 고개를 끄덕이고는 입술 사이로 혀끝을 살짝 내민 채 앨범을 열심히 넘기며 무언가를 찾았다. 찾던 여자아이의 사진이 나오자, 카티아는 인형 앞에 앨범을 펼쳐 들었다. 로빈도 목을 빼고 사진을 보았다. 수전이었다. 생물 수업을 같이 들었는데, 좀 이상한 아이였다. 무리는 장난삼아 그 아이를 괴롭히곤 했다.

"이년 별명이 '왕궁둥이'야." 카티아가 두어번 입술을 삐죽거렸다. 아주 못된 짓을 저지를 때마다 하는 행동인데, 그들 무리에 들어가려면 그런 행동을 따라 해야만 했다. "이걸 가지고 어떻게 공돈을 버는지 보여주지." 카티아가 카메라를 보며 말했다. "야, 로빈. 내가 저기 있는 분에게 시범을 보이는 동안 앨범 좀 들고 있어줄래?"

로빈이 곁으로 다가가 앨범을 들었다. 에이미는 궁금하다는 듯 지켜보고 있었다. 사실 에이미도 카티아의 속셈을 전혀 알아차리지 못한 터였다. 카티아는 자기 휴대전화를 뒤지더니 동영상을 찾아내 인형의 눈앞에 화면을 갖다댔다. 동영상 속에서 수전이 스타킹과 팬티를 내리고 있었다. 학교 화장실 칸 뒤쪽 바닥에 놓고 촬영한 것 같았다. 영상의 각도로 보아 아마 화장실 휴지통과 벽 사이에 숨겨놓았던 듯했다. 영상에서 갑자기 방귀 소리가 나자 세 아이는 배꼽을 잡고 웃으며 소리를 질렀다. 일을 본 수전은 자리에서 일어나 자기 배설물을 슬쩍 확인한 뒤 줄을 당겼다.

"저래 봬도 부잣집 딸이야." 카티아가 말했다. "일단 돈을 뜯어내면 너하고 우리하고 절반씩 나눠 갖기로 하자고. 문제는, 우리가 더이상 저년을 협박할 수 없다는 거야. 학교에서 우린 이미 요주의 인물로 찍혀 있거든."

이게 다 무슨 소리인지 로빈으로서는 알 수가 없었다. 하긴, 무리가 로빈만 빼놓고 이렇게 심한 짓을 저지른 게 이번이 처음도 아니긴 했지만. 어쨌든 카티아 다음은 로빈 차례인데, 그녀는 뭘 할지 아무 생각도 들지 않았다. 긴장한 탓에 절로 손에 땀이 났다. 카티아는 공책과 연필을 꺼내 뭔가를 끄적거렸다.

"자, 이건 왕궁둥이의 이름, 전화번호, 집 주소, 그리고 이메일 주소야." 그녀가 종이쪽지를 사진 옆에 나란히 놓았다.

"그런데 저 친구가 우리 몫의 돈을 어떻게 준다는 거야?" 에이미가 카메라를 향해 윙크하면서 카티아에게 물었다.

카티아는 선뜻 대답하지 못하고 우물쭈물 망설였다.

"우리는 쟤가 누군지도 모르잖아." 에이미가 말했다. "그래서 쟤한테 우리 가슴도 보여준 거고. 안 그래?"

카티아는 도와달라는 눈빛으로 로빈을 쳐다보았다. 로빈이 이 무리의 중재자로 부각된 아주 짧은 순간이 지나가고, 곧 카티아와 에이미 사이에 싸움이 붙었다.

"그러니까, 저 남자가 우리한테 어떻게 돈을 보내주냐고. 응?" 에이미는 계속 빈정거리며 잔소리를 해댔다.

"좋은 방법이 있어." 로빈이 말했다.

카티아와 에이미는 놀란 눈으로 서로를 쳐다보았다.

이제 로빈의 차례였다. 잘만 하면 장기 자랑의 위기를 모면할 수 있을 터였다. 판다 인형도 궁금한지 그녀 쪽으로 몸을 돌렸다. 로빈은 앨범을 내려놓고 옷장으로 가서 서랍을 뒤지더니 위저 보드*를 가지고 와 바닥에 펼쳤다.

"이 위로 올라와." 로빈이 말했다.

인형이 보드 쪽으로 움직였다. 바닥에 달린 세개의 플라스틱 바퀴가 가장자리를 가뿐히 타고 넘어 보드 위에 안착했다. 녀석은 뭔가를 알아보려는 듯이 알파벳 글자판 위를 이리저리 돌아다니기 시작했다. 인형의 몸이 글자보

* Ouija board. '예'를 의미하는 프랑스어 'oui'와 독일어 'ja'를 결합한 말로, 영혼과 대화할 수 있다는 심령술 판을 가리킨다. 보드 위에는 알파벳이 아치형으로 배열되어 있다.

다 커서 약간 삐져나오기는 했지만, 아이들은 그가 무슨 글자를—바퀴 사이에 가려진 글자—가리키는지 금방 알 수 있었다. 이윽고 인형이 아치 모양의 글자판 아래로 가서 멈춰섰다. 위저 보드를 어떻게 사용하는지 분명하게 이해한 것 같았다. 에이미와 카티아가 집에 간 다음 이 인형과 단둘이 남게 되면 뭘 어떻게 해야 할지 로빈은 막막하기만 했다. 녀석에게 자기 가슴을 보여준데다, 이젠 의사소통하는 방법까지 가르치고 있지 않은가.

"대단한걸." 에이미가 말했다.

그 말을 듣자 로빈은 저도 모르게 입꼬리가 올라가며 미소 지었다.

"우리 셋 중에서 누구 가슴이 가장 예쁜 것 같아?" 카티아가 물었다.

인형이 재빨리 보드의 글자판을 향해 움직였다.

ㄱㅡㅁㅂㅏㄹ

카티아는 당연한 결과라는 듯 자랑스럽게 웃었다.

왜 여태 위저 보드 쓸 생각을 못했지? 로빈은 의아한 생각마저 들었다. 방을 제멋대로 이리저리 돌아다니는 저 인형과 함께 지낸 지도 벌써 일주일이 넘었다. 방법만 미리 알았더라도 로빈은 그와 차분히 대화를 나눌 수 있었을 것이다. 어쩌면 그는 특별한 사람, 그러니까 첫눈에 반할 만큼 멋진 소년일지도 몰랐다. 어차피 지금은 에이미와 카티아를 끌어들이는 바람에 모든 걸 망쳐버리고 말았지만.

"아까 왕궁둥이 얘기 있잖아. 어때, 해볼 생각 있어?" 카티아가 다시 한번 수전의 사진을 보여주면서 물었다.

그때 인형이 글자판 위를 움직이기 시작했다.

ㄱㅐㄱㅏㅌㅇㅡㄴㄴㅕㄴㄷㅡㄹ

로빈은 눈살을 찌푸렸다. 비록 자기들이 욕을 먹어 마땅하다 해도—지금 그들이 얼마나 못된 짓을 하고 있는지는 자신도 잘 알았으니까—왠지 마음이 아팠다. 카티아와 에이미는 서로 얼굴을 마주 보며 자랑스러운 듯이 웃고는 녀석을 향해 혀를 날름 내밀었다.

"말하는 투가 너무 상스럽다." 에이미가 말했다. "그럼 저 신사분이 또 어떤 말을 하는지 한번 볼까?"

"우리한테 더 할 말 있나요, 나의 딜도* 씨?" 카티아는 육감적으로 입술을 내밀며 유혹이라도 하듯 손으로 키스를 날렸다. "우리가 어떻게 하면 좋겠니?"

* 여성용 자위 기구.

ㄴㅓㅎㅡㅣㄴㅡㄴ

세 아이는 인내심과 집중력을 가지고 인형을 지켜보았다.

ㄴㅐㄱㅔㄷㅗㄴㅇㅡㄹㅈㅜㄹㄱㅓㅅㅇㅣㄷㅏ

셋은 서로의 얼굴을 쳐다보았다.

ㄴㅗㄱㅎㅗㅏㄷㅗㅣㄴㄱㅏㅅㅡㅁㅎㅏㄴㅉㅗㄱㅇㅔ400ㅊ
ㅗㅇ2400ㄷㅏㄹㄹㅓ

에이미와 카티아가 잠시 서로를 쳐다보더니 동시에 웃음을 터뜨렸다. 로빈은 티셔츠를 있는 힘껏 잡아비틀면서 억지웃음을 지었다.

“누구한테서 돈을 받을 건데?” 에이미가 다시 티셔츠를 올리는 시늉을 하며 물었다.

ㄷㅗㄴㅇㅡㄹㅈㅜㅈㅣㅇㅏㄴㅎㅇㅡㅁㅕㄴㄱㅏㅅㅡㅁㅇㅕㅇ
ㅅㅏㅇㅅㅜㅈㅓㄴㅇㅔㄱㅔㅇㅣㅁㅔㅇㅣㄹ

그날 처음으로 에이미와 카티아의 표정이 심각해졌다.

로빈은 대체 누구 편을 들어야 할지 마음을 정할 수가 없었다. 어쩌면 이 인형은 정의의 수호자가 아닐까?

“원한다면 아무한테나 보여줘도 괜찮아.” 에이미가 말했다. “어차피 이 도시에서 우리만큼 멋진 가슴을 가진 여자는 없으니까. 창피할 거 하나도 없지.”

로빈은 그 우리에 자신은 포함되지 않는다는 것을 알고 있었다. 에이미와 카티아가 서로 손바닥을 마주쳤다. 그때 인형이 글자판 위를 쉴 새 없이 이리저리 움직이기 시작했다. 로빈은 인형이 만들어내는 문장을 간신히 읽어냈다.

ㄴㅏㄴㅡㄴㄸㅗㅇㅆㅏㄴㅡㄴㄹㅗㅂㅣㄴㅇㅡㅣㅇㅓㅁㅁㅏ
ㅇㅗㅏㅈㅏㅇㅜㅣㅎㅏㄴㅡㄴㄹㅗㅂㅣㄴㅇㅡㅣㅇㅕㄷㅗㅇㅅ
ㅐㅇㅇㅕㅇㅅㅏㅇㄷㅗㄱㅏㅈㅣㄱㅗㅇㅣㅆㄷㅏㄱㅏㄱ6ㅈㅏ
ㅇㅆㅣㄱ

무슨 말인지 이해하려면 한 글자 한 글자 따라가야만 했다. 그들은 잠시도 글자판에서 눈을 뗄 수 없었다.

ㅊㅓㅇㅅㅗㅂㅜㅇㅔㄱㅔㅊㅣㄱㅡㄴㄷㅓㄱㄱㅓㄹㅣㄴㅡㄴㅇ
ㅏㅃㅏ

에이미와 카티아는 글자판 위에서 춤추듯 움직이는 인

형을 주시하며 또 어떤 망신스러운 문장이 튀어나올지 끈질기게 기다렸다.

ㄹㅗㅂㅣㄴㅇㅏㄹㅁㅗㅁㅈㅓㄴㅎㅗㅏㄹㅗㅇㅔㅇㅣㅁㅣㄹㅡㄹㅇㅛㄱㅎㅏㄴㅡㄴㄹㅗㅂㅣㄴ

에이미와 카티아가 당황스러운 눈빛을 교환했다. 그러곤 동시에 로빈에게 시선을 돌렸지만, 더이상 웃는 얼굴은 아니었다.

ㅇㅔㅇㅣㅁㅣㅇㅗㅏㅋㅏㅌㅣㅇㅏㅇㅣㄴㅊㅓㄱㅎㅏㄱㅗㅋㅣㅅㅡㅎㅏㄴㅡㄴㅅㅣㄴㅠㅇㅇㅡㄹㅎㅏㄴㅡㄴㄹㅗㅂㅣㄴ

인형이 글자판 위에서 계속 문장을 만들어나갔지만 에이미와 카티아는 더이상 읽지 않았다. 두 사람은 자리에서 일어나 자기 물건을 챙겨 문을 쾅 닫고 나가버렸다.

인형이 글자판 위를 오가는 동안, 로빈은 벌벌 떨면서 어떻게 하면 저 망할 놈의 기계를 끌 수 있는지 방법을 찾아내려고 애썼다. 스위치가 달려 있지 않다는 건 이미 알고 있었다. 아무리 머리를 쥐어짜도 뾰족한 수가 나오지 않아, 가위 끝으로 밑바닥을 갈라봐야겠다는 생각에 인형을 붙들었다. 인형은 계속 바퀴를 돌리며 그녀의 손아귀를 벗어나려 했다. 로빈은 녀석을 부숴버리고 싶었지만 조그마한 틈조차 찾을 수 없었고, 결국 자포자기의 심정으로 바닥에 내려놓았다. 녀석은 곧장 위저 보드 위로 올라갔다. 로빈이 발길질을 하자 꽥 하고 날카로운 소리가 났다. 로빈도 따라서 비명을 질렀다. 인형이 그런 소리를 낼 줄은 몰랐는데. 그녀는 위저 보드를 집어 구석으로 던졌다. 그러곤 방문을 잠근 뒤 커다란 벌레라도 잡으려는 듯이 양동이를 들고 인형을 쫓기 시작했다. 마침내 양동이 속에 인형을 가둬놓는 데 성공한 그녀는 그 위에 걸터앉아 손으로 양옆을 꽉 눌렀다. 인형이 플라스틱 통에 부딪칠 때마다 숨을 참으며 울지 않으려고 애를 써야 했다.

저녁 먹으러 내려오라는 엄마의 목소리가 들려왔다. 로빈은 몸이 안 좋아서 그냥 자겠다고 소리를 질렀다. 그녀는 양동이가 움직이지 못하도록, 공책과 교과서를 넣어둔 커다란 나무 궤짝을 위에 올려놓았다. 인형을 부술 수 없으면 배터리가 방전될 때까지 기다리는 수밖에 없다는 말을 들은 적이 있었다. 그래서 그녀는 베개를 껴안고 침대에 걸터앉아 기다렸다. 양동이 속에 갇힌 인형은 몇시간 동안이나 거대한 말벌처럼 계속 플라스틱 통에 몸을 부딪치며 비명을 질러댔다. 새벽녘이 되어서야 방 안이 조용해졌다.

화면에 텍스트 상자가 나타났다. 시리얼 넘버를 요구하는 메시지에 에밀리아는 한숨을 내쉬며 등나무 의자에 기대앉았다. 그런 것들이 나올 때마다 속이 바싹바싹 타들어가는 것 같았다. 아들이 지켜보지 않으니 그나마 다행이었다. 그녀가 텍스트 상자에 나온 설명을 다시 읽기 위해 안경을 찾는 동안 시간은 조용히 흘러갔다. 복도 책상 앞에 오래 앉아 있었던 탓인지 어깨며 등이 결렸다. 그녀는 자세를 바로 고쳐앉았다. 이어 숨을 깊이 들이마셨다가 내쉬고는 숫자를 하나하나 확인하며 번호를 입력했다. 그렇게 바쁜 아들이 허튼짓을 할 리 없다는 건 잘 알지만, 그래도 홍콩의 사무실에 앉아 복도 어딘가에 설치해놓은 카메라를 통해 한심한 짓을 하는 엄마를 지켜보며 혀를 끌끌 차는 모습이 자꾸 떠올랐다. 그러니까, 남편이 살아 있을 때 그랬던 것처럼 말이다. 에밀리아는 아들이 최근에 보내준 선물을 팔아서 밀린 아파트 관리비를 냈다. 시계며 디자이너 핸드백이며 스니커즈에 대해서 아는 게 거의 없지만, 여러겹의 셀로판지에 감싸여 공단 박스에 담기고, 그 위에 서명과 송장이 붙어 있는 물건을 팔면 연금생활자의 빚 정도는 충분히 갚고도 남는다는 것을 경험으로 알고 있었다. 그런 걸 보면 아들이 자기 엄마에 대해서 저렇게 모를 수 있을까 싶기도 했다. 그녀는 뛰어난 재능을 가진 아들을 품에서 빼앗겨버렸다. 아들이 열아홉살 되던 해였다. 터무니없이 많은 월급을 준다는 말에 넘어가 저 먼 곳으로 가버린 아들은 이후 그녀에게 돌아오지 않았다. 그렇게 된 것이 누구의 탓인지 에밀리아는 도무지 판단이 서지 않았다.

화면이 다시 깜박거리며 글자가 나타났다.《시리얼 넘버 일치.》컴퓨터는 최신 모델이 아니었지만 그녀가 쓰기에는 부족함이 없었다. 곧 두번째 메시지가 나타났다.《켄투키 연결이 설정되었습니다.》그러더니 곧장 새로운 프로그램이 열렸다. 도대체 뭣 때문에 이런 알아먹을 수도 없는 용어를 쓰는 거지? 그녀는 눈살을 찌푸리며 속으로 투덜거렸다. 그런 것들이 나올 때마다 울컥 짜증이 치밀어올랐지만 모두 아들이 보내준 기기들과 관련이 있는 것들이라 속 편히 무시할 수도 없었다. 대체 왜 쓰지도 않을 기계를 이해하느라 시간을 허비해야 할까? 그녀는 시계를 보았다. 벌써 6시가 다 되어가고 있었다. 곧 아들이 전화를 걸어 보내준 선물이 마음에 드는지 물어볼 터였다. 그녀는 마지막으로 화면에 온 정신을 집중했다. 화면에 키보드 제어 키가 나왔다. 아들이 홍콩으로 떠나기 전 그녀가 아이의 휴대전화로 자주 하던 해전海戰 게임에도 그런 것이 나왔기 때문에 그리 낯설지 않았다. 프로그램은 화면에 나온 가상 키보드 제어 키 중《절전 모드 해제》를 누르라고 제안했다. 그녀는 그것을 선택했다. 그러자 가상 키보드 제어 키가 작은 아이콘으로 변해 한구석으로 밀려나면서 화면 가득 동영상이 재생되기 시작했다. 영상에 어떤 집의 주방이 나타났다. 처음에는 아들의 아파트인가 했는데, 그 아이가 좋아하는 스타일과는 거리가 멀었다. 아들은 집 안을 저렇게 어질러놓거나 필요 없는 물건을 쌓아두는 성격이 아니었다. 테이블 위에는 맥주병과 찻잔, 그리고 음식 찌꺼기가 남은 접시들이 어지럽게 널려 있고, 그 아래 잡지 몇권이 깔려 있었다. 주방과 연결된 거실도 사정은 별반 다르지 않았다.

누가 콧노래라도 부르는지 부드럽게 흥얼거리는 소리가 들렸다. 에밀리아는 무슨 일인지 궁금해 화면 가까이 얼굴을 디밀었다. 그녀의 컴퓨터 스피커는 워낙 오래된데다 잡음도 심했다. 반복해서 들리는 소리에 귀 기울여보니, 여자의 목소리였다. 누군가가 그녀에게 말을 하고 있는데 무슨 소리인지 한마디도 알아들을 수가 없었다. 다른 나라 말이었다. 영어라면 — 천천히 말해주면 — 그녀도 알아들을 수 있을 텐데 아무래도 영어 같지는 않았다. 바로 그 순간, 누군가의 모습이 화면에 나타났다. 젊은 여자였고, 금발 머리가 물에 젖어 있었다. 그 여자가 다시 말을 시작하자 텍스트 상자가 열리면서 번역기를 활성화할지 물었다. 에밀리아는 확인 버튼을 누르고 번역 언어를 《스페인어》로 설정했다. 그러자 여자가 말을 할 때마다 영상 위로 자막이 나왔다.

《내 말 들려? 내 모습이 보이니?》

에밀리아는 빙긋이 웃었다. 화면 속의 여자가 점점 더 가까이 다가왔다. 눈은 푸른색이고, 어울리지 않게 코걸이를 하고 있었다. 지금 눈앞에서 벌어지는 일이 믿기지 않는 양 다소 상기된 표정이었다.

"예스." 에밀리아가 대답했다.

그녀가 용기를 내서 한 말은 그게 전부였다. 스카이프 대화 같네. 그녀는 생각했다. 혹시 아들이 아는 여자인가? 에밀리아는 속으로 그 여자가 아들의 애인이 아니기를 기도했다. 특히나 그녀는 가슴이 깊이 파인 옷을 즐겨 입은 여자들과 잘 맞지 않았기에 더 그랬다. 단순히 편견이 아니라, 육십사년 동안의 경험에서 우러나온 판단이었다.

"안녕." 그녀는 여자가 자기 말을 알아듣지 못하는지 확인할 겸 스페인어로 인사를 건넸다.

그러자 여자가 자기 손바닥만 한 설명서를 펼치더니 얼굴에 바짝 갖다대고 읽기 시작했다. 평소에는 안경을 쓰는데 카메라 앞이라 벗은 건가? 에밀리아는 대체 이게 무슨 짓인지 여전히 이해가 가지 않았지만, 한편으론 은근히 궁금증이 일었다. 여자는 설명서를 읽으며 고개를 끄덕이는 사이사이 그녀를 살펴보았다. 마침내 결심이 섰는지, 젊은 여자가 설명서를 내려놓고 알아듣지 못할 말로 중얼거렸다. 번역기는 화면에 다음과 같은 자막을 달아주었다.

《눈 감아.》

에밀리아는 명령조에 놀라 자세를 고쳐앉은 뒤 눈을 감고 속으로 열까지 세었다. 다시 눈을 떠보니 여자는 무슨 반응이라도 기다리는 듯 그녀를 빤히 바라보고 있었다. 그 순간, 에밀리아의 화면에 새로운 창이 뜨더니 친절하게도《절전 모드》를 활성화할 것인지 물었다. 이 프로그램에 무슨 음향 탐지기라도 있는 걸까? 에밀리아가 확인 버튼을 누르자 화면이 어두워졌다. 이내 젊은 여자가 박수를 치며 환호성을 지르는 소리가 들리고, 여자의 소리가 번역되어 화면에 나타났다.

《눈 떠! 눈 떠!》

다시 화면에 《절전 모드 해제》를 선택할 것인지 묻는 창이 떴다. 에밀리아는 또 확인 버튼을 눌렀고, 그러자 화면이 아까의 상태로 돌아갔다. 여자는 카메라를 향해 환하게 웃고 있었다. 이게 무슨 바보 같은 짓이람. 에밀리아는 속으로 투덜거렸지만, 은근히 재미도 있었다. 무언가 호기심을 자극하는 요소가 있는데, 그것이 무엇인지 그녀는 여전히 알 수 없었다. 에밀리아가 《전진》을 선택하자, 카메라가 즐겁게 웃고 있는 여자 쪽으로 몇센티미터 움직였다. 화면에는 그 여자가 검지를 들어 천천히, 아주 천천히 카메라에 닿을락 말락 할 정도로 가까이 갖다대는 모습이 보였다. 이어 다시 여자의 목소리가 들렸다.

《지금 네 코를 만지고 있어.》

번역기의 글자는 크고 노란색으로 되어 있어서 보기가 편했다. 에밀리아가 《후진》을 누르자, 여자도 흥미로운 기색으로 아까의 손짓을 반복했다. 보아하니 에밀리아처럼 초보인 듯했고, 그러니 에밀리아의 서툰 솜씨를 얕잡아보지 않는 것 같았다. 결국 이런 놀라운 경험을 하는 것은 에밀리아나 그 여자나 처음인 것이다. 에밀리아는 그 점이 특히 마음에 들었다. 다시 뒤로 가면서 카메라를 물리자 여자가 손뼉을 쳤다.

《기다려봐.》

에밀리아는 기다렸다. 여자가 잠시 자리를 비운 틈에 그녀는 《좌회전》을 선택해보았다. 카메라가 한쪽으로 돌아가며 작고 아담한 아파트를 한눈에 비추었다. 소파 하나와 복도로 이어지는 문. 여자의 목소리가 들렸다. 더이상 화면에는 모습이 나오지 않았지만 번역기가 그녀의 말을 스페인어로 옮겨놓았다.

《이게 네 모습이야.》

에밀리아는 원래 있던 자리로 돌아갔다. 여자도 와 있었다. 여자는 카메라에서 40센티미터가량 떨어진 곳에 상자 하나를 들고 서 있었다. 열린 뚜껑에 "켄투키"라는 글자가 쓰인 상자였다. 에밀리아는 방금 눈으로 본 것이 무엇인지 한참이 지나서야 이해할 수 있었다. 상자 앞면 대부분이 투명 셀로판지로 되어 있어 빈 속이 들여다보였고, 양쪽 옆면과 뒷면에는 각각 분홍색과 검은색이 어우러진 봉제 인형의 앞모습, 옆모습, 뒷모습 사진이 인쇄되어 있었다. 토끼 인형이라지만 사실은 수박과 비슷한 모습이었다. 눈은 개구리처럼 툭 불거지고, 기다란 두 귀는 머리 위에 나란히 붙어 있었다. 여자가 뼈처럼 생긴 머리핀으로 두 귀를 묶자 귀가 몇센티미터 정도 수직으로 섰다가 곧 양옆으로 늘어졌다.

《넌 아주 예쁘게 생긴 토끼라고. 토끼 좋아해?》 여자가 말했다.

그들이 묵는 커다란 방 앞에는 울창한 숲과 산이 펼쳐져 있었다. 눈부시게 내리쬐는 백색광을 보고 있자니, 멘도사*를 물들이던 황톳빛은 이미 기억도 나지 않았다. 괜찮은데? 사실 그녀는 아주 오래전부터 그런 것을 간절히 원하고 있었다. 사는 곳, 몸, 세계, 변화시킬 수 있는 것이라면 무엇이든 한번 바꾸어보고 싶었다. 알리나는 켄투키—상자에 그렇게 쓰여 있었고, 사용 설명서에서도 계속 그 이름으로 나왔다—를 바라보았다. 인형은 침대 옆, 충전기 위에 놓여 있었다. 배터리 충전 표시등은 아직 빨

* 아르헨티나 중서부 안데스산맥의 동쪽에 위치한 주. 산악과 고원으로 이루어져 있다.

간색이었다. 처음 사용하는 경우 적어도 세시간은 충전해야 된다고 설명서에 나와 있었다. 조바심이 났지만 아직은 더 기다려야 할 것 같았다. 그녀는 큰 그릇에서 귤을 꺼내 껍질을 까면서 방 안을 이리저리 서성였다. 그러면서 누가 작업실을 드나드는지 확인하느라 가끔씩 주방에 난 작은 창문으로 밖을 살폈다. 스벤의 작업실은 5층에 있는데, 그녀는 아직 거기에 가보지 못했다. 스벤은 심지어 그녀를 동료 예술가들의 방에 데려간 적도 없었다. 그래서 알리나는 그들을 방해하거나 그들의 공간에 함부로 들어가지 않도록 조심하면서도 그들의 움직임을 예의 주시하고 있었다. 아무튼 그녀는 스벤이 자기를 이곳으로 초대한 것을 후회하지 않도록 최선을 다할 작정이었다.

그는 각종 단체로부터 보조금을 받는 사람이요, 흑백의 대형 목판화 작품을 들고 이곳저곳을 돌아다니는 사람이며, "대중에게 예술의 세계를 펼쳐" 보이고 "잉크를 우리의 영혼 속으로 스며들게" 하는, "뿌리를 가진 예술가"라는 평가를 받는 사람이었다. 반면 그녀에게는 자기 스스로를 지키면서 살아가기 위한 어떤 계획도 없었다. 게다가 그녀는 자신이 어떤 사람인지 확신도 없을뿐더러, 자기가 왜 이 세계에 존재하고 있는지조차 몰랐다. 그녀는 그의 여자였다. 비스타에르모사* 사람들은 그녀를 거장의 여인이라고 불렀다. 그런 까닭에, 그녀의 삶에 무언가 새로운 일이 일어나고 있는 것이 사실이라면—켄투키라는 이 이상한 물건을 알게 된 것처럼 바보 같은 일이라 해도—자기가 무슨 짓을 하고 있는지 제대로 이해할 때까지, 아니면 왜 그러고 있는지 정확히 알 수 있을 때까지만이라도 비밀로 묻어두어야 했다. 비스타에르모사에 도착하고 나서부터 그녀는 모든 것을 의심의 눈으로 바라보는 습관이 생겼고, 그러다보니 권태와 질투로 인해 파멸의 늪에 떨어지지 않으려면 어떻게 해야 할지 늘 스스로에게 묻곤 했다.

그녀는 비스타에르모사에서 한시간 거리에 있는 오악사카에서 켄투키를 샀다. 자기 능력으로는 절대 살 수 없는—아니다, 살 수 있다. 언젠가부터 그녀는 이런 생각이 들 때마다 의도적으로 마음을 고쳐먹는 버릇이 생겼다—물건들이 즐비한 고급 양품점들과 골목 상점들을 지겨워질 때까지 돌아다닌 끝에 결국 산 물건이 그거였다. 스벤과 동거하는 대신 생활비 일체를 그가 부담하기로 합의한 터였지만 그 계획은 얼마 안 가 삐걱거리기 시작했다. 그가 은행 계좌를 확인하며 말없이 한숨짓는 모습을 벌써 여러차례 보았다.

산 채로 거꾸로 매달려 발버둥을 치다 진이 빠진 거위

* 멕시코 중남부 미초아칸주의 마을.

와 닭을 보지 않으려고 고개를 돌려가며, 그녀는 과일이며 향신료며 옷을 늘어놓은 가판대들 사이를 돌아다녔다. 그렇게 걷다보니 정면이 모두 유리창으로 된 가게가 나왔다. 전체를 하얗게 칠해놓은 그 가게는 다른 골목 상점들에 비해 눈에 띌 정도로 예쁘고 깨끗했다. 자동문이 스르륵 열려 그녀는 안으로 들어갔다. 문이 닫히자 바깥의 소음이 약간 줄어들었다. 에어컨이 돌아가는 윙윙 소리가 그렇게 반가울 수 없었다. 종업원들은 다른 손님들을 응대하거나 매장 선반을 정리하느라 바빠서 그녀가 들어온 줄도 모르고 있었다. 이제 살 것 같네. 그녀는 손수건을 꺼내 머리를 매만지면서 가전제품 코너를 따라 걸었다. 필요 없는 물건들 사이를 지나갈 때는 왠지 마음이 놓였다. 그렇게 커피메이커와 면도기 코너를 지나 몇미터 가다가, 그녀가 갑자기 걸음을 멈췄다. 그것들을 처음 본 순간이었다. 상자로 열다섯개, 아니 스무개 정도가 쌓여 있었다. 하지만 그것들이 단순한 장난감 인형이 아니라는 건 분명했다. 손님들이 눈으로 직접 확인할 수 있게끔 여러 모델이 전시되어 있었지만, 너무 높은 곳에 올려둔 탓에 손이 닿지 않았다. 알리나는 상자 하나를 집었다. 스벤의 아이폰이나 아이패드 박스처럼—물론 그것보다는 조금 컸다—하얗고 나무랄 데 없는 디자인이었다. 가격은 279달러. 상당히 비싼 가격이었다. 예쁘지는 않지만 왠지 세련

된 느낌이었다. 그런데 어디에 쓰는 물건일까? 그녀는 핸드백을 바닥에 내려놓고 고개를 숙여 자세히 살펴보았다. 두더지, 토끼, 까마귀, 판다, 용, 부엉이 등 상자마다 서로 다른 종류의 동물 사진이 있었다. 똑같은 동물은 하나도 없었다. 색상과 재질이 다 달랐고, 분장이 되어 있는 것들도 있었다. 그녀는 여러개의 상자를 자세히 살펴보다가 마침내 머릿속으로 다섯개를 골라놓았다. 그러곤 그 다섯개를 꼼꼼히 비교한 다음, 다시 두개로 추렸다. 이제는 그 중 하나로 결정해야 했다. 그녀는 잠시 망설였다. 한 상자에는 "crow/krähe/乌鸦/cuervo"라고 쓰여 있었고, 다른 상자에는 "dragon/drache/龙/dragón"이라는 글자가 적혀 있었다. 까마귀에 달린 비디오카메라는 어두운 장소에서 촬영이 가능하지만 방수가 안된다고 나와 있었다. 반면 용은 방수 기능이 있고 불을 뿜을 수도 있었다. 하지만 스벤도 그녀도 담배를 피우지 않았다. 까마귀에 비해 덜 유치해 보이는 용이 마음에 들긴 하는데 까마귀가 자신의 스타일에는 더 어울릴 것 같았다. 그러다가 문득, 용이든 까마귀든 이 물건을 꼭 사야 하는지 모르겠다는 생각이 들었다. 가격이 279달러라는 사실을 떠올리며 그녀는 몇걸음 뒤로 물러났다. 하지만 그녀의 손에는 여전히 상자가 들려 있었다. 어쨌든 결국은 그것을 사게 될 터였다. 일단 스벤의 카드로 사면 될 거야. 핸드백에 카드가 있는지 확인하는 사이 그의 한숨 소리가 귓전에 들리는 듯했다. 까마귀를 들고 계산대로 가면서도 그녀는 이 결정이 자신에게 어떤 영향을 미치게 될지 곰곰이 따져보았다. 이 물건을 사면 최소한 몇가지는 바꿀 수 있을 것 같았다. 비록 정확히 어떤 것이 바뀔지, 심지어 자기가 원하는 모델을 가져가고 있는지조차 알 수 없었지만 말이다. 아직 미성년자 티를 벗지 못한 계산대의 직원이 켄투키를 손에 들고 오는 그녀를 반갑게 맞아주었다.

"제 동생도 하나 샀어요." 그가 말했다. "저도 사려고 돈을 모으는 중이고요. 정말 끝내주는 물건이에요."

"끝내주는"이라니. 그 순간, 그녀는 처음으로 자신이 없어졌다. 구매 자체보다는 까마귀를 선택했다는 점에 대해서였다. 계산대 젊은이가 미소를 지으며 그녀의 손에서 상자를 가져가 바코드를 찍었다. 삑 소리와 함께 이제는 돌이킬 수 없는 일이 되었다. 직원은 그녀에게 할인 쿠폰을 주며 인사를 건넸다.

비스타에르모사로 돌아오자마자 그녀는 곧장 방으로 들어가 샌들을 벗고 스벤의 베개 위에 발을 올려놓은 채 침대 위에 잠시 누웠다. 아직 뜯지 않은 켄투키 상자가 바로 옆에 놓여 있었다. 일단 상자를 개봉하면 환불이 안되겠지? 잠시 후, 마음이 다소 가라앉자 그녀는 침대에 걸터앉아 상자를 무릎 위에 올려놓았다. 봉인 라벨을 뜯어내고 뚜껑을 열자 기계와 플라스틱, 그리고 솜 냄새가 풍겼다. 늘 마음을 들뜨게 하는 냄새였다. 둘둘 말려 있는 새 케이블을 편 다음 두종류의 어댑터에서 셀로판지를 떼어내고 매끈한 충전기를 어루만지자 믿을 수 없을 만큼 기분이 상쾌해졌다.

나머지는 모두 옆으로 밀어두고 켄투키를 꺼냈다. 실제로 보니 생각했던 것보다 훨씬 흉한 모습이었다. 회색과 검은색 털이 달린, 단단하고 커다란 달걀 모양의 인형. 넥타이처럼 배에 달라붙어 있는 노란색 플라스틱 조각이 까마귀의 부리였다. 눈은 검은색인가 싶었는데 찬찬히 살펴보니 감겨 있었다. 부드러운 고무로 된 바퀴 세개가—두개는 다리 아래, 나머지 하나는 꼬리에—달려 있고, 몸에 거의 달라붙다시피 한 자그마한 날개는 독립적으로 움직이는 모양이었다. 당장은 모르겠지만 아마 움직이거나 퍼덕이게 할 수 있으리라. 그녀는 인형을 충전기에 연결한 뒤 충전 표시등에 불이 들어오기를 기다렸다. 무슨 신호를 찾는 듯이 불빛이 깜박거리더니 얼마 후 다시 꺼졌다. 와이파이에 연결해야 되나? 혹시나 해서 사용 설명서를 확인해보았지만 아까 상자에서 봤던 내용 그대로였다. 4G/LTE는 자동으로 작동하기 때문에 사용자가 직접 할 일은 켄투키를 충전기 위에 올려놓는 것밖에 없었다. 설명서에 따르면 켄투키를 사면 일년간 모바일 데이터가 무료로 제공되며, 프로그램을 설치하거나 별도로 환경 설정을 할 필요도 없다고 했다. 그녀는 침대에 앉아 계속 설명서를 읽었다. 마침내 원하던 내용이 보였다. 켄투키의 "주인"이 기기를 구매한 뒤 처음 충전할 땐 무엇보다 "주인으로서의 인내심"을 가지고 기다려야 한다는 것이다. 다시 말해, 켄투키가 중앙 서버에 연결되고 다른 사용자, 즉 다른 곳에서 켄투키가 "되기ser"를 원하는 누군가와 연결될 때까지 기다려야 한다는 뜻이었다. 연결 속도에 따라 다소 차이가 날 수는 있지만, 두 포트에 소프트웨어가 설치되는 데 걸리는 시간은 대략 십오분에서 삼십분 정도. 그 과정에서 켄투키의 연결이 끊기지 않도록 조심해야 했다. 실망한 알리나는 상자 안에 들어 있던 내용물을 다시 살펴보았다. 충전기와 사용 설명서 외에 그 어떤 기기나 장치도 들어 있지 않았다. 그러면 켄투키를 어떻게 조작하라는 거지? 도무지 이해가 되지 않았다. 한참을 궁리한 뒤에야, 그녀는 켄투키가 다른 사용자 "존재ser"*의 명령을 받아 자동으로 움직인다는 것을 깨달았다. 그렇다면 직접 켄투키를 켜거나 끌 수는 없다는 건가? 그녀는 사용 설명서의 색인을 훑어보았다. 자신의 켄투키가 될 또다른 사

* 스페인어에서 'ser'는 '~되기/~되다'와 '존재/존재하다'라는 뜻을 동시에 지닌다.

용자에 대한 선택 매개변수들, 즉 그녀가 개인적으로 선택하거나 요청할 수 있는 특성들이 어딘가에 나와 있지 않을까 하는 생각이 들어서였다. 색인을 몇차례나 확인하고 페이지를 넘기면서 대충 훑어보기도 했지만, 아무런 실마리도 찾을 수가 없었다. 마음이 답답해진 알리나는 설명서를 덮고 시원한 음료수를 마시러 갔다.

스벤에게 메시지를 보내거나, 아예 용기를 내서 그의 작업실에 들러볼까? 안 그래도 며칠 전 판화 인쇄를 도울 조수 한명이 온 뒤로 작업이 어떻게 되어가는지 알아볼 겸 한번 가보려던 참이었다. 작품의 규모가 워낙 큰데다, 물에 적신 종이는 혼자서 들기에 너무 무거웠다. "그렇다고 종이를 자르면 선이 너무 도드라지는데." 스벤은 볼멘소리를 해댔다. 그러던 어느날 미술관 대표가 기막힌 묘수를 생각해냈다. 조수를 구하면 작업이 원활하게 이루어질 거라는 얘기였다. 이제 그 작업이 어느정도 진척되었는지 보러 작업실에 가볼 참이었다. 알리나는 침대에 앉은 채 충전기의 표시등을 뚫어지게 바라보았다. 표시등의 불빛이 초록색으로 바뀌더니 깜박임이 멎었다. 그녀는 손에 설명서를 들고 기기 옆에 앉아 남은 부분을 마저 읽기 시작했다. 가끔 고개를 들어 인형을 쳐다보면서 각 부분을 눈으로 확인하거나 되뇌기도 했다. 처음에는 막연히 최신 세대의 일본 기술, 그러니까 어린 시절 일요판 신문 부록에서 읽었던 가정용 로봇에 가까운 기기겠거니 싶었지만, 막상 뚜껑을 열어보니 새로운 것은 전혀 없었다. 켄투키는 관절 인형과 휴대전화의 혼종에 지나지 않았다. 카메라와 작은 스피커, 그리고 사용량에 따라 하루나 이틀 정도 가는 배터리가 달려 있을 뿐이었다. 구닥다리라 해도 과언이 아닐 만큼 한물간 기술로 만들어진 어중간한 혼종이랄까. 하지만 동시에 아주 기발하고 교묘한 제품이기도 했다. 사실 알리나가 보기에는 이 작은 동물 인형이 조만간 붐을 일으킬 것 같았고, 그렇게 되면 그녀는 새로운 팬들의 성화를 기꺼이 받아줄 얼리 어답터 중의 하나가 될 터였다. 이제 그녀는 기본적인 조작법을 익혀서 스벤이 집에 돌아오자마자 깜짝 놀라게 해줄 생각이었다.

마침내 K0005973 회선과 연결되면서 켄투키가 침대 쪽으로 몇센티미터 움직였다. 알리나는 침대에서 벌떡 일어났다. 충분히 예상하고 있었는데도 막상 켄투키가 다가오자 깜짝 놀랐던 것이다. 켄투키는 충전기에서 내려와 방 한복판으로 가더니 갑자기 멈추었다. 알리나는 일정한 거리를 두고 천천히 그쪽으로 다가갔다. 그녀가 주위를 한 바퀴 도는 동안 인형은 꼼짝도 하지 않았다. 자세히 보니 켄투키는 눈을 뜨고 있었다. 카메라가 켜져 있구나. 자기도 모르게 다리로 손이 갔다. 다행히 청바지를 입고 있었다. 평소 방에 혼자 있을 땐 거의 속옷 차림으로 지내던 터였다. 저 인형으로 뭘 할지 결정할 때까지 잠시 전원을 꺼둘까도 생각했지만, 어떻게 끄는지 알 수가 없었다. 켄투키의 몸체는 물론 바닥에도 전원 스위치는 보이지 않았다. 그녀는 다시 인형을 바닥에 내려놓고 한동안 멀뚱히 바라보았다. 켄투키도 그녀를 바라보고 있었다. 말을 한번 걸어볼까? 이렇게 방에 혼자 있는데? 그녀는 헛기침을 했다. 그러곤 좀더 가까이 다가가 켄투키 앞에 웅크리고 앉았다.

"안녕?" 알리나가 인사를 건넸다.

몇초 후, 켄투키가 그녀 쪽으로 다가왔다. 이게 뭐 하는 짓이람. 하지만 마음 깊은 곳에서 큰 호기심이 일었다.

"넌 누구니?" 알리나가 물었다.

우선 어떤 사용자와 연결되었는지 확인해둘 필요가 있었다. 켄투키를 '소유'하는 대신 켄투키가 '되기'를 선택하는 건 대체 어떤 종류의 사람일까? 라틴아메리카 대륙의 반대편에 사는 엄마처럼 평소 외로움을 많이 느끼는 사람일까? 아니면 늙고 추접스러운 여성 혐오자이거나 변태? 혹시 스페인어를 전혀 못하는 사람이려나?

"안녕?" 알리나가 다시 불러보았다.

아무리 봐도 이 켄투키는 말을 못하는 모양이었다. 그녀는 다시 인형 앞에 앉아 설명서를 집어들고는 "첫걸음" 항목을 펼쳐 처음 만나 의사를 교환하는 방법을 찾아보았다. 처음에는 간단하게 "예" "아니요"로 대답할 수 있는 질문을 하라거나, 긍정일 때는 고개를 왼쪽으로 돌리고 부정일 때는 오른쪽으로 돌리라는 식으로 미리 지시를 내리라고 되어 있을지도 몰랐다. 켄투키가 '되기'를 원하는 사용자도 그녀와 같은 설명서를 가지고 있을까? 하지만 기대와 달리 기술정보와 기기 관리 및 유지 시 주의할 점에 대한 내용 말고는 아무것도 찾을 수가 없었다.

"내 말이 들리면 앞으로 한걸음 걸어봐." 알리나가 말했다.

켄투키가 몇센티미터 앞으로 나아가자, 그녀는 미소를 지었다.

"앞으로 '아니요'라고 하고 싶으면 뒤로 한걸음 물러나는 거야."

켄투키는 움직이지 않았다. 생각보다 재미있었다. 그 순간, 묻고 싶은 것이 갑자기 떠올랐다. 우선 상대가 남자인지 여자인지 궁금했다. 여자라면 몇살이고 어디에 사는지, 그리고 무슨 일을 하고 어떤 일에 관심이 있는지도 알고 싶었다. 그런 기본적인 정보를 기초로 자기와 연결된 이 '존재'가 어떤 사람인지 얼른 판단을 내려야 했다. 켄투키는 제자리에 서서 그녀를 빤히 쳐다보고 있었다. 그녀가 이것저것 묻고 싶은 것처럼 켄투키도 하고 싶은 말이 많은 듯했다. 그런데 문득 이상한 느낌이 들었다. 저 까마귀 인형이 마음만 먹으면 내 사생활을 샅샅이 캐고, 내 온몸을 보고, 내 목소리와 옷 그리고 일정까지 훤히 알아낼 수 있지 않을까? 방 안을 마음대로 돌아다니고 밤에 스벤을 만날 수도 있지 않을까? 반면에 그녀가 할 수 있는 건 까마귀에게 질문을 던지는 것뿐이었다. 켄투키는 질문에 대답을 하지 않을 수도 있고, 상황에 따라 거짓말을 할 수도 있었다. 가령 실제로는 이란의 석유 유통업자지만 필리핀의 여학생이라고 속일 수 있었다. 또 우연히 그녀가 아는 사람이라고 해도 이를 드러내지 않은 채 거짓말을 할 수도 있었다. 반대로 그녀는 자신의 생활을 한치의 거짓도 없이 투명하게 보여줘야 했다. 소녀 시절, 방 천장 한가운데 매달린 새장 속에서 가엾게 죽은 카나리아한테 자신의 모습을 숨김없이 보여주었듯이 말이다. 갑자기 켄투키가 날카로운 울음소리를 내자, 그녀는 눈살을 찌푸렸다. 빈 양철통에서 새끼 독수리의 울음 같은 금속성 소리가 울려나왔다.

"기다려." 그녀가 말했다. "난 생각 좀 해야겠으니까."

알리나는 자리에서 일어나 작업실이 내다보이는 창가로 갔다. 그러곤 고개를 내밀어 스벤의 작업실 지붕을 내려다보았다. 기다리다 짜증이 났는지 켄투키가 다시 금속성 소리를 내기 시작했다. 기척이 느껴져 돌아보니 울퉁불퉁한 나무 바닥 때문에 뒤뚱거리며 다가오던 켄투키가 그녀 가까이에서 멈췄다. 그들은 그렇게 가만히 서서 서로를 마주 보았다. 그 순간 작업실 쪽에서 무슨 소리가 들렸다. 다시 창가로 다가가 밖을 내다보니, 스벤의 새 조수가 밖으로 나오고 있었다. 그 여자는 웃으며 작업실을 향해 손을 흔들었다. 아마 작업실에서 농담을 나누며 왁자지껄 웃고 있는 누군가, 혹은 그녀가 연신 뒤를 돌아보며 걸어가는 동안 마주 손을 흔드는 누군가를 향한 손짓 같았다. 그때 무언가가 알리나의 발을 툭툭 두드렸다. 켄투키였다. 인형은 발 옆에 딱 붙은 채 그녀를 쳐다보느라 한껏 고개를 쳐들고 있었다. 알리나는 인형을 들어올렸다. 꽤 묵직했다. 상자에서 꺼냈을 때보다 훨씬 더 무거워진 느낌이었다. 손에서 놓으면 어떻게 될까? 사용자와의 연결이 끊길까? 인형 자체의 연결이 끊어져버릴까? 아니면 그 정도의 충격은 충분히 견딜 수 있도록 설계되어 있으려나? 켄투키는 그녀에게서 시선을 떼지 않은 채 눈을 깜박거렸다. 말을 못해서 그런지 더 정이 갔다. 제조업체에서 참 영리한 결정을 내렸네. '주인'은 자기 인형이 무슨 생각을 하는지 알고 싶어하지 않는 법이다. 그것이 일종의 함정이라는 것을 그녀는 알 수 있었다. 다른 사용자와 접속하고 상대가 누구인지 알려 하다보면 자기 자신을 더 많이 드러낼 수밖에 없지 않겠는가. 결국 주인이 켄투키에 대해 아는 것보다 켄투키가 주인에 대해 훨씬 많은 것을 알게 될 터였다. 하지만 알리나는 켄투키의 주인으로서, 어떤 일이 있어도 녀석이 애완동물 이상의 존재가 되도록 내버려두지는 않을 작정이었다. 어쨌든 그녀에게 필요한 건 애완동물 정도니까. 그녀는 아무것도 묻지 않기로 했다. 그러면 켄투키는 오직 그녀의 움직임에 의존할 수밖에 없을 테고, 소통도 불가능해질 것이다. 잔인하지만 어쩔 수 없는 일이었다.

알리나는 까마귀를 바닥에 내려놓은 뒤 조금 전에 있던 곳을 향해 눈길을 보내며 녀석을 앞으로 살짝 밀었다. 그게 무슨 뜻인지 알아들은 모양이었다. 켄투키는 의자와 테이블 다리를 요리조리 피하면서 화장대 아래를 지나 충전기가 있는 쪽으로 천천히 나아갔다.

마르빈은 아버지의 책상 앞에 앉아 땅에 닿지 않는 발을 흔들었다. 기다리는 동안, 그렇게 다리를 흔들거리며 공책 여백에 달팽이를 그리다가 이따금씩 태블릿 컴퓨터 화면을 확인했다. 십분 전부터 화면에는《연결 중》메시지와 함께《이 작업을 완료하는 데 약간의 시간이 소요될 수 있습니다》라는 안내가 떠 있었다. 켄투키를 한번도 켜보지 않은 사람을 위한 정보다. 하지만 마르빈은 이미 친구들이 켄투키를 처음 연결하는 감격적인 순간에 함께했었고, 그래서 어떻게 하면 되는지 훤히 알고 있었다.

일주일 전, 마르빈의 성적표를 보고 충격을 받은 아버지는 아들을 불러 하루에 세시간씩 책으로 둘러싸인 서재에서 공부하겠다는 약속을 받아냈다. "책으로 둘러싸인 책상에 매일 세시간씩 앉아 있기로 하느님 앞에서 맹세할게요." 마르빈은 이렇게만 약속했을 뿐 공부하겠다는 말은 일절 꺼내지 않았다. 그러니 엄밀히 말해 그가 약속을 어긴 것이라고 할 수는 없었다. 게다가 아버지는 아마 몇 달쯤 지나서야 태블릿에 켄투키가 설치됐다는 것을 알아차릴 터였다. 그것도 아들에게서 무언가 수상한 점을 눈치챌 시간이 있다면 말이지만. 켄투키 연결 비용은 엄마의 계좌를 통해 지불했다. 죽은 사람이 소유할 수 있는 유일한 돈, 즉 디지털 화폐였다. 전에도 여러번 그 계좌를 사용했지만 아버지가 이에 대해 일언반구도 않는 걸 보면 아예 그 계좌의 존재를 모르는 것인지도 몰랐다.

시리얼 넘버를 입력하자 마침내 승인 메시지가 떴다. 마르빈은 의자에서 몸을 일으켜 화면을 향해 몸을 기울였다. 태블릿에서 켄투키를 작동하는 법은 아직 모르는 터였다. 이미 켄투키가 된 친구들은—그들의 켄투키 중 하나는 트리니다드에 있고, 다른 하나는 두바이에 산다—가상현실 헤드세트를 이용해 켄투키를 조종한다고 했다. 그 친구들한테서 기본적인 조작법은 배웠지만, 이 구식 태블릿에서도 생각만큼 잘 돌아갈지 몰라 내심 걱정이 되었다. 곧 카메라가 켜지면서 화면이 온통 하얗게 변했다. "용, 용, 용." 마르빈은 손가락을 교차해 행운을 빌면서 중얼거렸다. 어떤 켄투키가 걸릴지 모르지만, 그는 용이 되고 싶었다. 그의 친구들도 처음에는 모두 용이 되고 싶어 했다. 하지만 어떤 동물을 만나게 될지는 누구도 모른다. 토끼가 된 친구는 하루 종일 한 여자의 방을 돌아다니는데, 밤이 되면 여자가 샤워하는 모습도 볼 수 있다고 했다. 또 두더지가 된 친구는 페르시아만의 옥색 바다가 훤히 내다보이는 아파트에서 일주일에 열두시간을 보냈다.

그의 태블릿 화면은 여전히 하얗게 비어 있었다. 한참이 지나서야 마르빈은 켄투키 인형의 카메라가 벽을 마주 보고 있다는 사실을 깨달았다. 카메라가 벽에 너무 바싹 붙어서 화면에 아무것도 나오지 않았던 것이다. 그는 켄투키를 약간 뒤로 움직였다. 태블릿에 설치된 응용프로그램도 가상현실 헤드세트 못지않게 성능이 좋은 듯했지만 여전히 켄투키의 위치를 파악하기가 쉽지 않았다. 그가 켄투키를 돌리자 마침내 무언가가 보였다. 켄투키의 키만 한 소형 진공청소기 네대가 일렬로 세워져 있었다. 번쩍거리는 신형 청소기였다. 엄마가 저걸 봤더라면 얼마나 탐냈을까. 반대쪽으로 움직인 뒤에야 마르빈은 상황을 파악할 수 있었다. 한쪽 벽이 모두 유리로 되어 있고, 그 너머 거리가 내다보였다. 켄투키는 진열창 안에 갇혀 있었다. 늦은 밤인지 거리는 불빛 하나 없이 깜깜했다. 누군가가 앞을 지나가는데 외투에 달린 후드를 뒤집어쓰고 있어서 남자인지 여자인지, 또 나이는 얼마나 되는지 정확히 파악할 수 없었다. 바로 그 순간, 마르빈의 눈에 띄는 것이 있었다. 눈雪이었다. 와, 눈이 왔구나! 마르빈은 흥분한 나머지 책상 아래에서 다리를 마구 흔들어댔다. 그동안 눈을 가져본 친구는 아무도 없었다. 여태껏 눈을 만져본 아이도 없었다. 하지만 그는 눈을 선명하게 보고 있었다. "눈이 내리는 곳으로 너를 데려갈게. 눈을 만지면 손가락 끝이 얼얼해진단다." 마르빈이 눈이라는 것을 알기도 전부터, 엄마는 틈날 때마다 그런 약속을 하면서 그의 몸을 간질이곤 했다.

어떻게 하면 이 유리 진열창 밖으로 나갈 수 있을까? 마르빈은 진공청소기 주변을 돌면서 네 모서리를 살펴보았다. 거리에서는 어떤 부인이 잠시 걸음을 멈추고 신기하다는 듯이 켄투키를 바라보고 있었다. 마르빈은 으르렁거리려고 했지만, 정작 튀어나온 것은 나긋나긋하고 슬픈 신음이었다. 용의 포효라기보다는 변압기가 타는 듯한 저음의 소리였다. 대체 어떤 동물일까? 부인은 곧 진열창 앞을 떠나 가던 길을 갔다. 마르빈은 청소기를 밀어보려 했지만, 너무 무거워서 옆으로 조금 돌려놓는 데 그쳤다. 켄투키가 어떻게 생겼는지 비춰보려고 유리창으로 다가갔는데 불빛이 너무 어두워 제대로 보이지 않았다. 그는 가만히 서서 눈송이가 땅에 닿자마자 스르르 녹아버리는 모습을 지켜보았다. 온 세상이 하얗게 변하려면 얼마나 많은 눈이 내려야 할까?

아버지가 갑자기 방에 들어올 경우에 대비해, 마르빈은 단축키를 눌러 켄투키 화면에서 위키피디아 페이지로 바꾸는 연습을 두어차례 했다. 그러곤 아버지의 나무 십자고상과 자비의 성모 판화 사이에 걸린 엄마의 사진을 물끄러미 쳐다보았다. 어떤 동물이 걸렸는지는 때가 되면 하느님께서 다 알려주시겠지. 그는 다시 화면으로 몸을 숙였다. 그러곤 켄투키를 유리창 앞으로 움직여 텅 빈 거리를 내다보았다. 언젠가 여기서 나갈 방법도 알 수 있겠지. 그는 생각했다. 또다른 삶에서까지 좁은 공간에 갇혀 지낼 수는 없었다.

"그런 눈으로 보지 마요." 엔초가 말했다. "그리고 집 안에서 강아지처럼 나를 졸졸 따라다니지도 말고요."

그는 켄투키에게 늘 존칭을 썼다. 그것이 결국은 '다른 누군가'라는 얘기를 들었기 때문이다. 켄투키가 다리 사이로 지나갈 때마다 그는 야단을 치곤 했지만 이는 일종의 장난이 되었고, 곧 그들은 그럭저럭 잘 어울려 지내기 시작했다. 물론 처음부터 그렇게 사이가 좋았던 건 아니다. 한동안 둘은 서먹서먹하니 쉽게 가까워지지 못했다. 엔초는 자기 앞에 켄투키가 있다는 사실만으로도 거북한 느낌이 들었다. 선뜻 받아들이기엔 너무 잔인한 발명품인 것 같았고, 그래서 그 인형에 조금도 애정을 느낄 수 없었다. 집에 있을 때는 하루 종일 켄투키를 피해 다니느라 바빴다. 언젠가 이혼한 아내와 아들의 심리 치료사가 '조정 절차'에 대해 설명하면서 켄투키의 기본 개념과 함께 그 기구를 활용할 경우 아들에게 나타날 긍정적 효과를 조목조목 늘어놓았다. "그러면 루카가 주변 사람들에게 더 잘 동화될 수 있을 거야." 그의 전처는 그렇게 말했다. 그가 차라리 강아지를 한마리 데려오는 게 어떻겠냐고 하자 두 여자는 아연실색했다. 엄마의 집에서 고양이를 키우고 있으니 아빠의 집에는 켄투키가 필요하다는 것이 그들의 주장이었다. "이유를 다시 한번 설명해드릴까요?" 심리 치료사가 그에게 물었다.

엔초는 주방에서 원예용 도구를 챙겨 뒷마당으로 나갔다. 오후 4시, 움베르티데*의 하늘은 잔뜩 찌푸려 있었다. 당장이라도 비가 쏟아질 것 같았다. 집 안에서 두더지가 문을 두드리는 소리가 들려왔다. 잠시 후면 또 쪼르르 달려오겠지.

엔초는 어느새 두더지와 함께 지내는 생활에 익숙해졌다. 그는 두더지에게 그날의 뉴스를 설명해주기도 하고, 잠시 앉아서 일할 땐 책상 위를 마음대로 돌아다니도록 올려주기도 했다. 두더지를 볼 때마다, 그는 늘 아버지 곁을 졸졸 따라다니던 개가 떠올라 자기도 모르게 아버지

* 이탈리아 중부 페루자의 소도시.

의 행동과 말투를 따라 하곤 했다. 설거지나 청소를 마친 뒤 두 손을 허리춤에 올린 채 입가에는 잔잔한 미소를 머금고 이렇게 타이르는 식이었다. "그런 눈으로 보지 마요. 그리고 집 안에서 강아지처럼 나를 졸졸 따라다니지도 말고요."

하지만 아이는 켄투키와 잘 어울리지 못했다. 루카는 두더지가 자기 뒤를 졸졸 따라다니는 게 너무 싫다고 했다. 틈만 나면 자기 방에 들어와 "물건을 뒤지고", 하루 종일 바보처럼 자기만 쳐다보는 것도 너무 싫다고 했다. 답답해하던 루카는 배터리를 방전시키면 '켄투키가 된 사람'과 '주인' 사이의 관계가 단절되고 그 기계를 더이상 사용할 수 없게 되리라는 생각을 떠올렸다. "그런 짓을 할 생각일랑 꿈도 꾸지 마라. 그걸 알면 네 엄마가 난리를 칠 거야." 엔초가 잘 타일렀지만, 배터리를 다 닳게 하면 모든 게 해결될 거라는 생각만으로도 루카의 표정이 한층 밝아졌다. 아이는 켄투키가 충전기로 가지 못하도록 화장실에 가두거나 방해물을 놓고 즐거워했다. 엔초가 한밤중에 일어나 바닥에서 점멸하는 빨간 불빛과 충전기 받침대를 찾아달라는 듯 침대 다리에 몸을 부딪치는 켄투키를 본 게 한두번이 아니었다. 두더지는 어떻게 하면 그의 관심을 끌 수 있을까 늘 궁리하는 것 같았다. 다른 조정 절차를 원치 않는 엔초로서는 어떻게 하든 두더지를 살려두어야 했다. 물론 그와 전처가 똑같이 루카의 양육을 분담하고 있었지만, 왜인지 심리 치료사는 언제나 전처의 편을 들었다. 그러니 우선은 켄투키가 집에서 아무 일 없이 즐겁게 지내도록 해주는 것이 급선무였다.

그는 흙을 파내고 퇴비를 넣었다. 온상을 만든 것은 전처였고, 이혼하기 전에 그것을 두고 그녀와 심하게 다투기도 했다. 하지만 이젠 온상 덕분에 그의 하루하루가 즐거웠다. 예전에는 온상의 흙을 만진다는 것이 얼마나 기분 좋은 일인지 까맣게 몰랐는데, 지금은 습기를 머금은 흙에서 퍼져나오는 향긋한 냄새를 맡을 때가 가장 행복했고 저 자그마한 세계가 묵묵히 자신의 결정에 따라준다고 생각할 때마다 가슴이 뿌듯해졌다. 온상 덕분에 한숨 돌리고 조금이나마 편안한 마음으로 지낼 수 있게 되자 그는 스프링클러부터 해서 살충제, 습도계, 소형 삽과 갈퀴까지, 필요한 모든 원예용 도구를 샀다.

방충문이 끽 소리를 내며 열리는 소리가 들렸다. 살짝만 밀어도 열리는 문이라 두더지는 그리로 드나드는 데 재미를 붙인 모양이었다. 녀석은 되돌아오는 문을 피해 재빨리 빠져나왔다. 물론 제 마음대로 되지 않을 때도 종종 있었다. 생각보다 빨리 문이 닫히면 녀석은 그 힘을 이기지 못해 나동그라졌고, 엔초가 와서 일으켜줄 때까지 나직이 가르랑거리는 소리를 내곤 했다.

이번에는 넘어지지 않고 제대로 서 있었다. 엔초는 녀석이 다가올 때까지 기다렸다.

"뭐 해요?" 엔초가 물었다. "앞으로 며칠은 온상에 못 나올 것 같아요. 그러니까 당신이 넘어져도 일으켜 세워 줄 사람이 없을 거예요."

켄투키는 그의 신발 바로 앞까지 다가왔다가 다시 몇센티미터 뒤로 물러섰다.

"왜 그러죠?"

켄투키가 물끄러미 그를 쳐다보았다. 오른쪽 눈에 흙이 조금 묻어 있었다. 엔초는 그 앞에 웅크리고 앉아 입김을 훅 불어 얼굴에 묻은 흙을 털었다.

"여기 알바아카*는 어떤 것 같아요?" 엔초가 물었다.

그러자 켄투키는 갑자기 몸을 돌려 재빨리 움직이기 시작했다. 엔초는 땅에 퇴비를 부어넣으면서도 윙 하는 작은 모터 소리에 신경을 기울였다. 켄투키는 속도를 내 온상을 벗어나더니 마당의 포석 위로 올라갔다. 몇분 동안은 저기서 이리저리 돌아다니겠지. 그는 생각했다. 그러곤 가위를 가지러 싱크대로 갔다가 다시 나와보니, 켄투키가 다시 온상에서 그를 기다리고 있었다.

"그럼 밭에 물을 줄까요?"

* 박하와 비슷한 향기를 내는 식물. 향신료나 방향제의 원료로 쓰인다.

켄투키는 아무 소리도 움직임도 없었다. 그건 엔초가 그와 소통하기 위해 가르쳐준 일종의 약속이었다. 움직이지 않고 가만히 있으면 '아니요', 가르랑 소리를 내면 '예'라는 뜻이다. 가끔 앞으로 살짝 움직이는 경우도 있었다. 그건 두더지가 만든 약속인데, 엔초로서는 무슨 뜻인지 도통 이해할 수 없었다. 너무 막연한데다 상황에 따라 여러가지 다른 의미를 표현하는 것 같았다. 어떤 경우에는 '나를 따라오세요'라는 의미였고, 또다른 상황에서는 '나는 모르겠어요'라는 뜻이었다.

"고추는 어때요? 지난 목요일에 나온 싹이 아직 살아 있던가요?"

켄투키가 다시 자리를 떠났다. 저 켄투키를 조종하는 사람은 노인이거나, 아니면 노인처럼 보이고 싶어하는 사람이 분명했다. 그런 추측에는 그 나름의 합리적인 이유가 있었다. 엔초가 게임을 하듯이 그에게 질문을 던질 때마다 두더지는 신이 나서 어쩔 줄 몰라 했다. 마치 강아지를 목욕시키고 고양이 배변 판을 갈아주듯이 엔초는 자주 켄투키와 게임을 해야 했다. 가끔은 온상 앞 선베드에 기대 맥주를 마시면서 질문을 던지기도 했다. 사실 질문을 생각해내는 것은 그다지 힘들지 않았다. 질문을 던져놓고 그가 무슨 대답을 하든 전혀 신경 쓰지 않을 때도 많았다. 맥주를 홀짝홀짝 마시면서 눈을 감으면 사르르 졸음이 몰려왔다. 그럴 때마다 켄투키는 의자 다리에 몸을 부딪치며 어서 질문을 하라고 재촉했다.

"네, 알겠어요…… 지금 생각하는 중이라고요." 엔초는 넉살 좋게 얼렁뚱땅 넘어가곤 했다. "자, 그럼 시작해볼까요? 두더지 씨는 무슨 일을 할까요? 요리를 하나요?" 두더지는 꼼짝도 않았다. '아니요'라는 뜻이었다. "그럼 콩을 기르나요? 펜싱 사범일까요? 아니면 양초 공장을 운영하고 있을까요?"

하지만 켄투키가 생각하는 답이 어떤 것인지, 자신이 정답을 맞혔는지, 아니면 근접하기라도 했는지 제대로 확인할 방법은 없었다. 시간이 지나면서 분명해진 게 있긴 했다. 저 켄투키 안에서 그의 집을 이리저리 돌아다니는 이가 누구인지는 몰라도, 아무튼 여행을 엄청나게 많이 한 사람이라는 건 확실했다. 하지만 지금껏 엔초는 그 사람이 여행했던 장소 중에서 단 한곳도 맞히지 못했다. 또 정확히 몇살인지는 모르지만 그 사람이 성인 남자라는 사실도 엔초는 알아냈다. 프랑스인도 독일인도 아닌 듯하지만 어떨 땐 둘 다인 것처럼 보일 때도 있어서, 엔초는 그가 알자스* 사람일지도 모른다고 생각했다. 켄투키가 제자리에서 뱅글뱅글 도는 모습이 좋았기에, 그는 어떻게든 궁

* 프랑스 북동부에 위치한 지역으로 독일과 맞닿아 있다.

정의 대답을 이끌어내고자 애를 썼다.

“움베르티데가 마음에 들어요? 이탈리아의 시골 마을과 햇빛, 꽃무늬 드레스와 이곳 여인들의 풍만한 엉덩이가 좋아요?”

그러면 켄투키는 최대한 크게 가르랑 소리를 내며 선베드 주위를 신나게 달리는 것이었다.

루카를 테니스 강습에 데려다주는 날이면 엔초는 켄투키를 차로 데려가 뒤쪽 유리창 선반에 올려두었다. 그러면 테니스장에 갔다가 슈퍼마켓을 거쳐 집으로 돌아오는 내내 유리창을 통해 시내 구경을 할 수 있을 테니까 말이다.

“저 여자들 좀 봐요. 저런 여인들을 한번도 구경하지 못한 두더지 씨는 대체 어디 출신일까요?”

그러면 두더지는 화가 난 듯, 혹은 즐거운 듯 다시 가르랑 소리를 내곤 했다.

그녀가 사용하는 컴퓨터도 몇년 전 홍콩에 사는 아들이 셀로판지로 포장해 보내준 것이다. 전에도 그런 일이 종종 있기는 했지만, 에밀리아는 그 선물을 받는 순간 기쁘기는커녕 짜증이 치밀어올랐다. 하지만 하얀 플라스틱 케이스가 누렇게 변색되는 사이, 그녀도 이 컴퓨터라는 물건에 점점 익숙해졌다. 에밀리아가 컴퓨터의 전원을 켜고 안경을 끼자 켄투키 제어프로그램이 자동으로 화면에 나타났다. 화면 속 영상은 비스듬하게 기울어 있었다. 보나 마나 가슴을 훤히 드러낸 그 여자의 아파트 어딘가일 터였다. 카메라가 바닥에 쓰러져 있는 모양이었다. 누군가가 켄투키를 들어올리고 나서야, 에밀리아는 조금 전까지 켄투키가 강아지 방석에 있었다는 것을 알 수 있었다. 자홍색 벨벳에 하얀 물방울무늬가 있는 방석이었다. 여자가 무슨 말을 하자 번역기의 노란색 자막이 곧바로 화면에 나타났다.

《안녕.》

이젠 하늘색 셔츠의 옷깃을 잘 여며 가슴을 가린 채였지만 여자의 코에는 여전히 코걸이가 걸려 있었다. 에밀리아는 아들에게 전화를 걸어 그 여자와 무슨 관계인지 따져물었다. 하지만 아들은 전혀 모르는 여자라고 펄쩍 뛰면서 켄투키의 작동 원리를 다시 설명하기 시작했다. 그러곤 화면에서 무엇을 봤는지, 어떤 도시가 나오는지, 그쪽에서 어떻게 대하는지 물었다. 아들의 태도가 왠지 수상쩍었다. 평소 제 엄마의 생활에 눈곱만큼도 관심이 없는 녀석이 저렇게 미주알고주알 캐어물으니 말이다.

"그런데 엄마 켄투키가 정말 토끼예요?" 아들은 몇번이나 그렇게 물었다.

에밀리아는 그 여자가 켄투키를 보고 《귀여운 내 토끼》라고 하는 소리를 들었을 뿐 아니라, 그녀가 카메라로 보여준 상자에 토끼 사진이 박혀 있는 것도 똑똑히 보았다. 아들에게서 다시금 설명을 들은 지금에야, 에밀리아는 자기가 조종하고 있는 것이 동물 모양을 한 인형이라는 사실을 이해하게 되었다. 혹시 중국 점성술에 나오는 동물들로 되어 있는 건가? 그러면 가령 뱀이 아니라 토끼가 된다는 것은 무슨 뜻일까?

《향기가 너무 좋아.》

여자가 갑자기 코를 갖다대는 바람에 순간적으로 에밀리아의 화면이 검게 변했다.

무슨 향기가 난다는 거지?

《이것저것 하면서 같이 재미나게 놀아볼까? 오늘 내가 길을 가다 뭘 봤는지 아니?》

여자는 슈퍼마켓 앞에서 벌어진 일을 에밀리아에게 들려주었다. 에밀리아는 그녀가 무슨 말을 하는지 이해해보려고 화면에 나오는 노란 글자를 계속 눈으로 좇았지만 자막이 너무 빨리 지나갔다. 영화를 볼 때도 종종 그랬다. 자막이 너무 길어 다 읽기도 전에 사라지는 경우가 허다했다.

《하여간 멋진 하루였어. 이것 좀 봐!》

여자가 켄투키를 머리 위로 들어올리더니 창가로 다가갔다. 잠시 동안이나마 에밀리아는 도시의 모습을 내려다볼 수 있었다. 널찍한 거리와 교회의 둥근 지붕들, 수로, 그리고 온 세상을 붉게 물들이는 저녁노을. 에밀리아의 눈이 휘둥그레졌다. 여자의 예상치 못한 행동에 놀라기도 했거니와, 낯선 도시의 풍경에 강렬한 인상을 받은 터였다. 사실 에밀리아는 여동생 결혼식에 참석하느라 산토도밍고*

* 도미니카공화국의 수도.

에 갔던 일을 제외하면 한번도 페루 밖으로 나가본 적이 없었다. 방금 본 도시는 어디일까? 한번 더 볼 수는 없을까? 여자가 켄투키를 다시 들어 창밖을 보여주면 좋을 텐데. 켄투키는 에밀리아가 조종하는 대로 최대한 빠르게 고개를 돌리며 이쪽저쪽으로 굴러다니기 시작했다.

《내 이름은 에바야.》 여자가 말했다.

에바는 다시 켄투키를 바닥에 세워놓고 주방으로 가더니 냉장고 서랍에서 식재료를 꺼내 저녁을 차리기 시작했다.

《오늘 너 주려고 방석을 샀거든. 마음에 들면 좋겠어.》

여자가 켄투키를 잠시 내버려두는 사이 에밀리아는 그녀를 면밀히 살펴볼 생각이었다. 나를 다시 들어올려! 에밀리아는 속으로 소리쳤다. 다시 위로 올려달라니까! 저 여자와 대화를 나누고 싶었지만 좋은 방법이 떠오르지 않았다. 토끼가 된 이상 나는 듣기만 해야 되는 걸까? 어떻게 하면 저 동물이 말을 하게 만들 수 있을까? 지금 당장 물어보고 싶은 게 한두가지가 아니라고, 그녀는 생각했다. 저 여자에게 물어볼 수 없다면 홍콩에 있는 아들에게 다시 연락하는 수밖에 없었다. 아들도 자기가 보낸 물건에 대해 어느정도 책임을 지는 것이 마땅하지 않은가.

며칠 뒤, 에밀리아는 그 여자가 에르푸르트*에 산다는

* 독일 중부 튀링엔주의 주도. 중세 도시의 모습이 잘 보존되어 있다.

것을 알아냈다. 아니, 적어도 켄투키가 있는 곳은 에르푸르트라는 이름을 가진 어느 소도시일 가능성이 높았다. 그 여자의 냉장고 문에 에르푸르트의 달력이 붙어 있고, 며칠 내내 아파트 바닥에 내팽개쳐져 있는 쇼핑백에도 '알디*-에르푸르트' '마이네 아포테케** 인 에르푸르트'라는 상표가 붙어 있었기 때문이다. 에밀리아는 구글에 에르푸르트를 검색해보았다. 에르푸르트가 내세울 만한 관광지라고는 13세기에 건설된 중세 교량과 마르틴 루터가 잠시 머물렀다는 수도원밖에 없었다. 독일 중부에 위치한 에르푸르트는 그녀가 독일에서 가보고 싶은 유일한 도시인 뮌헨에서 400킬로미터 떨어진 곳에 있었다.

그녀는 지난 한주 동안 하루에 두시간씩 에바의 아파트 안을 구석구석 돌아다녔다. 그리고 목요일 수영을 마친 뒤 카페에 모인 친구들에게 자기가 본 것을 그대로 이야기해주었다. 그 자리에 있던 글로리아는 '켄투키'라는 것이 대체 뭔지 묻고는 설명을 듣자마자 자기도 켄투키를 하나 사야겠다고 말했다. 오후마다 손자를 보살펴야 하는데, 켄투키라는 게 있으면 아이가 덜 심심해할 것 같다면서 말이다. 반면 이네스는 기겁을 하며 만약 글로리아가

* 독일에 본사를 둔 대형 슈퍼마켓 브랜드.

** 독일의 약국 협동조합.

켄투키를 사면 그 집에 발도 들여놓지 않을 거라고 했다. 그런 이상한 물건에 대해 정부는 대체 어떤 규제안을 내놓을까? 이네스는 검지로 테이블을 두드리며 친구들에게 여러번이나 물었다. 더이상 사람들의 분별력을 믿기 어려운 세상에서 켄투키를 집 안에 풀어둔다는 것은 생판 모르는 사람에게 집 열쇠를 넘겨주는 것이나 진배없다는 주장이었다.

"아무튼 나는 도무지 이해가 가질 않아." 이네스가 말했다. "괜히 쓸데없이 남의 집을 기어다니느니 차라리 남자를 만나는 게 낫지 않겠어?"

에밀리아는 평소에도 말을 함부로 하는 이네스가 내심 달갑지 않던 터였다. 그날 집에 돌아와 수영 타월을 헹궈 빨랫줄에 너는 동안에도, 그녀는 이네스가 했던 말을 곰곰이 되씹으며 분노를 삭여야 했다. 글로리아가 없다면 이네스와의 관계는 하루도 못 갈 거야.

주말이 되었을 즈음에는 이것이 이미 에밀리아의 새로운 일과로 자리 잡고 있었다. 그녀는 설거지를 마치고 차를 준비한 다음, 곧장 컴퓨터 앞에 앉아 에바의 아파트를 연결했다. 에밀리아가 늦게라도 매일 일정한 시간에 켄투키를 깨우자 에바도 서서히 적응하기 시작하는 것 같았다. 독일 시간으로 매일 저녁 6시에서 9시 사이, 에밀리아는 이 아파트 안에서 무슨 일이 일어나는지 주시하면서 에바의 다리 사이를 부지런히 돌아다녔다. 토요일에는 켄투키를 깨워보니 여자가 집에 없었는데, 바닥에서 몇센티미터 위 의자 다리에 쪽지가 하나 붙어 있었다. 에밀리아는 무슨 내용인지 알 수가 없어 휴대전화의 번역기에 쪽지의 내용을 한 글자씩 옮겨적었다. 자기한테 보낸 쪽지라는 것을 확인하자 내심 흐뭇한 기분이 들었다.

《우리 강아지, 나 슈퍼에 다녀올게. 정확히 삼십분 후에 돌아올 거야. 그 정도는 기다려줄 수 있지? 곧 만나. 너의 에바.》

에밀리아는 비스듬히 기울인 예쁜 글씨로 쓴 그 쪽지가 갖고 싶었다. 독일어인데다 반짝거리는 자홍색 잉크로 쓰여 있어서 약간 거북한 면이 있긴 했지만, 먼 친척이나 친구가 외국에서 보낸 것처럼 세련되고 우아한 글씨체라 그녀가 주기만 한다면 냉장고에 붙여두고 싶었다.

자기가 사다 둔 강아지 장난감을 거들떠보지도 않자 에바는 에밀리아가 관심을 보일 만한 다른 물건들을 근처에 놔두곤 했다. 오늘은 에밀리아가 가끔 치고 다니는 실뭉치와 자그마한 가죽 생쥐 인형이 있었는데 에밀리아로서는 대체 무엇에 쓰는 물건인지 알 수가 없었다. 호의는 고맙지만, 에밀리아가 정말로 흥미를 느끼는 건 아파트 여기저기에 놓인 그 여자의 물건들이었다. 여자가 찬장에 식료품을 넣을 때나 욕실 캐비닛을 열 때, 혹은 침대 옆의 옷장을 열 때면, 에밀리아는 어김없이 그녀의 옆에 붙어 안을 엿보곤 했다. 에바가 외출 준비를 할 때 신어보는 구두만 해도 열켤레가 넘었다. 무언가 눈길을 끄는 것이 나타나기만 하면 에밀리아는 가르랑 소리를 내며 여자 주변을 돌아다녔고, 여자도 켄투키를 그대로 내버려두었다. 에밀리아의 눈에 가장 신기했던 것은 언젠가 그녀가 보여준 발 마사지기였다. 리마에서는 그런 물건을 구경할 수도 없었기 때문에 어찌 보면 당연한 일이었다. 그런 마사지기만 있으면 정말 행복할 텐데 매번 향수나 운동화만 보내주는 아들이 원망스럽기까지 했다. 에밀리아는 자기를 들어올려달라거나 강아지 방석에서 꺼내달라고 부탁할 때도 가르랑 소리를 냈다. 그러다 어느날 오후, 코코넛 비스킷과 그라놀라를 사러 시내의 슈퍼마켓에 갔다가 다 팔렸는지 텅 빈 선반을 본 순간 그녀는 자기도 모르게 나직이 가르랑 소리를 내고 말았다. 아무 데서나 토끼 흉내를 내다니. 당황해 얼굴을 붉히고 있는데, 그때 그녀의 이웃집 여자가 혼잣말을 중얼거리며 앞을 지나갔다. 그날따라 더 늙고 우울해 보이는데다 다리까지 절름거리는 이웃집 여자의 모습을 보자 자신감이 약간 되살아나는 것 같았다. 이러다 미쳐버릴지도 모르겠지만, 그래도 나는 신식 문화에 잘 적응하고 있으니 얼마나 다행이야? 동시에 두종류의 삶을 사는 셈이잖아? 그러니 다리를 절면서 반쪽짜리 인생을 살다가 바닥으로 추락하는 것보다야 훨씬 낫지. 에르푸르트에서 아무리 어리석은 짓을 한다고 한들, 뭐 그리 대수겠는가. 자기를 지켜보는 이도 없고 사랑까지 듬뿍 받으니, 이런 걸 두고 일석이조라고 하는 듯싶었다.

그 여자는 보통 7시 30분쯤 뉴스를 보면서 저녁을 먹었다. 저녁 준비가 되면 접시를 소파로 가져가 맥주캔을 따고 켄투키를 들어 자기 옆에 앉히곤 했다. 그럴 때마다 에밀리아는 쿠션 사이에 끼어 꼼짝도 할 수 없었지만, 그래도 고개를 움직여 유리창 너머로 하늘을 볼 수 있었고 에바를 가까이에서 관찰할 수도 있었다. 가령 그녀가 어떤 옷을 입고 있는지, 화장은 어떻게 했는지, 어떤 팔찌와 반지를 하고 있는지 말이다. 더구나 그녀와 함께 유럽의 뉴스도 볼 수 있었다. 무슨 소리를 하는지 하나도 알아듣지 못했지만—번역기는 에바의 말만 번역해주었다—텔레비전의 영상만 봐도 내용을 대충 짐작할 수 있었다. 페루에서는 독일의 뉴스를 아는 이가 많지 않았다. 슈퍼마켓에서 친구들과 그런 이야기를 나누다가, 자기를 제외하면 유럽의 소식을 자세히 아는 이들이 거의 없다는 사실을 깨닫고 그녀는 괜히 가슴이 뿌듯해졌다.

이틀에 한번 오전 8시 45분쯤이면 여자는 에밀리아를 내버려둔 채 외출 준비를 했다. 불을 끄기 전에는 켄투키를 강아지 방석으로 데려가는데, 에밀리아는 일단 거기에 들어가면 움직이기 어렵다는 것을 알고 있었기에 붙잡히기 전에 아파트 안을 이리저리 돌아다니면서 피하다가 테이블 밑에 숨곤 했다.

《얘, 이리 와! 이러다 늦겠어.》 에바는 화를 내면서 켄투키를 잡으려고 쫓아다니다가도 결국 웃음을 터뜨렸다.

에밀리아가 그 이야기를 들려주자 아들은 기겁을 했다.

"그럼 엄마는 하루 종일 그 여자를 쫓아다닌다는 거예요? 여자가 나가면 강아지 방석에 갇혀 지내고요?"

그때 에밀리아는 슈퍼에서 물건을 고르는 중이었는데 평소와 다른 아들의 목소리를 듣자 슬슬 겁이 났다. 그녀는 근심스러운 표정으로 쇼핑 카트를 세우고는 전화기를 귀에 바짝 붙였다.

"내가 잘못한 거니?"

"그러니까 지금 충전을 전혀 안하고 있다는 얘기잖아요!"

그녀는 아들이 무슨 말을 하는지 전혀 알아들을 수 없었지만 그래도 싫지 않았다. 켄투키를 만난 후로 궁금한 점이나 진척 상황, 또는 그 여자가 뭘 했는지 등을 알려주려고 아들에게 메시지를 보내면 곧장 답장이 왔다. 아들은 켄투키를 선물하면 엄마와 더 가까워지리라고 생각했던 걸까? 아니면 반대로, 이 선물로 인해 아들이 더 골머리를 앓게 된 건 아닐까?

"엄마, 매일 충전하지 않으면 배터리가 방전된다고요. 무슨 말인지 모르시겠어요?"

그래도 에밀리아는 아들이 하는 소리를 이해할 수가 없었다. 도대체 그녀가 뭘 알아야 한다는 말인가?

"배터리가 다 닳으면 사용자들 사이의 접속이 끊어진다고요. 그렇게 되면 에바와 작별하는 거예요."

"에바와 작별한다고? 그럼 다시는 에바가 나오는 화면을 못 본다는 말이니?"

"그렇죠, 엄마. 그걸 '계획적 진부화'*라고 해요."

"계획적 진부화……"

에밀리아가 통조림 판매대 앞에서 그 두 단어를 중얼거리자 직원이 이상하다는 듯이 물끄러미 그녀를 쳐다보았다. 답답해진 아들은 마치 엄마의 귀에 무슨 문제라도 있는 양 커다란 목소리로 다시 차근차근 설명해주었다. 그제야 무슨 말인지 이해한 에밀리아는 당황한 목소리로 지난 일주일 동안 한번도 충전하지 않고 켄투키를 조종했다고 털어놓았다. 아들은 안도의 한숨을 내쉬었다.

"그 여자가 엄마의 켄투키를 충전하고 있는 모양이네요." 그가 말했다. "그나마 다행이에요."

슈퍼마켓 계산대에서 차례를 기다리는 동안 에밀리아는 아들의 말을 곰곰이 되씹어보았다. 그렇다면 에바가

* 기업이 의도적으로 제품의 물리적 수명을 단축하거나, 단순히 부품만 교체해도 되는 상황에서 아예 새 제품을 사도록 유도하는 것으로, 계획된 제품 수명 단축 전략을 의미한다.

매일 밤 자러 가면서 켄투키를 강아지 방석에 올려놓고, 다음 날 아침 거기서 꺼내 충전기 위에 올려놓았다는 얘긴가? 그러고서 충전이 다 되면 다시 강아지 방석에 갖다 놓았던 거구나. 에밀리아는 장바구니 아래 깔려 있던 복숭아들을 꺼내 멍이 들지 않도록 콩 통조림 위에 올려놓았다. 지구 반대편에 있는 어떤 이가 날 대신해 매일 켄투키를 충전해주고 있었어. 그녀는 조용히 미소 지으며 휴대전화를 내려놓았다. 정말 다정하기도 하지.

바르셀로나의 빌라 데 그라시아에 있는 모센 신토는 흔한 양로원이 아니었다. 지역에서 가장 인기 있을뿐더러 최고의 시설을 갖춘 요양 기관으로, 러닝머신 일곱대와 치료용 수중 마사지 기구 두대 그리고 심전도 측정기까지 설치되어 있었다. 체육관 정면 보수공사 대금도 다 치른 터라, 카밀로 바이고리아는 남은 예산을 레크리에이션 프로그램과 기타 설비에 쏟아붓고 싶었다. 모센 신토는 최근 몇달 사이 최고의 실적을 올렸다. 그가 그곳의 경영인으로 일한 지 사십칠년 만에 거둔 성과였다. 사업이 정상 궤도에 오른 이상 뭔가 색다르고 참신한 것, 주말을 맞아 방문한 가족들의 시선을 한눈에 사로잡을 만한 것, 그래서 돌아간 후에도 계속 화제로 삼을 만한 것을 시도할 필요가 있었다.

제일 먼저 켄투키 이야기를 꺼낸 건 간호부장인 에이데르였다. 그녀는 카밀로의 가족 중에도 켄투키를 가진 이가 있다는 것을—그의 조카가 돈을 모아 샀다고 했다—알고 있었지만, 그를 설득하기가 결코 쉽지 않으리라 예상했었다. 사실 카밀로가 노인 환자들을 위해 그런 물건을 산다는 것은 상상도 못할 일이었는데, 이번에는 무슨 바람이 불었는지 그녀의 제안을 흔쾌히 받아들였다. 카밀로는 에이데르에게 감사를 표하고 그 자리에서 토끼 켄투키 두개를 주문했다. 그사이 에이데르는 켄투키에게 줄 챙 달린 파란 모자를 만들었다. 모자 옆쪽으로 귀를 빼낼 구멍 두개를 내고, 앞에는 요양원 로고를 달았다.

그들은 점심식사를 마친 뒤 중앙 홀에서 켄투키의 전원을 켰다. 두시간 이십칠분 만에 K0092466 회선이, 그리고 세시간 이분 만에 K0092487 회선이 연결되었다. 전세계의 켄투키와 컴퓨터를 연결하는 서버가 이미 378개나 구축되어 있었지만 여전히 과부하가 잦았고, 초기 설정을 위한 대기시간도 점점 더 길어지고 있었다.

두 켄투키가 움직이기 시작하자 그 모습이 신기한지 몇몇 노인이 그들에게 다가갔다. 토끼들이 노인들의 다리 사이를 왔다 갔다 할 때는 그것들이 장애물을 피하지 못하는 장난감 풀백 자동차*라도 되는 양 다리를 들어 길을 내주기도 했다. 그렇게 십분쯤 지났는데, 그중 하나가 갑자기 가운데 유리창 옆에 멈춰서더니 꼼짝도 하지 않았다. 연결이 끊긴 모양이었다. 에이데르는 카밀로에게 그런 경우 손쓸 방법이 없다고 여러차례에 걸쳐 설명해야만 했다. 그녀가 알기론 켄투키 사용자가 '놀이'를 중단하면 인형을 움직일 방법이 없었다.

"노인들만 있어서 그런가?" 카밀로가 물었다.

에이데르로서는 생각지도 못한 일이었다. 가전제품을 새로 사서 설명서부터 읽는 것도 중요하지만, 그보다 그 물건이 곁에 두고 쓰기에 적당한 것인지에 대해서도 미리 꼼꼼히 따져봐야 했는데. 하기야, 슈퍼마켓 매대 앞에 서서 지금 사려는 선풍기가 기저귀를 차고 텔레비전을 보는 아버지에게 적당한 것인지 생각하는 사람이 얼마나 되겠는가?

"그럼 나머지 하나도 못 쓰게 될까?" 카밀로가 그녀의 팔을 잡고 겁에 질린 듯 물었다.

에이데르는 제자리에 서서 멍하니 상관을 바라보았다. 그 순간 그녀는 카밀로가 거기 있는 노인들만큼이나 늙었다는 사실을 처음으로 깨달았고, 그러자 왜 그렇게 두려

* 뒤로 밀었다가 놓으면 내부의 태엽과 용수철 장치가 풀리면서 앞으로 나아가는 장난감 자동차.

운 듯한 기색으로 질문을 던졌는지 알 것 같았다. 그때 옆에 있던 한 노인이 다른 켄투키를 들어 이리저리 살펴보더니, 입술이 인형의 주둥이에 닿을 만큼 얼굴을 가까이 대고 뭔가를 말하기 시작했다. 켄투키의 눈에 뿌옇게 김이 서렸다. 노인은 녀석을 바닥에 내려놓으려고 했지만 허리를 구부릴 수가 없었고, 결국 외마디 비명과 함께 손에서 떨어뜨리고 말았다. 바닥에 떨어진 켄투키는 제자리에서 뱅글뱅글 돌기 시작했다. 에이데르가 달려가 토끼를 일으켜세우고는 노인들이 건드리지 못하도록 그 뒤를 따라다녔다. 토끼는 식당 테이블 사이를 돌아다니다가 정원으로 나갔다.

"에이데르." 카밀로가 뒤에서 다가오며 그녀를 불렀다.

뒤를 돌아보려는 순간, 켄투키를 뒤쫓아 달려가는 어느 할머니와 할머니를 붙잡으려고 따라가는 간호사의 모습이 시야에 들어왔다. 켄투키는 뭔가 의도한 양 갑자기 정원 한가운데 있는 연못 쪽으로 빠르게 방향을 꺾더니 전속력으로 달리기 시작했다. 뭘 하려는 걸까? 에이데르의 발이 본능적으로 움직이려 했지만, 카밀로가 그녀를 붙잡았다. 속도를 늦추지 않고 달려간 토끼는 결국 물속에 빠지고 말았다. 할머니가 소리를 지르며 연못 속으로 걸어 들어갔고, 간호사도 그 뒤를 따랐다.

"에이데르." 카밀로는 다시 그녀의 팔꿈치를 끌어당기

며 말했다. "저 인형을 되살릴 방법이 없는 거야? 하나도?"

그는 뭘 묻고 싶었던 걸까? 혹시 돈으로 해결하려는 생각이었을까? 정원을 내다보니, 간호사가 할머니를 데리고 나와 연못가에 앉히고 있었다. 온몸이 젖은 할머니는 몇 미터 앞에서 물속으로 가라앉는 켄투키를 향해 손을 뻗으며 울부짖었다.

그녀는 매일 아침 조깅을 했다. 두달 뒤 멘도사로 돌아가면 다른 건 몰라도 매일 운동을 해서 건강해졌다고 큰소리칠 수는 있을 터였다. 물론 원하던 목표는 아니었지만 딱히 다른 할 일도 없었다. 어쨌든 그녀는 즐겁게 시간을 보낼 수 있는 방법을 찾아낸 참이었다. 도서관—책을 실컷 읽은 지도 벌써 한참 전의 일이었다—과 켄투키가 바로 그것이었다. 특히 켄투키는 정말 재미있었다.

까마귀를 처음 봤을 때, 스벤은 한참 동안 그 앞에 가만히 서 있었다. 까마귀도 바닥에서 그를 올려다보았다. 스벤과 까마귀가 너무도 진지하게 탐색전을 벌여 알리나는 웃음을 참으려고 이를 악물어야 했다. 스벤은 키가 큰 금발의 덴마크인이었다. 멘도사에 있었을 땐 그를 마치 열다섯살 먹은 여자아이 다루듯 보살펴주어야 했다. 워낙 순진하고 마음이 고운 탓에 다른 사람들에게 속거나 돈을 빼앗기거나 놀림을 당하는 일이 빈번했기 때문이다. 반면 예술가 마을에 와서 마음 맞는 동료들과 함께 작업하고 열정적인 조수의 도움을 받는 지금은 알리나에게서 마음이 멀어진 왕자처럼 보였다. 하지만 지금 오악사카에서 그녀를 사로잡고 있는 질투심은 일년 전 스벤과 처음 만난 시절에 비하면 그저 일종의 잔상에 불과했다. 시간이 흐를수록 그녀의 조바심은 서서히 다른 것으로 변해갔다. 예전만 해도 불안감에 휩싸여 그에게서 시선을 떼지 못할 때가 많았지만, 이제는 불안할수록 마음이 흐트러져 아예 그에 대한 관심을 잃어버렸다. 결국 질투가 이따금씩이나마 스벤에게 다시 관심을 가질 수 있는 유일한 방법이었던 것이다. 게다가 이제는 그녀가 몰입하길 원하며 오로지 그녀만이 탐닉할 수 있는 다른 대상도 있었다. 그녀는 하루 종일 방 안에 처박혀 시간 가는 줄 모르고 긴 TV 시리즈를 보다가 몇시간이 지난 뒤에야 다시 현실로 돌아오곤 했다. 마침내 알리나의 삶은 그 자신의 말마따나 "산산조각"이 나고 말았다. 그녀의 어리석은 두려움을 마비시킨 것은 다름 아닌 현기증이었다. 아마도 고독 그 자체가 불러왔을 그 현기증 덕분에 그녀는 밝고 가벼운 세상으로 돌아와 맛있는 음식과 산책의 즐거움을 만끽할 수 있었다.

하지만 머지않아 또다시 스벤과의 불화가 시작될 터였다. 켄투키를 바라보는 그녀의 얼굴에 어린 달콤한 미소처럼, 그녀의 삶에는 언제나 덧없이 사라져버릴 것들밖에 없는 것 같았다. 사실 알리나는 스벤이 인형을 보고서 던질 질문을 미리 예상해보고 그 가격과 쓰임, 사생활의 과도한 노출 따위의 문제에 — 예술가 스벤은 그중 마지막 문제에 대해서는 당장 눈치채지 못할 테지만 — 어떻게 반박할 것인지 머릿속으로 대답을 검토해두었다. 그는 작은 동물 인형을 보고 깜짝 놀란 기색이었다. 그러더니 무릎을 꿇고 켄투키를 자세히 살펴보며 알리나가 예상치 못한 질문을 던졌다.

"이름을 뭐라고 짓지?"

켄투키는 몸을 돌려 그녀를 쳐다보았다.

"샌더스 어때?" 알리나가 말했다. "샌더스 대령."

우스꽝스럽지만 꽤 재미있는 이름이었다. 왜 하필 남자 이름일까? 하지만 이 까마귀에게 여자 이름을 붙인다는 건 상상할 수 없는 일이었다.

"켄터키 프라이드치킨 할아버지 말이야?"

알리나는 고개를 끄덕였다. 생각해보니 정말 잘 어울리는 것 같았다. 스벤은 켄투키를 들어올리더니 거꾸로 뒤집어 바닥에 붙은 바퀴를 보고, 또 플라스틱으로 된 작은 날개가 어떻게 몸에 붙어 있는지도 살펴보았다. 녀석은 싫은지 꽥꽥 소리를 질러댔다.

"정말로 저 혼자 알아서 움직이는 거야?"

하지만 알리나도 모르기는 매한가지였다.

"우리 저녁 먹는 곳까지 쫓아오려나?" 스벤이 켄투키를 바닥에 내려놓으며 물었다.

한번 시험해보면 재미있을 것 같았다. 비스타에르모사에는 그럴싸한 레스토랑이 하나도 없었다. 정확히 말하면 레스토랑 비슷한 것조차 없었다. 사정이 이렇다보니, 몇몇 부인이 아예 자기 집 마당에 — 알리나와 스벤은 그중 세 곳에 가봤다 — 플라스틱 테이블을 꺼내 테이블보를 펼쳐 놓고 음식점을 차렸다. 메뉴라고 해봐야 바구니에 든 토르티야와 두어가지 음식밖에 없었지만 말이다. 남편들은 늘 텔레비전 가까이 둔 테이블을 차지한 채 뭔가를 먹고 있었고, 어쩌다 맥주나 메스칼* 잔을 손에 든 채 곯아떨어져 있는 경우도 있었다. 이런 음식점들은 멀어야 1킬로미터 정도 떨어진 곳에 있으니 무선통신 수준의 기술만 갖추고 있다면 켄투키도 어렵지 않게 따라올 수 있으리라는 게 스벤의 판단이었다. 반면 알리나는 혹시라도 도중에 신호가 끊길까봐 걱정이었다. 듣기로는 켄투키 인형이 "한번밖에 살지 못한다"는데, 신호가 끊기면 연결이 아예

* 용설란을 증류해 만든 술로, 대부분 멕시코 오악사카에서 생산된다.

두절되는 걸까?

스벤과 알리나는 마당으로 나가 걷기 시작했다. 몇미터 뒤에서 켄투키가 그들을 따라왔다. 스벤과 둘이 가벼운 발걸음으로 걸어가는 동안에도 알리나는 등 뒤에서 윙윙대는 모터 소리에 귀를 기울이며 누군가가 기를 쓰고 자신들을 쫓아온다는 사실을 의식했다. 그러다 잠시 저 수행원의 존재를 잊어버렸고, 그러자 마음이 편해졌다. 그녀가 살며시 스벤의 손을 잡자 그도 역시 다정하게 그녀의 손을 잡아주었다. 그런데 집을 벗어나 아스팔트 도로에 이르자 까마귀로서는 그들을 따라오기가 힘겨운 모양이었다. 한바퀴 돌면서 속도를 줄였다가 다시 부지런히 달려오는가 싶었는데, 어느 순간 모터 소리가 멈췄다. 그들이 깜짝 놀라 뒤를 돌아보니 녀석은 5미터쯤 떨어진 곳에 선 채 먼 산을 바라보고 있었다. 해 질 녘 멕시코의 아름다운 자연 풍광을 감상하느라 저러고 있는 걸가? 혹시 기술적으로 어떤 치명적인 오류가 발생해 갑자기 그의 영혼마저 앗아간 건 아닐까? 만약 후자의 경우라면 그들이 이번 생에서 켄투키와 함께한 시간은 그것으로 끝나는 셈이었다. 문득 그걸 사느라 지불한 279달러가 생각났다. 바로 그 순간, 갑자기 켄투키가 다시 움직이기 시작했다. 녀석은 의기양양하게 스벤을 피해 알리나가 있는 곳으로 쪼르르 달려왔다.

"너 지금 뭐 하는 거야?" 스벤이 농담조로 물었다. "대령, 내 여자랑 어디 가려는 속셈이지?"

그들은 몰래 소스*와 쌀을 넣은 닭고기를 먹으면서 즐거운 시간을 보냈다. 저녁을 먹는 동안 켄투키는 식탁 위에 올려놓았다. 스벤이 식사하다 말고 딴생각을 할 때마다 까마귀는 포크와 나이프를 테이블 가장자리로 밀어 떨어뜨렸다. 흙바닥이라 떨어질 때 아무 소리도 나지 않았기 때문에 스벤은 포크와 나이프를 찾느라 바빴지만 켄투키의 짓이라는 것을 알아차린 뒤에도 화를 내지 않았다. 사실 일상 세계의 그 어느 것도 이 예술가를 화나게 만들지는 못했다. 그는 오로지 고상한 것에만 에너지를 쏟아부었다. 알리나는 삶에서 자기가 원하는 것을 선택해 그것에만 몰입하는 스벤의 차분한 태도가 너무나 부러웠다. 그가 앞으로 나아가면, 그녀는 그를 놓치지 않으려고 안간힘을 쓰면서 그가 남긴 흔적 속에 우왕좌왕하기 일쑤였다. 달리기, 읽기, 그리고 켄투키. 그녀의 계획은 모두 만일의 사태에 대비한 것들이었다. 대령이 다시 포크를 밀어 떨어뜨리자 알리나는 웃음을 터뜨리며 자기를 멀뚱히 쳐다보는 켄투키에게 윙크를 보냈다. 그러자 녀석은 그날 밤 처음으로 까마귀 울음소리를 냈다.

* 과일과 고추, 견과류와 향신료 등을 넣어 만든 멕시코의 전통 소스.

"내 여자를 유혹하는 거야?" 스벤이 농담조로 말하며 몸을 굽혀 포크를 주웠다. "나한테도 그래보시지, 대령."

며칠 후, 그녀는 방을 나서려다 말고 돌아와 켄투키를 데려갔다. 도서관에서 일하는 카르멘에게 보여주고 싶었기 때문이다. 카르멘과는 마을에서 가장 가깝게 지내는 사이였다. 그들은 만나면 곧장 가시 돋친 말을 짤막하게 주고받으며 이런 대화에서 드러나는 끈끈한 정과 유대감을 즐기곤 했다. 알리나는 카운터를 손으로 몇번 두드려 기척을 낸 뒤 대령을 카르멘의 서류 옆에 올려놓고는 소설 서가로 가서 몸을 숨겼다. 그때 카르멘이 켄투키를 보고 다가왔다. 여느 때와 마찬가지로 검은색 옷차림에 장식 단추가 박힌 팔찌를 주렁주렁 찬 모습이었다. 그녀는 켄투키를 뒤집어 바닥을 잠시 살펴보더니 손가락으로 바퀴 사이를 만져보았다.

"이게 내 것보다 더 좋은 것 같은데." 처음부터 알리나가 숨어서 자기를 엿보고 있다는 걸 알고 있었던 듯 그녀가 나직한 목소리로 말했다.

알리나는 새 책 두권을 들고 그녀에게 다가갔다.

"진짜 궁금한 게 있어." 카르멘이 재미있다는 듯이 말했다. "대체 이건 어디다 쓰라고 있는 걸까?" 그녀는 매니큐어를 바른 손톱으로 뒷바퀴 뒤에 숨겨진 USB 포트를 긁었다.

카르멘이 켄투키를 다시 테이블 위에 올려놓자 녀석은 알리나를 향해 잽싸게 달아났다. 카르멘은 한달 전쯤 전 남편이 아이들에게 켄투키를 하나씩 선물해주었고, 그새 새로 나온 버전을 벌써 여러번 봤다고 했다.

"그 사람이 그러는데, 이게 지금 엄청나게 빠른 속도로 늘어나고 있대. 첫주에 세개가 있으면 그다음 주에는 삼천개가 있는 식이라는 거야."

"좀 무섭지 않아?" 알리나가 물었다.

"뭐가 무서워?"

카르멘은 옆으로 한걸음 비켜나 켄투키 뒤에서 눈을 가리는 시늉을 했다. 그러곤 가방에서 지갑을 꺼내더니 켄투키와 함께 있는 아이들의 사진을 보여주었다. 노란색 고양이 두마리였다. 켄투키들은 아이들의 자전거 바구니에 실려 있었는데, 둘 다 검은 띠로 눈이 가려진 채였다. 그게 카르멘이 내건 유일한 조건이라고 했다. 전남편이 하루 종일 두대의 카메라로 집 안을 샅샅이 살펴보기 위해 꾸민 음모일지도 모르니 말이다.

알리나는 계속 사진을 들여다보았다.

"이렇게 눈을 가려놓으면 너희 집에 있고 싶을까? 무슨 재미가 있다고?"

"재미없겠지." 카르멘이 말했다. "켄투키들이 가진 여러가지 감각 중 하나를 내가 없앤 셈이니까. 그래도 녀석들은 계속 집 안을 이리저리 돌아다녀. 얘, 그건 사람도 마찬가지잖아. 마을에 이런 도서관이 있어봐야 뭐 하겠어." 그녀는 손가락으로 텅 빈 서고 통로 네곳을 가리켰다.

카르멘은 알리나의 손에서 사진을 낚아채더니 아이들의 얼굴에 입을 맞추고 다시 지갑 속에 넣었다.

"어제는 도로에서 어떤 켄투키가 차에 깔렸다지 뭐니. 택시 정류장 앞에서 말이야." 알리나가 가져온 책을 대출 도서 대장에 기록하면서 그녀가 말을 이었다. "우리 아들 친구가 기르던 거래. 그래서 걔 엄마가 정원에 있는 강아지 무덤 사이에 묻어주었다더라고."

그러자 까마귀가 카르멘 쪽으로 몸을 돌렸다. 샌더스 대령이 그녀의 말을 알아들은 걸까?

"참 끔찍한 일이지. 지금쯤 그 아이는 얼마나 풀이 죽어 있을까?" 카르멘은 미소를 지었지만 그녀가 정말로 무슨 생각을 하는지 가늠하기 어려웠다. "이런 동물 인형을 또 사려면 돈이 만만치 않게 들겠지."

"그런데 그 켄투키는 혼자 길거리에서 뭘 하고 있었대?" 알리나가 물었다.

카르멘도 미처 거기까지는 생각하지 못했던 듯 놀란 눈으로 그녀를 마주 보았다.

"도망치려고 했던 걸까?" 그녀가 짓궂게 웃으며 말했다.

집에 돌아온 알리나는 켄투키를 바닥에 내려놓고 화장

실로 들어가 문을 잠갔다. 그러지 않으면 녀석은 계속 들어오려고 애를 썼다. 그녀는 문에 기대어 귀를 기울이다가 샌더스 대령이 어디론가 가는 소리가 들린 뒤에야 옷을 벗고 샤워실로 들어갔다. 그동안 켄투키와 소통한 적이 없어서 정말 다행이라는 생각이 들었다. 아무리 생각해도 그렇게 하기를 잘했어. 그녀는 켄투키와 이메일이나 메시지를 주고받은 적도, 통신 방법에 대해 합의한 적도 없었다. 그녀에게 켄투키는 둔하고 따분한 애완동물에 지나지 않았다. 가끔 알리나는 샌더스 대령이 자기 곁에 있다는 사실은 물론, 대령의 얼굴에 달린 카메라로 누군가가 자기를 지켜보고 있다는 사실조차 잊곤 했다.

그렇게 하루하루가 흘러갔다. 그녀의 자명종은 매일 아침 6시 20분에 울렸다. 마을에 사는 어떤 예술가도 일어나 어슬렁거리며 돌아다니려 하지 않는 시간이었다. 스벤도 마찬가지라, 자명종이 아무리 요란하게 울려도 눈조차 뜨지 않았다. 덕분에 알리나는 여유 있게 공용 주방으로 내려가 아무에게도 방해받지 않고 책을 읽으면서 아침을 먹은 다음 조깅을 하러 나갈 수 있었다. 그녀는 의자 가장자리에 걸터앉아 다리를 V 자 모양으로 쭉 뻗은 채 두번째 커피를 즐겼다. 그녀가 가장 좋아하는 자세로, 이렇게 앉아 몇시간이고 책을 읽을 수 있었다. 가끔씩 샌더스 대령이 파고들어 V 자 모양으로 벌린 발끝을 밀어대면 그녀는 종종 읽던 책을 내려놓고 녀석에게 질문을 던지곤 했다. 인형을 조종하는 사람이 지금도 나를 지켜보고 있을까? 아니면 까마귀를 내팽개친 채 다른 일을 하고 있을까? 누군가가 책상 앞에 앉아 여러시간 동안 자신의 일거수일투족을 주시한다면 그것도 소름 끼치는 일이었지만, 사실 그 반대라 해도 기분이 썩 좋지는 않았다. 내 일상이 별로 흥미롭지 않은 건가? 아니면, 누군지 모를 상대방이 나보다 더 바쁜 몸이라 켄투키를 혼자 내버려두는 건가? 아냐, 그럴 리 없어. 그녀는 생각했다. 만약 그렇다면 새벽 6시 50분에 강아지나 고양이처럼 그녀의 발 사이로 파고들 리가 없을 테니 말이다.

"방금 139면에서 무슨 일이 일어났는지 알아?"

샌더스 대령은 늘 그녀의 곁에 붙어 가르랑거리는 소리를 내거나 날개를 가볍게 퍼덕거렸지만, 솔직히 그녀로서는 녀석이 대답을 하든 말든 별 관심이 없었다. 7시 30분, 알리나는 까마귀를 방에 놓아두고 나가 언덕을 달렸다. 교회 모퉁이를 돌자 큰길이 점점 멀어졌다. 그녀는 집에서부터 산으로 이어지는 경로를 훤히 알고 있었다. 밭을 가로질러 언덕을 따라 내려가면 초록으로 덮인 지역이 나왔다. 매번 조금씩 멀리 달렸는데, 그럴 때마다 절로 힘이 솟는 기분이었다. 매일 아침 달린다고 머리가 더 좋아지는 것은 아닐 테지만, 적어도 전과 다르게 온몸의 피가 더 잘 도는 것 같았고 관자놀이가 불끈불끈 뛰는 느낌도 좋았다. 심지어 숨 쉬는 공기마저 다르게 느껴졌다. 그렇게 마음이 편안해지면, 머릿속에서 믿을 수 없을 만큼 빠르게 아이디어가 떠오르곤 했다. 운동을 마치고 집에 돌아와보니 스벤은 이미 작업실에 가고 없었다. 알리나는 샤워를 한 뒤 편한 옷으론 갈아입고 침대에 드러누운 채 천천히 귤을 까 먹었다. 샌더스 대령은 안절부절못하고 주위를 뱅뱅 맴돌았다. 마치 독수리나 매의 캐리커처를 보는 듯했다.

그 전날, 그녀는 하루 종일 생각하고 또 생각했다. 너무 많은 생각이 맴돌아 새벽 3시에 일어나버렸고, 그래서 마당에 의자를 꺼내놓고 어둠에 싸인 산을 바라보며 담배를 피웠다. 곧 무언가 분명하게 드러나리라는 예감이 들었다. 전에도 이런 일이 가끔 있었다. 마침내 결론에 도달하리라는 생각에 흥분한 나머지 불면의 고통 따윈 까맣게 잊는 것이다.

그래서 그날 아침에도 평소처럼 조깅을 마치고 돌아와 귤을 들고 침대에 벌렁 드러누운 채, 조만간 모든 게 분명하게 밝혀지리라는 예감에 이끌려 곰곰이 생각에 잠겨 있었다. 그녀는 천장을 뚫어지게 쳐다보면서 머릿속을 정리하기 시작했다. 만약 이 모든 생각을 하나씩 정리하고 그 윤곽을 대충이라도 가다듬다보면 지난 며칠 동안 까맣게 잊고 있던 어떤 사실이 떠오를 것만 같았다. 예상한 대로였다. 지난주 어느날, 그녀는 마을에 단 하나밖에 없는 교회 옆 야외 매점으로 내려가 멍하니 앉아 있다가 우연히 무언가를, 보고 싶지 않은 것을 얼핏 보고 말았다. 스벤이 어느 여자에게 무언가를 설명하는 광경이었다. 그가 여자를 대하는 다정한 태도며, 딱 달라붙어 서로 얼굴을 마주하고 미소를 짓는 두 사람의 모습이 아주 가관이었다. 잠시 후 알리나는 그 여자가 새로 온 조수라는 것을 깨달았다. 놀랍지도 않았고, 그렇게 중요한 장면을 목격한 것 같지도 않았다. 문득 훨씬 더 깊은 깨달음이 그녀의 정신을 온통 빼앗았기 때문이었다. 그가 무엇을 하고 어디로 가든, 자기와는 아무 상관도 없다는 깨달음이었다. 그녀의 마음속 깊은 곳에서 무언가를 강하게 요구하고 있었다. 그건 피로나 우울증도, 비타민 결핍도 아니었다. 오히려 무심함과 비슷하지만, 그보다 훨씬 더 너그럽고 자유로운 상태였다.

알리나는 침대에 누운 채 한 손으로 귤껍질을 모았다. 그 동작이 그녀를 새로운 깨달음으로 인도했다. 스벤은 그 모든 것을 알고 있었을까? 그러니까, 그가 일꾼처럼 작업에만 매달리는 예술가로서 돌이킬 수 없는 운명을 향해 삶의 매 순간 한걸음씩 나아갔다면, 그녀는 줄곧 그 정반대에 있었다는 것을 말이다. 그녀는 지상에서 그의 반대편 끝자락에 사는 존재, 즉 비非예술가였다. 그녀는 어느 누구와도, 어떤 것과도 관련이 없는 아무것도 아닌 존재였다. 어떤 방식이든 구체적인 모습으로 드러나기를 거부하는 존재. 그녀의 육체는 사물들 사이에 끼어듦으로써, 무언가에 도달하게 될 위험으로부터 그녀를 지켜주고 있었다. 알리나는 주먹을 꽉 움켜쥐었다. 손에 있던 귤껍질이 차갑고 단단한 덩어리로 변하는 듯했다. 그녀는 침대 머리를 향해 팔을 뻗어 귤껍질을 스벤의 베개 밑으로 쑤셔넣었다.

마침내 그리고르는 기막히게 좋은 아이디어를 생각해냈다. 그는 '플랜 B'라고 이름 붙인 이 사업 계획에 남은 전 재산, 그러니까 그동안 그와 아버지가 저금해두었던 돈을—아버지에게 남아 있던 돈을 저금이라고 할 수 있다면—모두 쏟아부었다. 플랜 B가 뜻대로 이루어진다면 그는 슬럼프에서 벗어나 자리를 잡을 수 있을 터였다. 하지만 거의 보름이 다 되어가는 지금, 사업은 여전히 제자리걸음을 면치 못하는 듯했다. 그는 아버지에게 점심은 나중에 먹겠다고 한 뒤 방으로 들어가 문을 잠가버렸다. 이번 일만 잘 풀리면 당장 아버지에게 켄투키를 사드려야겠어. 외로운 노인에겐 더할 나위 없이 좋은 벗이 되어주겠지. 무료함을 달래줄 뿐만 아니라 약 먹을 시간도 잊지 않고 꼬박꼬박 알려줄 거야. 누가 알겠어? 어쩌면 정말 큰 도움이 될지. 그는 책상 위에 걸린 달력을 바라보았다. 퇴직금으로는 앞으로 두달도 버티기 어려울 것 같았다. 아버지가 요구르트 살 돈을 찾으려고 은행 카드를 가지고 가도 현금인출기에서 카드를 뱉어버리는 지경에 이르면, 결국 그리고르는 아버지에게 자초지종을 솔직하게 털어놓는 수밖에 없을 것이다. 그러니 플랜 B가 제대로 돌아가야만 했다.

연결된 K1969115의 IP 주소가 태블릿 컴퓨터 화면에 나타나며 시리얼 넘버를 입력하라는 창이 떴다. 그사이 카메라가 켜져 그리고르는 얼른 오디오 음량을 줄였다. 화면에는 생일 파티 장면이 나오고 있었다. 여섯살쯤 되어 보이는 남자아이가 그를 잡아 흔들고 마룻바닥에 내리치기 시작했다. 계속 이러지는 않겠지. 약간 놀랐지만 그리고르는 생각했다. 이따금씩 켄투키들이 처음 연결된 사람과의 관계가 끝나면서 가족 중 다른 누군가에게 입양되는 경우도 종종 있었다. 가령 남아프리카공화국 케이프타운의 살날이 얼마 남지 않은 어느 여자에게 병원용 반려동물로 갔었던 켄투키가 바로 그런 경우였다. 여자가 세상을 떠나자 그녀의 딸은 켄투키를 뉴질랜드 시골에 사는 조카에게 선물하기로 했고, 결국 켄투키는 비행기 객실의 짐칸에 실려 그녀와 함께 여행을 떠났다. 오클랜드 외곽의 어느 농장에 사는 그 가족은 켄투키를 오두막에 처박아두었다. 돼지들이 종종 충전기를 깔고 앉는 바람에 그리고르는 녀석들의 엉덩이를 몇번이고 찔러대야만 했다. 이처럼 켄투키가 맺는 인연의 운이 언제 어떻게 바뀔지는 누구도 알 수 없는 일이었다.

그리고르가 늘 강조하다시피, 가장 중요한 점은 기기를 계속 켜두고 작동시켜야 한다는 것이었다. 물론 기술적인 필수 요구 사항은 아니다. 사실 며칠 동안 켄투키를 사용하지 않아도 할당된 IP 연결은 계속 유지되기 때문이다. 그리고르는 이에 대해 알아보느라 여러 소셜 네트워크 서비스와 각종 포럼, 그리고 마니아들의 대화와 모든 종류의 전문 사이트까지 두루 섭렵했다. 그 결과, 일정 기간 동안 켄투키를 방치한다 해도 연결이 끊겨 못 쓰게 되지는 않는다는 사실을 확인하게 되었다. 하지만 연결된 회선을 팔고 싶다면, 우선 연결 상태를 유지하고 그 주인과 좋은 관계를 맺는 것이 필수적이었다. 그래서 그는 매일 장치를 켜서 여러시간 동안 이리저리 움직여도 보고 상대방과 대화도 나누었다. 사실 그로서는 전혀 예상하지 못했을 뿐 아니라 시간이 너무 많이 걸리는 일이었다. 그 때문에 켄투키 하나를 잃은 적도 있었다. 첫주라서 어수선했던데다 경험도 부족한 탓이었다. 그가 이틀 넘게 잊고 접속하지 않자, 그 주인 — 돈 많고 참을성이 부족한 러시아 여자로, 그렇게 오랜 시간 동안 무시당하는 상황을 용납하지 못했다—이 결국 연결을 끊어버리고 말았다. 3번 태블릿에 설치된 K1099076에서 적색경보와 함께《연결 종료》메시지가 뜨던 모습이 아직도 생생했다.

접속이 끊기면서 그는 켄투키 '되기' 카드는 물론, 켄투키 자체도 잃고 말았다. 그 두가지 모두 다시 사용하는 건 불가능했다. '구매당 1회 연결'이라는 제조업체의 방침은 마치 그것이 제품의 장점이라도 되는 양 상자 뒷면에 기재되어 있었다. 그리고르는 이틀 전 새로운 코드를 설치하기 위해 태블릿 몇대를 더 사러 나갔다가 그 문구가 새겨진 티셔츠를 입은 남자아이를 보았다. 그런 제한 규정이 오히려 사람들의 마음을 사로잡은 모양이었다.

생일 파티에서 그의 11번 켄투키는 아이의 등쌀에 몹시 시달리고 있었다. 다행히 어떤 이가 아이의 손에서 켄투키를 빼앗아 바닥에 놓아주었다. 바닥은 다공질벽돌로 되어 있었다. 저 멀리 초대 손님들 너머로 커다란 수영장이 언뜻 보였다. 이따금씩 웨이터가 음료수를 쟁반에 받쳐 든 채 지나다녔다. 벽에는 "¡Felicidades!(생일 축하해)"라고 적힌 포스터도 보였다. 그리고르가 보기에는 스페인어 같았다. 그가 손님들 사이로 지나다니는데 누가 뒤에서 그를 따라왔다. 몇몇 사람이 신기한 듯 그를 들어 이리저리 돌려보았다. 다시 바닥에 내려졌을 때, 카메라는 그 아이 쪽으로 향해 있었다. 하지만 이제 꼬마는 선물에 정신이 팔려 그를 거들떠보지도 않았다. 쿠바인지도 몰라. 처음 켄투키를 연결할 때부터 바라던 바가 이루어진 것 같아 그는 내심 흐뭇했다. 선택권이 있다면 아바나나 미라마르* 지역의 어느 해변을 고르겠다고 생각했던 것이다. 그가 한번도 가본 적이 없는 곳들이니 카메라를 통해 상상의 나래를 펼친다고 해서 손해 볼 것은 없었다. 그때 강아지 한마리가 다가와 코를 킁킁대는 바람에 카메라 렌즈에 뿌옇게 김이 서렸다. 그리고르는 서류철을 펼치고 서식의 빈칸을 채우기 시작했다. 플랜 B를 가동하던 첫날 그가 직접 만든 서식이었다. 우선 쉰장을 출력해두었고, 앞으로 상황을 봐서 더 많이 인쇄할 수 있도록 저장도 해놓았다. 처음에는 프로그램이 할당해준 시리얼 넘버와 날짜만 기록하고 '켄투키 종류'와 '켄투키 거주 도시' 항목은 공란으로 남겨둔다. 그런 정보는 보통 여러날 사용한 뒤에야 파악할 수 있었다. 이제 그는 해당 서식의 '전반적 특징' 난에 확인한 내용을 적었다. 상류계급, 가사 도우미가 있는 가정환경, 수영장, 여러대의 승용차, 전원 지구일 가능성이 높음, 적도 부근 지역, 스페인어 사용, 음악이 연

* 쿠바 아바나의 플라야구에 있는, 각국 대사관과 호텔, 고급 주택 들이 밀집한 지역.

주되고 각종 소음과 사람들의 말소리가 너무 커서 번역기 활용이 안됨.

그는 맨 밑의 서랍을 열어 연결 가능한 카드가 몇장 남아 있는지 세어보았다. 아홉장밖에 없었다. 하지만 플랜 B가 차질 없이 진행되기만 하면 조만간 더 많은 연결 카드와 태블릿 컴퓨터를 살 수 있겠지. 갑자기 자신감이 샘솟았다. 하루에 여덟시간씩 일하도록 작업 일정을 짜놓았을 뿐만 아니라, 열일곱개의 켄투키를 일정한 순서에 따라 관리할 수 있도록 철저한 시스템을 갖추어놓지 않았는가. 이미 가격을 크게 인상하기로 결정한 상태인데도 계속 문의가 들어오는 것을 보면 앞으로 판매량이 급증할 가능성이 높았다. 처음 세개는 아파트 월세를 내느라 아주 저렴한 가격에 팔았지만 지금 추세로 간다면 곧 사업이 잘 풀릴 것 같았다.

그의 아버지가 방문을 두드리고 안으로 들어왔다. 연로한 나이에도 여전히 기골이 장대하고 기운이 넘쳐 보였다. 그가 양손에 들고 있던 플라스틱 컵 중 하나를 그리고르의 책상에 놓았다.

"요구르트야."

아버지는 손에 컵을 든 채 침대에 걸터앉았다. 그리고르는 자기가 무슨 일을 하는지 설명하려고 애를 썼지만 도무지 아버지를 이해시킬 수가 없었다. 이처럼 새로운 기술이 시장에 나오기 시작할 때 법의 허점을 최대한 이용해야 한다고요. 규제가 생기기 전에 말이에요.

"그럼 지금 네가 하고 있는 게 불법이란 말이냐?"

아버지 세대의 사람들은 '불법'이라는 말만 들어도 기겁을 했다. 하지만 그리고르에게는 고리타분하고 과대평가된 단어에 불과했다.

"정부에서 규제할 때까지는 불법이 아니에요." 그가 말했다.

그의 사촌은 드론으로 익명 배송을 해서 꽤 많은 돈을 벌었지만, 오래가지는 못했다. 얼마 후 막대한 자금력을 바탕으로 더 유리한 계약 조건을 내세운 업체들이 속속 등장했기 때문이다. 사실상 '규제'는 객관적인 기준을 세운다기보다 소수에게 유리한 법규를 적용하는 구실에 지나지 않았다. 머지않아 유수의 기업들이 켄투키와 관련된 사업을 독차지할 것이 불 보듯 뻔했다. 그리고 사람들은 70달러를 내고 아무 곳이나 무작위로 연결해주는 암호 카드를 사느니, 차라리 여덟배를 더 내더라도 본인이 직접 장소를 고르는 편이 더 낫다고 생각하게 될 것이다. 하루에 단 몇시간만이라도 가난하게 살아보기 위해 기꺼이 돈을 쓰려는 사람들이 넘쳐났다. 더하여 집에서 한발짝도 나가지 않고 여행을 즐기려는 이들, 단 한번도 설사를 하지 않고 인도 각지를 돌아다니고 싶은 이들, 맨발에 잠옷

차림으로 북극의 겨울을 경험하고 싶은 이들도 부지기수였다. 도하*의 변호사 사무실에 연결되면 아무나 볼 수 없는 문서와 기록을 천천히 구경할 수 있을 거라며 좋아하는 기회주의자들도 있었다. 애들레이드**에 사는 다리 없는 남자아이의 아버지는 "낙원 같은 곳"에서 "익스트림 스포츠"를 즐기는 "마음씨 좋은 주인"과 연결시켜달라고 했다. 돈은 얼마든지 줄 테니까 꼭 그렇게 해주세요. 소년의 아버지가 보낸 이메일에는 그렇게 쓰여 있었다. 반면 의뢰인이 무엇을 원하는지 분명하게 밝히지 않는 경우도 종종 있었다. 그럴 때 그리고르는 자기가 만든 양식 두어 장에 사진과 동영상을 첨부해 보내주곤 했다. 가끔 틈이 나면 그는 판매 대기 상태로 연결해둔 켄투키의 주인들을 구경했다. 동시에 모든 곳에 존재할 수 있는 자신의 능력을 발휘하는 셈이었다. 그는 '주인들'이 자고, 먹고, 샤워하는 모습을 지켜보았다. 물론 특정한 장소에 가지 못하도록 활동 영역을 제한하는 이들도 있었지만, 대부분은 그가 마음대로 돌아다닐 수 있도록 해주었다. 주인이 외출한 사이 기다림에 지쳐 그들의 물건을 이리저리 살펴보면서 시간을 때운 적도 여러번이었다.

* 카타르의 수도.

** 오스트레일리아 사우스오스트레일리아주의 주도.

"이렇게 하면 이번 주에 50쿠나* 정도 절약할 수 있을 것 같구나." 그의 아버지가 다 먹은 요구르트 컵을 보여주며 말했다.

그제야 그리고르는 아버지가 준 플라스틱 컵을 아직 손에 들고 있다는 것을 깨달았다. 요구르트를 한스푼 떠먹고 나서야 그는 아버지의 말이 무슨 뜻인지 알아차렸다. 아버지는 더이상 요구르트를 사지 않고 주방에서 손수 만들기로 한 것이다. 요구르트는 당장 컵에 뱉어내고 싶은 맛이었지만, 그는 아버지를 봐서 억지로 참고 미소를 지으며 꿀꺽 삼켰다.

* 크로아티아의 화폐단위.

진열창 안에서 진공청소기 주변을 이리저리 돌아다니던 마르빈은 잠시 멈춰서서 거리를 바라보았다. 유리에 비친 모습을 보니 작고 어두운 이 가게는 가전제품을 파는 상점 같았다. 하지만 아무리 애를 써도 그 자신의 모습은 확인할 수가 없었다. 여태껏 거울이나 유리창에 비친 자신의 모습을 한번도 구경하지 못한 터라 친구들에게 자기가 어떤 종류의 켄투키인지 말해줄 수가 없었다. 켄투키가 무슨 소리를 내도 그의 태블릿 컴퓨터 스피커로는 어떤 동물인지 감이 잡히지 않았다. 맹금류의 울음소리 같기도 했고, 문이 삐걱하고 열리는 소리로 들릴 때도 있었다. 게다가 어느 도시에 살고 있는지, 주인이 누군지는 더더욱 알 방법이 없었다. 그나마 친구들에게 들려줄 만한 이야기라고는 눈밖에 없었지만, 다들 그리 놀라지 않는 눈치였다. 다들 공주의 엉덩이나 두바이의 아파트가 더 좋다며 농담을 던지고는, 만질 수도 없는 눈이 무슨 소용이냐고 대꾸할 뿐이었다. 물론 마르빈은 그들의 생각이 옳지 않다는 것을 알고 있었다. 어떻게든 눈이 있는 곳으로 나가서 하얗게 변한 언덕으로 켄투키를 밀고 가며 어떤 흔적이라도 남기면 좋으련만. 그렇게만 된다면, 손가락으로 세상의 반대편 끝을 건드리는 것과 다를 바가 없을 터였다.

켄투키가 갇혀 있는 진열창 안 2제곱미터의 공간은 날이 갈수록 좁게만 느껴졌다. 지루하긴 또 얼마나 지루한지, 켄투키를 저대로 내버려두고 공부나 할까 싶은 생각까지 들 정도였다. 어쨌든 쓸데없이 크고 무거운 책들이 눈앞에 떡하니 버티고 있지 않은가. 마르빈은 이따금씩 고대 문명의 유물이라도 찾듯 책을 천천히 넘겨보기도 했지만, 결국은 얼마 못 가 켄투키에게로 돌아가곤 했다. 눈앞에는 지나다니는 사람 하나 없이 영원한 어둠이 내려앉은 밤거리밖에 보이지 않았다. 언젠가 나이 든 남자가 가던 길을 멈추고 켄투키를 바라본 적이 있긴 했다. 마르빈이 제자리에서 뱅글뱅글 돌고 좌우로 움직이도록 켄투키를 조종하자 남자는 박수를 치며 환호성을 질러댔다. 아무래도 많이 취한 것 같았다. 또 어떤 남자아이가 온 적도 있었다. 마르빈보다 덩치만 조금 클 뿐 별다른 특징이 없어 같은 학교에 다닌다 해도 눈에 띄지 않을 아이였다. 진열창 앞을 지나가던 그 아이는 걸음을 멈추더니 인사를 하듯 반지로 유리창을 두드리고는 켄투키에게 슬쩍 윙크를 보낸 뒤 가던 길을 갔다. 아이는 다음 날, 또 다음다음 날에도 그 앞을 지나갔다. 그 아이가 반지로 유리창을 두드리는 소리가 마르빈은 이상하게 마음에 들었다. 저 아이가 또 나를 보러 올까?

그러던 어느날 밤, 진열창의 전등이 모두 꺼진 뒤 어떤 이가 켄투키를 집어들었다. 그 틈을 타서 마르빈은 라디오, 믹서, 커피 머신 등으로 가득 찬 선반과 계산대, 그리고 반짝거리는 바닥까지 가게의 모든 것을 살펴보았다. 예상대로 비좁긴 하지만 갖가지 식물과 물건으로 넘쳐나는 공간이었다. 그를 들어올린 사람은 켄투키를 가게 한가운데 있는 탁자—탁자는 그것 하나밖에 없는 것 같았다—위에 올려놓았다. 비로소 가게 안의 모든 것을 볼 수 있게 되자 마르빈은 묘한 흥분에 휩싸였다.

그는 거울을 찾느라 안간힘을 썼다. 어서 거울을 확인해 켄투키가 어떤 동물인지 알아내고 싶었다. 켄투키를 진열창에서 꺼내준 이는 덩치가 크고 나이 든 여자였다. 그녀는 부드러운 가죽 천을 든 채 이리저리 부지런히 움직이며 물건들 위에 내려앉은 먼지를 닦아냈다. 그때껏 한번도 열린 적이 없던 진열창의 문을 열어 진공청소기도 꺼냈다. 여자가 상자 쪽으로 몸을 구부린 동안에는 반대편에서 가끔 삐져나오는 먼지떨이의 회색 깃털밖에 보이지 않았다. 계산대 위에 달린 일곱개의 벽시계는 모두 새벽 1시 7분을 가리키고 있었다. 저 여자는 이 시간에 대체 뭘 하는 걸까? 이 가게의 주인인가? 아니면 청소만 하는 사람인가? 청소에 열중한 모습을 보고 있자니, 자기 몸의 때를 자기 자신만큼 잘 벗길 수 있는 사람은 없다던 엄마의 말이 떠올랐다. 여자가 자리에서 일어나 탁자 위에 먼지떨이를 놓고 다시 가죽 천을 집어들었을 때, 마르빈은 쇼를 펼치기로 마음먹었다. 그의 조종에 따라 켄투키가 탁자 위를 빙빙 돌면서 작은 눈을 깜박거리고 나직하면서도 구슬픈 소리를 내자, 여자가 그를 향해 고개를 돌렸다. 마르빈은 마치 개가 물을 털어내듯이 가볍게 몸을 흔들면서 탁자 가장자리로 다가갔다. 더 뭘 보여주지? 여자는 탁자를 빙 둘러 그에게 다가왔다. 거리가 너무 가까워서 여자의 허리에 묶여 있던 초록색 앞치마가 화면을 가득 채웠다. 마르빈은 여자가 여전히 웃고 있는지 궁금해 위를 쳐다보았다. 그때 그녀의 다른 손이 그의 위를 스치듯 지나갔다. 뭘 하려는 거지? 여자의 팔은 켄투키 위에 멈춰 있었다. 그렇게 여자와 켄투키가 이상한 방식으로 연결된 가운데, 짧고 날카로운 소리가 태블릿 스피커에서 계속 흘러나왔다. 마침내 그는 무슨 일인지 알아차렸다. 여자가 그를 쓰다듬고 있었던 것이다. 그는 고양이처럼 가르랑 소리를 내면서 눈을 여러차례 깜박거렸다. 여자가 팔을 움직일 때마다 앞치마가 나풀거렸다.

《아유, 어디서 이렇게 귀여운 게 굴러왔을까!》 여자가 알아들을 수 없는 말로 중얼거렸지만, 제어프로그램이 금세 번역해주었다.

그녀의 옷차림과 다정한 말투 때문에 예전에 그의 집을 청소해주던 아주머니가 떠올랐다. 안티과의 대저택에는 다양한 장신구와 각종 수집품이 가득했는데, 모두 엄마의 것이라 누구도 감히 처분할 생각을 못했다. 그러나 마르빈 또한 주인 잃은 장식품 취급하던 그 아주머니와 달리, 초록색 앞치마를 두른 이 여인은 그를 따뜻하게 어루만져주고 있었다. 그녀는 마치 강아지한테 하듯 사랑을 듬뿍 담은 손길로 그의 머리를 긁어주었다. 그녀가 손을 떼자마자 마르빈은 뱅글뱅글 돌면서 더 쓰다듬어달라고 졸랐다. 그러자 여자가 그에게 얼굴을 들이밀었다. 커다란 얼굴이 화면 가득 클로즈업되는가 싶더니, 그녀가 처음으로 그의 이마에 입을 맞추었다.

그날밤부터 그녀는 이틀에 한번씩 진열창에서 그를 꺼내 이런저런 이야기를 들려주며 청소를 했다. 그러던 어느날 여자가 탁자를 닦으려고 켄투키를 거울 앞에 내려놓은 순간, 마르빈은 마치 골을 넣은 축구 선수처럼 주먹을 불끈 쥔 채 두 팔을 하늘 높이 들어올리며 소리를 질렀다.

"나는 용이야!"

그가 가장 바라던 동물이었다. 그는 책상에 앉아서, 그리고 나중에는 엄마 사진 앞에 서서 몇번이고 소리를 질렀다. 나는 용이다! 다음 날 학교에 가서도 쉬는 시간마다 고함을 질러댔다. 그런데 가전제품을 파는 가게에서 결국 무언가 심상치 않은 일이 벌어지기 시작했다.

여자는 이따금씩 화가 나서 씩씩거렸고, 분노를 참지 못하고 소리를 질러댈 때도 종종 있었다. 그럴 때면 번역기도 그녀가 하는 말을 완전히 옮기지 못했다. 그녀의 마음을 진정시키는 것은 청소밖에 없었다. 청소가 그녀의 유일한 낙이자 소일거리였다. 여자는 켄투키에게 두 딸에 대해 이야기하기도 하고, 남편이 가게를 너무 엉망으로 운영해서 속이 상한다며 넋두리를 늘어놓기도 했다. 가게에 켄투키를 데려다놓은 것이 바로 그녀의 남편이었다. 마음에 드는 것이 있으면 사지 않고는 못 배기는 성미라고 했다. 이십삼년 전, 그 가게를 열기로 했을 때만 해도 그녀는 남편이 이제 정신을 차리려나보다 생각했다. 적어도 다른 이들을 위해 물건을 마련하고 판매하는 일에서 보람을 찾게 되리라 믿었다. 하지만 그녀의 기대와는 달리, 남편은 지금도 여전히 물건을 사 모으고 있었다. 사업을 위해 당장 꼭 필요한 물건들이라지만, 그녀가 보기엔 죄다 쓸모없는 것들이었다.

남편은 가게에 커피 머신과 전기 포트를 공급하는 업자로부터 켄투키를 샀다. 진열창에 색다른 활력을 불어넣겠다는 생각이었다. 업자는 제품에 관한 수십종류의 통계자료가 실린 신문 기사와 함께 켄투키를 건네주며, 일단 전원을 켜서 켄투키가 "원숭이처럼" 춤을 추면 무표정한 얼굴로 지나가던 사람들도 가게 앞에서 발걸음을 멈추지 않고는 못 배길 거라고 큰소리쳤다. 하지만 그 켄투키가 밤 11시부터 새벽 3시까지만 움직일 거라고 말해준 이는 아무도 없었다. 마을의 술꾼들을 빼면 그 시간에 가게 앞을 지나다닐 사람이 누가 있겠는가?

시간이 갈수록 마르빈은 지금 자신이 어떤 상황에 처해 있는지, 또 앞으로는 어떻게 해야 할지 종잡을 수가 없었다. 그렇다면 이 여자가 켄투키의 주인이 아니라는 건가? 그가 학교 수업을 마친 뒤에야, 즉 지구 반대편에서는 밤 시간이 되어서야 켄투키를 조작하는 이상 전원을 켠 진짜 주인은 절대 만날 수 없다는 말인가? 여자가 하소연하며 했던 말도 괜스레 마음에 걸렸다. 그들을 즐겁게 해주려면 꼭 "원숭이처럼" 춤을 춰야 하나? 야밤에 춤을 춰서 무슨 소용이라고? 이제 여자가 수다를 늘어놓을 때마다 그는 난감하기 이를 데 없었다. 그렇지만 한편으로는 여자의 다정한 목소리와 활기 넘치는 말투, 그리고 그에게 입을 맞추거나 천으로 먼지를 털어낼 때 켄투키의 몸에서 나는 소리가 그렇게 좋을 수 없었다.

어느날 밤, 그녀는 이렇게 말했다.

《내 딸도 집에 너 같은 애를 하나 데리고 있어. 그런데 보니까 자기들끼리 얘기를 나눌 때는 모스부호를 사용하더라고. 너도 그 부호를 배우면 얼마나 좋을까! 그러면 우리도 마음껏 수다를 떨 것 아니니.》

그래서 마르빈은 구글에서 모스부호의 철자를 검색해 매일 침대에 누워 연습하다가 이불 속에서 용처럼 으르렁 소리를 내며 잠들었다. 그는 여섯자로 된 자기 이름을 몇 번이고 반복해서 연습했다.

여자가《짧게 으르렁거리면 점이고, 길게 으르렁거리면 선이야》라고 했을 때, 그는 모든 준비가 되어 있었다. 그는 으르렁 소리를 내며 자기 이름을 또박또박 말했다. 그러자 갑자기 여자가 소리쳤다.

《잠깐! 잠깐만 기다려!》

그녀는 어디론가 뛰어가 종이와 연필을 가져왔다.

《자, 됐어! 다시 불러봐, 꼬마 용아!》

마르빈이 다시 모스부호로 이름을 말해주자, 그녀는 조심스럽게 받아적었다. 그러곤 다시 소리를 질렀다.

《마르빈! 반가워!》

같은 주, 반지로 유리창을 두드리던 소년이 앞을 지나갈 때마다 손가락으로 유리에 메시지를 적기 시작했다. "켄투키를 해방하라!"나 "켄투키 주인들은 당장 착취를 멈추라!" 같은 슬로건 일색이었지만, 마르빈의 눈에는 영어로 된 그 글이 마냥 멋져 보였다. 추위 때문에 그 메시지는 꽤나 오래 남아 있었다. 마르빈은 여자가 메시지를 보고 자기와 무슨 관련이 있는 것으로 오해할까봐 걱정스러웠다. 물론 그도 사람들이 켄투키를 자유롭게 해주기를 바랐다. 그 생각 자체는 나쁘지 않지만, 자기를 데리고 있는 저 여자의 감정을 상하게 만들고 싶지도 않았다. 어쨌든 그는 그녀와 켄투키-주인의 관계로 연결되어 있지 않은가.

가끔 그는 원숭이를, 혹은 그가 생각하기에 원숭이 비슷한 것이라면 무엇이든 가리지 않고 흉내 내곤 했다. 진열창 밖 행인들의 주목을 끌기 위해 뱅글뱅글 도는가 하면 으르렁 소리를 내고 눈을 깜박이며 진공청소기 주변을 돌아다니기도 했다. 하지만 아무리 애를 써도 소용이 없었다. 그 시간에 거리를 오가는 사람이 거의 없었을뿐더러, 설령 누군가 예쁜 진공청소기에 이끌려 잠시 걸음을 멈춘다 해도 가게는 이미 문이 닫힌 채 어둠에 잠겨 있었기 때문이다.

"어디론가 멀리 떠나고 싶어요." 어느날 밤 용이 으르렁거렸다. 그러자 여자는 먼지떨이로 먼지를 털다 말고 공책을 집어 모스부호 일람표를 펼치더니, 잠시 후 그를 보며 미소 지었다.

《나한테 딸이 둘 있는데, 다 바보 같아. 나는 말이야, 그 아이들 중 누구라도 그런 말을 해주기만을 평생 기다려왔다고.》

여자가 가까이 다가왔다.

《꼬마 용 마르빈, 넌 어디 가보고 싶니?》

아버지 책상에 앉아 있던 마르빈에게 그 질문은 마치 소원을 들어줄 테니 어서 얘기해보라는 말처럼 들렸다. 마르빈은 고개를 들어 책장에 꽂힌 책들과 낡은 벽지, 그리고 엄마의 사진을 차례대로 둘러보았다. 만약 그 집을 떠나게 된다면, 다른 건 몰라도 엄마의 사진만큼은 꼭 가져가고 싶었다. 비록 그 액자는 그의 손이 닿지 않는 높은 곳에 있었지만 말이다.

"나는 자유로워지고 싶어요." 그가 으르렁거렸다.

《그래? 그거 정말 좋은 생각이네.》

화면에 진열창으로 가서 충전기를 가져오는 그녀의 모습이 보였다. 이어 여자가 마치 왕실에 공물이라도 바치듯 공손히 충전기를 내려놓았다.

《오늘부터 이 왕국은 모두 네 차지야. 저 진열창과도, 그리고 감금 생활과도 작별이야.》

여자는 켄투키를 들어 바닥에 내려놓았다.

하지만 그건 마르빈이 원하던 바가 아니었다. 그는 충전기 위에 올라가자마자 그 사실을 깨달았다. 자신의 새로운 휴식처에서 주변을 둘러보니, 이 공간도 전처럼 크고 낯설어 보이지 않았다.

"나는 밖으로 나가고 싶어요."

여자가 으르렁 소리를 공책에 옮겨적더니 웃음을 터뜨렸다. 아버지 책상에 앉아 있던 마르빈의 표정이 일그러졌다.

"꼭 돌아올게요."

그녀는 그를 빤히 바라보다가 심각한 얼굴로 고개를 돌려 진열창과 가게 문을 번갈아 쳐다보았다.

"제발요." 마르빈이 신음하듯 으르렁 소리를 냈다.

돌연 그에게 싫증이 난 듯, 여자는 공책을 탁자 위에 놓더니 먼지떨이를 들고 일어나 다시 가게 안을 청소하기 시작했다. 잠시 후, 다시 돌아온 그녀가 용 앞에 쪼그리고 앉으며 말했다.

《좋아.》

마르빈은 잠자코 그녀의 말에 귀를 기울였다. 듣자 하니, 그녀도 그를 풀어줄 생각을 하고 있었던 듯했다. 어쩌면 어떤 주인들은 자기가 이루지 못한 것을 켄투키들이 대신 실현해주길 바라는 게 아닐까?

《너를 가게 밖으로 내보내줄게. 충전기에 얹어 계단 밑에 놓아둘 거야.》 여자가 그를 들어 금전등록기 옆에 내려놓았다.《하지만 밤에만 나가는 거야. 매일 아침 남편이 도착하기 전에 돌아오면 다시 진열창에 놓아줄게. 무슨 말인지 알겠니? 그럼 약속한 거지?》

용은 짧게 세번 으르렁댄 뒤 잠깐 쉬었다가 다시 두번 짧게 소리를 냈다. 여자가 금전등록기를 열어 돈 옆에 보관해둔 선물 포장용 꼬리표 하나를 꺼내더니 그가 읽을 수 있도록 카메라 앞으로 들어 보였다. 로고 아래 가게 주소와 전화번호가 금빛 글자로 인쇄되어 있었다. 그녀는 꼬리표를 그의 뒤쪽, 아마 뒷바퀴 가까운 곳에 붙여주었다.

《무슨 일이 생기면 우선 착한 사람을 찾도록 해. 너를 이곳으로 돌려보내줄 사람 말이야.》

켄투키를 계단 밑에 내려놓기 전에, 그녀는 마지막으로 그의 이마에 입을 맞추었다.

청스쉬가 구입한 켄투키 카드는 리옹에 있는 기기와 연결되었다. 그때부터 그는 하루에 열시간 넘게 컴퓨터 앞에 붙어 살았다. 은행 계좌 잔고는 나날이 줄어들었고, 친구들은 더이상 그에게 연락을 하지 않았다. 매일 정크 푸드만 먹다보니 결국 위궤양까지 생기고 말았다. "너 그러다 죽을 셈이니?" 언젠가 그의 어머니가 전화를 걸어 말했다. 어쩌면 그녀 자신이 오래전 스스로 죽음을 선택하려 했었기에 그런 말이 나왔던 건지도 모른다. 하지만 그는 너무 바빠서 어머니의 마음을 알아차릴 수 없었다. 다른 일에 빠져 헤어나지 못한 지 벌써 한달이 넘은 터였다. 위대한 사랑, 그의 삶에서 가장 실감 나면서도 설명하기 어려운 사랑의 감정이 가슴속에서 움트기 시작했던 것이다.

그가 켄투키의 주인을 만난 것이 사건의 발단이었다. 주인은 세실이라는 여자로, 마흔번째 생일에 그를 맞아들였다. K7833962 회선이 연결되자마자 그녀는 그를 들어 욕실로 데리고 갔다. 그때 청스쉬는 모든 것을 다 보았다. 판다 모양의 켄투키는 머리끝부터 발끝까지 자홍색과 청록색 벨벳으로 덮여 있었다. 배에는 회색 플라스틱으로 "Toujours rappeler. Emmanuel(언제까지나 기억해줘. 에마뉘엘)"이라는 글자가 새겨져 있었다. 청스쉬의 눈에는 세실이 참 예뻐 보였다. 키도 크고 몸매도 날씬한데다, 붉은 머리에 얼굴은 주근깨로 가득했다. 그녀는 거울에 비친 그에게 미소를 지어 보였다.

《만나서 반가워, 왕자님.》 그녀가 말했다.

프랑스어라면 청스쉬도 웬만큼 알아듣는 터라 곧장 제어프로그램의 설정으로 들어가 번역기를 중지시켰다.

그녀의 아파트 역시 욕실만큼이나 크고 화려했다. 세실은 켄투키가 아무런 구애도 받지 않고 자유롭게 다닐 수 있도록 집 안을 꾸며놓았다. 켄투키에게는 왕국이나 다름없는 곳이었다. 바닥 높이에 거울이 여러개 달려 있을 뿐 아니라, 발코니와 연결된 문과 창문에는 개나 고양이 들을 위한 작은 출입구처럼 구멍까지 나 있었다. 그녀는 3인용 소파의 한쪽 끝에서 폭이 넓은 가죽 팔걸이까지 이어지는 긴 경사로도 설치해놓았다. 청스쉬는 소파 뒤에 숨겨진 이 경사로 위에서 어려움 없이 움직이는 요령을 터득했다. 세실은 첫날부터 스스럼없이 규칙을 정해 손가락을 꼽으며 하나씩 설명해주었다.

"어떤 일이 있어도 내 방에는 들어가지 말 것. 만일 내가 남자랑 집에 오면 충전기에서 절대 벗어나지 말 것. 내가 자거나 책상 앞에 앉아 있을 때 집 안을 돌아다니지 말 것."

그는 그렇게 하겠다고 약속했다.

세실은 아주 상냥하고 재미있는 사람이었다. 가끔 둘이서 발코니로 나가면, 그녀는 켄투키를 들어올려 리옹을 구경시켜주었다. 세계 최초로 아나키스트들의 검은 깃발이 게양되었던 광장과 그녀의 가족이 운영하던 실크 가게 자리를 손으로 가리켜 보이기도 했고, 바로 그 발코니에서 자신이 할아버지한테 들은 폭격과 혁명 이야기를 들려주기도 했다.

세실과 그녀의 아파트는 켄투키에게 더할 나위 없이 완벽한 세계였다. 하지만 그는 무엇보다 맞은편에 있는 아파트, 즉 주인의 동생인 장클로드의 왕국이 가장 마음에 들었다. 이따금씩 세실은 그를 동생의 집으로 데려가 차를 마셨다. 세실이 차를 우리면 장클로드는 거실에서 피아노를 연주하곤 했다.

청스쉬가 운명의 여인을 알게 된 곳도 바로 그 아파트였다.

처음 장클로드의 집에 갔던 날, 거실을 돌아다니던 그는 커다란 유리문에 세실의 아파트와 똑같은 구멍이 나 있는 것을 알아차렸다. 장클로드의 판다 켄투키는 저 안쪽, 커다란 난초 화분 옆에 가만히 서 있었다. 청스쉬는 그 켄투키의 배에도 "Toujours rappeler. Emmanuel"이라는 글자가 새겨져 있는 것을 보고 깜짝 놀랐다. 티티나—장클로드가 그렇게 불렀다—라는 이름을 가진 그 판다는 하는 일이 딱 하나밖에 없었는데, 그마저도 억지로 하는 것 같았다. 주인이 피아노 연주를 마친 뒤 차를 마시며 대화를 나누기 위해 세실 맞은편 소파에 다리를 쭉 뻗고 편하게 앉으면—집 안에서는 늘 맨발로 다녔다—티티나는 벨벳으로 된 몸을 천천히 움직여 그의 발에 문질러야 했다. 세실은 그들을 보면서 조용히 웃었다. 장클로드가 잠깐 한눈이라도 팔면, 티티나는 잽싸게 한쪽 구석으로 달아나버리기 일쑤였다. 청스쉬는 마치 그림자처럼 티티나의 뒤를 따라다녔다.

시간이 흐르면서 그 둘은 서로 의사를 주고받을 수 있게 되었다. 티티나는 장클로드가 욕실 바닥에 그려놓은 알파벳 위를 우아한 몸짓으로 움직였다. 티티나가 할 땐 아주 아름다운 춤을 추는 것처럼 보였지만, 청스쉬의 차례가 돌아오면 그게 그렇게 어려울 수가 없었다. 그녀는 프랑스어로, 그는 영어로 글을 썼고, 서로의 생각을 완벽하게 이해했다.

“나는-콩-타오린이라고-해 타이베이-다안에-살고-있어” 티티나가 알파벳 글자판 위를 움직였다.

그도 자기 이름을 알려준 뒤 이어서 써나갔다.

“배에-있는-글자는……”

“에마뉘엘이-죽으면서-아이들에게-켄투키를-하나씩-사주었거든”

티티나가 그 가족 이야기를 들려주었다. 세실과 장클로드가 어렸을 때, 아버지는 아이들에게 늘 기니피그를 사주었다고 한다. 하지만 우리 안에 갇힌 기니피그는 죄다 일년도 넘기지 못하고 죽어버렸다. 시간이 흘러 에마뉘엘은 이제 아이들이 다 컸을 뿐만 아니라, 자신이 살날도 얼마 남지 않았음을 알게 되었다. 생각 끝에 그는 평생 아이들 곁을 지킬 수 있는 반려동물을 선물해주기로 했다. 몇 시간 뒤, 청스쉬가 베이징 아파트의 침대에 누워 그녀와 나누었던 대화를 곰곰이 되씹는 동안에도 욕실 타일 위에서 춤을 추던 켄투키들의 모터 소리가 귓전에 맴돌았다. 다음 날 그는 구글에 ‘콩타오린’을 검색해보았다. 이름의 첫 글자는 공자孔子의 ‘공’과 같은 글자였다. 왠지 몰라도 느낌이 좋았다. 타이베이에 콩타오린이라는 이름을 가진 사람은 수십명도 넘었지만, 다안에 사는 이는 단 한명뿐인 것 같았다. 그녀는 통통한 편이었고, 특히 미소가 아름

다웠다. 그는 그녀의 사진을 인쇄해 화면 옆에 붙여두었다.

얼마 뒤, 그는 티티나의 이메일 주소도 알게 되었다. 그녀는 욕실 바닥에 주소의 앞부분을 쓴 뒤 한동안 바닥을 뱅글뱅글 돌았다. @ 표시가 글자판 어디에도 없었기 때문이다. 결국 그녀는 주소 뒤에 "-at-"이라고 쓰고 ".com"을 덧붙였다. 청스쉬는 그제야 그녀가 뭘 쓰고 있었는지 알아차렸다. 그는 베이징에서 티티나의 움직임을 받아적고, 리옹의 욕실 바닥에서는 춤을 추었다. 그녀와 메시지를 주고받으려면 그렇게 두단계를 거쳐야 했다. 차를 다 마시고 세실의 아파트로 돌아온 뒤 그는 곧장 이메일을 열어 그녀에게 편지를 썼다. 첫 편지는 이런 말과 함께 끝났다. "네가 그 남자의 발을 긁어줘야 한다는 게 정말 싫어." 곧장 그녀에게서 답장이 왔다. "나도 싫지만, 대신 매일 오후 두시간씩 그가 프랑스어를 가르쳐주거든. 덕분에 아주 빨리 배우고 있어. 조만간 시험을 볼 생각이야. 자격증을 따자마자 남편 곁을 떠나려고 해." 결혼한 여자였구나. 청스쉬는 모든 것을 솔직하게 얘기해줘서 고맙다고 써 보냈지만, 뒤통수를 세게 얻어맞은 것처럼 한동안 정신이 멍했다. 그녀에게서 다시 메일이 왔다. "네가 여기 놀러 올 때가 가장 즐거워. 내가 하루 종일 뭐 하는 줄 아니? 네가 와서 현관 벨을 누르기만 기다리고 있다니까."

자신 또한 세실의 말을 완벽하게 알아들을 정도로 프랑

스어를 잘하니 그녀의 프랑스어 공부를 도울 수 있을 것 같았지만, 그는 아무 말도 하지 않았다. 콩타오린은 상업 광고에 들어가는 노래를 부른다고 했다. 그에게 치클 껌 광고 영상을 보내주기도 했다. 그녀의 얼굴은 단 한 순간도 등장하지 않았지만, 처음과 마지막 부분에 목소리가 낭랑하게 울려 나왔다. 상상했던 것보다 훨씬 더 부드럽고 아주 감미로우면서도 근사한 목소리였다.

청스쉬는 지도에서 세실의 아파트를 찾기 시작했다. 세계 최초로 검은 깃발이 휘날린 광장과 가족이 운영하던 실크 상점 자리를 기억하고 있었기에 금방 찾아낼 수 있었다. 위치를 확인한 뒤 그는 주소를 종이에 적었다. 타오린에게 꽃다발을 보내고 싶었다. 그러려면 우선 두 남매의 성姓이 필요한데, 그건 그리 어렵지 않게 알아낼 수 있을 터였다. 그러나 잠시 후 다른 걱정이 떠올랐다. 장클로드가 꽃다발을 받으면 얼마나 놀랄까? 물론 카드에 "티티나에게"라는 말을 적어 보내면 되겠지만, 손으로 만지지도, 향기를 맡지도 못하는 켄투키에게 꽃다발이 무슨 소용이란 말인가? 더구나 장클로드는 세실과 달라서, 꽃을 화병에 꽂아 켄투키 눈에 잘 띄도록 바닥에 놓아줄 리도 없었다. 아무래도 다른 선물을 보내는 것이 좋을 듯했다. 잠깐만, 꼭 꽃다발을 선물하고 싶다면, 다안에 있는 그녀에게 직접 보낼 수 있지 않을까? 그는 자세를 고쳐앉고는 그녀의 정확한 주소를 알아내기 위해 다시 구글 검색을 시작했다. 하지만 아무것도 나오지 않았다. 그는 리옹에 있는 켄투키를 깨워 — 오후만 되면 그는 소파 팔걸이에서 낮잠을 잤다 — 경사로를 타고 바닥으로 내려가 세실을 찾았다. 두어번 그르렁 소리를 내자 그녀는 몸을 웅크리고 그의 머리를 쓰다듬어주었다.

"우리 큰 아기, 왜 그래?"

그녀는 그를 그렇게 부르곤 했다.

사실 그로서는 장클로드가 썩 마음에 들지 않았지만 그가 타오린을 위해 욕실 바닥에 그려놓은 글자판만큼은 얼마나 부러운지 몰랐다. 세실은 왜 그런 것을 안 만들어주는 걸까? 서로 생각을 나누는 게 싫은가? 그래봐야 아무 소용 없다는 것을 알면서도 그는 두어번 더 그르렁대다가 결국 토라져 홱 돌아서서 가버렸다.

그들은 하루에도 몇번씩 메일을 주고받았다. 타오린은 사무치게 그리운 아버지에 대해 자주 이야기했다. 그녀에게는 언제나 자상한 아버지였지만, 중국 문화대혁명 당시 말단 관리로 지내며 그녀로서는 이해할 수 없는 무언가 수상쩍은 일을 한 것 같았단다. 그런 이야기들과 비교하면 청스쉬의 가족사는 그다지 흥미로운 점이 없었다. 하지만 타오린은 그의 삶에서 가장 평범한 일 — 가령 어느 여름날 청스쉬가 엄마와 이모를 따라 국립미술관에 갔던 일—을 들을 때 가장 즐거워하는 것 같았다. 그는 엄마와 이모의 사진을 포함해 미술관에서 찍은 사진들을 이메일로 보내주었다. 그녀는 이메일로 받은 여러장의 사진을 꼼꼼히 살펴본 뒤, 마침내 용기를 내서 혹시 그가 나오는 사진은 없는지 물었다.

그날밤 청스쉬는 제대로 잠을 이룰 수 없었다. 그녀에게 얼굴을 보여주어도 될까? 마흔을 바라보는 나이가 되어서도 자기가 잘생겼는지 아닌지 판단하기란 어려운 일이었다. 결국 그녀에게 사진을 보냈지만, 답장이 오지 않았다. 그다음 날 세실은 그와 함께 차를 마시러 장클로드의 집으로 갔다. 하지만 티티나는 장클로드의 발을 문지르자마자 곧장 욕실로 달아났다. 당황한 그가 쫓아가자 그녀는 욕실 바닥의 글자판 위를 빠르게 움직였다.

"넌-꼭-우리-아버지처럼-생겼어" 그러더니 티티나는 그에게 슬쩍 윙크를 보냈다.

"우리-스카이프로-이야기하자" 그가 말했다.

그녀도 동의했다. 그날밤 청스쉬는 베이징의 집에서 새벽 2시가 지나도록 컴퓨터 앞에 앉아 기다렸지만, 타오린은 끝내 나타나지 않았다. 다음 날 아침에 보니 그녀에게서 이메일이 와 있었다. 청스쉬는 허겁지겁 메일을 클릭했다.

"내 아내랑 한번 더 편지질했다가는 당장 찾아가서 얼

굴을 뭉개버릴 테니 알아서 해."

그는 멍하니 모니터를 바라보았다. 살면서 이렇게 폭력적인 말은 들어본 기억이 없었다. 답장을 해야 할까? 지금 타오린은 어쩌고 있을까? 그녀가 이 메일에 대해 알고 있긴 할까? 어떻게 해야 할지 당장 판단이 서지 않았다. 리옹에서 그는 경사로를 내려가 세실의 방으로 쪼르르 달려갔다. 규칙을 어기고 그녀를 깨울 생각이었다. 그녀는 한두시간 전에 자러 들어간 참이었다. 그가 켄투키를 조종해 침대 다리에 몸을 부딪치자 세실은 짜증이 난 듯 이불 속에서 몸을 꼼지락거리더니 베개를 집어던졌다. 그 바람에 켄투키가 뒤집혀 내내 바퀴만 헛돌았다. 그로부터 일곱시간 뒤, 리옹에 아침이 밝아오자 세실이 켄투키를 들어 주방 식탁으로 데려갔다. 그녀는 커피를 내리며 그와 대화를 시도했다.

"우리 큰 아기, 왜 그래?" 그녀가 물었다. "강아지처럼 혼나고 싶은 거야? 어젯밤엔 대체 왜 그랬어?"

그녀는 질문만 퍼부을 뿐, 그가 무슨 대답을 하든 아무 관심도 없는 듯했다. 청스쉬는 안절부절못하고 식탁 위를 돌아다녔다. 당장이라도 이렇게 소리 지르고 싶었다. 얼른 장클로드 집에 가야 해! 거기 있는 글자판이 필요하단 말이야! 타오린에게 무언가 안 좋은 일이 일어난 것 같다고!

하지만 그들이 장클로드의 집에 간 건 오후가 되어서였

다. 아파트에 들어선 순간 세실의 다리 사이로 티티나가 보였다. 하지만 그녀는 평소처럼 그에게 다가오는 대신 어디론가 내빼고 있었다. 그로서는 이런 모습을 보는 게 이메일로 받은 메시지보다 훨씬 더 고통스러웠다. 하지만 당장은 그녀가 무사한지 알아내는 게 급선무였다. 그는 마음을 가라앉히고 세실의 옆에서 차분하게 기다리기로 했다. 장클로드는 세실과 잠시 대화를 나누더니 피아노 앞에 앉아 아주 긴 곡을 연주하고는 소파에 다리를 쭉 뻗고 앉아 티티나를 불렀다. 잠시 후, 티티나가 쭈뼛거리며 다가왔다. 그의 발을 문질러주는 일이 끝나자 청스쉬는 티티나와 함께 욕실로 가려고 했지만 웬일인지 그녀가 따라오질 않았다. 그는 다시 돌아와 그녀를 욕실 쪽으로 밀어붙였다. 그렇게 몸싸움을 벌이던 중 티티나가 비명을 지르자 장클로드가 한달음에 달려왔다. 그는 화가 나 붉으락푸르락한 얼굴로 그녀를 거칠게 들어올리더니 누나를 돌아보며 켄투키가 왜 저러는지 물었다. 티티나를 왜 저렇게 함부로 다루지? 강아지한테도 저렇게 하지는 않겠어. 장클로드는 꼭 시장에서 수박을 사 오는 사람처럼 티티나를 겨드랑이에 끼고 있었다.

"저 인형 좀 안 데려오면 좋겠는데." 그가 손으로 누나의 켄투키를 가리키며 말했다.

그래서 일주일 내내 세실은 혼자서 장클로드의 집에 차

를 마시러 갔다. 집에 홀로 남은 청스쉬는 슬픔을 이기지 못해 내내 소리를 지르면서 문에 세게 몸을 부딪쳤다. 이상한 소리를 듣고 놀란 이웃집 사람이 세실의 대문을 두드릴 때마다 청스쉬는 잠시 울음을 그치고 목구멍까지 차오르는 분노를 꾹 참았다.

그날밤, 기어이 사건이 터지고 말았다. 청스쉬가 경험한 일 중 가장 무시무시한 사건이었다. 얼마나 억울하고 터무니없는지 아무한테도, 아직 죽지 못해 근근이 버티면서 남의 불행한 인생사를 듣고 즐거워하는 어머니한테도 차마 얘기할 수가 없었다. 세실이 외출하고 없는 사이, 장클로드가 여벌로 가지고 있던 열쇠를 이용해 누나의 아파트에 들어왔다. 안에 들어서자마자 그는 불을 켜고 누나의 켄투키를 찾아 사방을 두리번거렸다. 한번도 본 적 없는 난폭한 모습이었다. 평소 같았으면 소리를 지르며 욕실 글자판으로 데려다달라고 하소연했겠지만, 청스쉬는 본능적으로 몸을 숨겼다. 청스쉬의 켄투키는 소파 뒤에서 꼼짝도 않았다. 물론 숨을 곳이 몇군데 더 있었지만, 자칫 잘못 움직였다가는 모터 소리 때문에 위치가 탄로 날 가능성이 높았다.

장클로드는 그를 찾아 이름을 부르며 거실을 돌아다녔다. 결국 켄투키는 오래 버티지 못하고 발각되었다. 장클로드는 이상할 정도로 상냥하게 인사를 건넨 뒤 맞은편 소파에 앉아 오른손에 들고 있던 봉지를 슬그머니 옆에 놓았다.

"방금 그 여자 남편하고 이야기를 좀 했어." 그가 말했다. "우리끼리 합의를 봤지."

타오린의 남편 얘기인가? 그런데 장클로드가 무슨 일로 그녀의 남편한테 연락을 한 거지?

"이봐, 돈 후안,* 무슨 말인지 알아듣겠어?" 듣는 것밖에 할 수 있는 일이 없었기에 청스쉬는 장클로드에게 좀더 가까이 다가갔다. "그럼 앞으로 우리가 해야 될 일을 알려 주지. 우선 타오린은 프랑스어 수업에 집중해야 돼. 나는 마음에 들지 않는 놈들이 우리 집 욕실에 발을 들여놓지 못하게 해야 하고."

그가 그녀의 이름을 꺼낸 건 그때가 처음이었다. 늘 티티나라고 불렀으니 말이다. 장클로드의 입에서 "타오린"이라는 이름이 불쑥 튀어나오는 순간, 청스쉬는 그 역시 그녀와 메시지를 주고받았다는 사실을 짐작할 수 있었다. 장클로드는 무언가를 찾는 듯 주머니를 뒤적거리더니 드라이버를 꺼냈다. 그러곤 켄투키 앞에 쭈그리고 앉아 그것을 과시하듯 흔들어 보였다.

* 스페인 전설에 등장하는 인물이지만, 흔히 호색한이자 난봉꾼을 가리키는 일반명사로 사용된다.

"다안에서 이걸 보낸 사람이 누군지 짐작도 못할걸?"

그는 드라이버를 바닥에 내려놓고, 이번에는 봉지에서 흰 상자를 꺼냈다. 청스쉬가 그 물건을 알아보기까지는 시간이 꽤 걸렸다. 사실 장클로드가 상자를 열어 웬 켄투키를 꺼낼 때까지 그는 그게 도대체 무엇인지 통 알 수가 없었다.

"어쨌든 우리가 세실의 마음을 아프게 할 수는 없잖아?" 장클로드가 말했다.

봉지 안에 있던 것은 청스쉬의 것과 똑같은 모양의 켄투키였다. 온몸이 자홍색과 청록색 벨벳으로 덮인 판다. 배에 회색 플라스틱 글자로 "Toujours rappeler. Emmanuel"이라 새겨져 있는 것도 똑같았다. 그의 의도를 눈치챈 청스쉬가 재빨리 달아나려고 했지만 장클로드는 어렵지 않게 그를 붙잡았다. 베이징의 컴퓨터 화면 속에서 리옹의 거실이 심하게 흔들렸다. 스피커에서는 쇳소리가 섞인 자신의 히스테릭한 비명이 이어지고 있었다. 장클로드는 손에 드라이버를 든 채 켄투키의 밑바닥을 열려고 안간힘을 썼다. 청스쉬는 그의 손아귀에서 벗어나려고 바퀴를 이리저리 움직여보았지만, 곧 자신이 할 수 있는 일은 아무것도 없다는 걸 깨달았다. 몸에 붙어 있던 플라스틱이 떨어져나가는 소리가 들렸다. 그리고 마침내 배터리를 빼내기 직전, 짐짓 슬픈 듯한 장클로드의 목소리가 이어졌다.

"돈 후안, 우리는 그 어느 때보다 더 너를 사랑할 거야."

그의 말이 끝나기 무섭게 청스쉬의 컴퓨터 화면에서 제어프로그램이 닫혔다. 빨간 글씨로《연결 종료》라는 경고 메시지가 뜨더니, K7833962 회선의 총 연결 시간이 나타났다. 46일 5시간 34분.

엔초는 커피를 마시면서 온상의 식물들을 자세히 살펴보았다. 반들반들 윤이 나는 알바아카 이파리 하나를 뜯어 향을 맡아보기도 했다. 식물들의 상태를 살펴볼 때마다 늘 그의 다리 사이를 왔다 갔다 하던 켄투키가 없으니 이상한 기분이 들었다. 그들은 함께 즐거운 주말을 보냈다. 하지만 일요일 오후에 엔초로서는 여전히 이해할 수 없는 어떤 일이 일어났고, 그 이후로 두더지가 자취를 감추어버린 터였다. 그는 마지막으로 향신료식물에 물을 주며 켄투키를 불러보았다. "두더지 씨!" "켄투! " "미스터!" 어떻게 불러도 아무 기척이 없었다. 그는 집 안으로 들어가 두더지가 자주 기어들던 탁자 밑, 그리고 가끔 지나가는 이웃 사람들을 구경하던 유리문 앞을 살펴보았다. 엔초로서는 들어가기 어려운 안락의자 다리 옆의 구석까지 다 뒤져보았다. RAI* 방송을 트는 시간이면 녀석은 그리로 들어가곤 했다.

"미스터, 이탈리아어 공부라도 하려는 거예요?" 엔초는 켄투키가 거기 있을 때마다 물었다.

엔초가 텔레비전을 켜고 채널을 돌리다가 마침내 여자들의 엉덩이와 젖가슴, 그리고 신음으로 가득한 영상이 나오면 켄투키는 가르랑거리는 소리를 냈고, 엔초는 조용히 미소 짓곤 했다.

루카가 다가와 입맞춤을 하고는 7시 40분에 맞추어 문을 쾅 닫고 나가버렸다. 엄마가 밖에서 경적을 울리면, 아이는 그때부터 이분이 지나기 전에 남은 우유를 꿀꺽 마시고 가방을 메고 운동화를 신고 엔초에게 입을 맞춘 뒤 밖으로 나가야 했다. 시간이 더 걸리면 엄마는 경적 대신 현관 벨을 눌러댈 것이고, 그랬다가는 모두 기분이 상하게 되기 때문이다. 엔초는 다시 켄투키를 불렀지만 녀석은 나오지 않았다. 식당은 물론 방방마다 찾아봐도 보이지 않았다. 혹시 아들이 켄투키를 어디에다 가두어놓은 건 아닌지 걱정이 되었다. 켄투키가 충전기에 가지 못하도록 가끔 그런 짓을 하지 않는가. 그는 다시 주방을 거쳐 온상

* 이탈리아 국영방송사.

으로 나갔다. 아무리 찾아도 켄투키는 보이지 않았다.

그 전날, 그는 미스터를 역사 지구로 데려갔었다. 이번에는 자동차 뒤창 선반 대신, 조수석에 쿠션 두개를 쌓아 놓고 그 위에 켄투키를 앉힌 뒤 안전벨트까지 매주었다. 앞을 잘 볼 수 있도록 자동차 유리 닦는 천으로 녀석의 눈도 깨끗이 닦아주었다. 그는 운전하면서 로카성과 콜레자타 디 산타마리아 델라 레자*를 손으로 가리켰다. 그러곤 운하와 매달 첫 주말에 열리는 농산물 시장을 따라 천천히 돌았다. 어떤 외지인이라도 이곳처럼 아담하고 아름다운 도시를 싫어할 이유가 없다는 게 그의 생각이었다. 그는 마침내 자코모 마테오티 광장 모퉁이에 차를 세웠다. 친구인 카를로에게 인사라도 할 겸 잠시 약국에 들를 참이었다. 그는 식료품 봉투를 들듯 두더지를 왼팔에 낀 채 가슴에 안고 걸어갔다.

"이럴 수가!" 카를로가 약국 안으로 들어오는 그를 보고 외쳤다.

엔초는 켄투키가 아들의 것이며 전처와 심리 치료사가 아이의 치료를 위해 데려왔다고 일일이 설명해야 했다. 그러곤 미스터가 카를로의 물건 사이를 자유롭게 돌아다

* 로카성은 14세기에 건축된 성이자 요새이고, 콜레자타 디 산타마리아 델라 레자는 16~17세기에 건축된 팔각형의 교회이다.

니도록 계산대 위에 올려놓았다. 카를로는 켄투키에게서 한시도 눈을 떼지 못했다.

"그럼 오늘은 다들 어디 가고?" 카를로가 물었다. "왜 집안의 남자가 강아지를 산책시키는 거야?"

다들 매주 목요일에서 일요일까지 어디론가 사라져버리지. 엔초는 생각했다. 아이가 제 엄마 집에 가고 나면 나하고 켄투키 단둘만 남는다고. 하지만 그는 말없이 미소만 지었다. 두 친구는 카를로가 약국 냉장고에 넣어둔 캔맥주를 꺼내 마시면서 잠시 담소를 나누었다.

차로 돌아가던 엔초는 어떤 할머니가 켄투키를 데리고 광장을 가로질러 가는 모습을 보았다. 켄투키를 끈으로 묶어 끌고 가던 할머니는 이따금씩 걸음을 멈추고 기다리다가 꾸물댄다고 그를 나무라면서 끈을 확 잡아챘다. 이미 움베르티데에서—루카의 학교와 시청 출납 창구에서—몇몇 켄투키를 본 적이 있었지만, 저 기계 안에 또 다른 누군가가 있다는 사실을 모르는 이들의 눈에는 켄투키를 가진 사람이 아주 이상하게 보일 수 있다는 것을, 심지어 강아지나 고양이 혹은 화초에게 말을 거는 이들보다 훨씬 더 정신 나간 사람처럼 보일 수도 있다는 것을 엔초는 처음으로 깨달았다. 그는 미스터와 함께 자동차에 탔다. 둘은 반대 방향으로 서로를 끌어당기는 할머니와 켄투키를 한동안 바라보았다.

집에 돌아오자마자 그는 주방을 정리하고 거실 여기저기 흩어져 있던 루카의 물건들을 모아 방으로 가져갔다. 문을 열고 들어가보니 안이 온통 난장판이었다. 엔초는 루카에게 정리 정돈을 잘하라고 다그치지 않는 편이었다. 어린 시절 그의 엄마에게서 쉴 새 없이 잔소리를 들었지만 아무 소용도 없던 터였다. 무슨 말을 한들 아이에게 먹힐 리가 없었다. 가끔 미스터는 짝 잃은 양말을 밀어 방으로 갖다주거나, 루카가 집 안 여기저기 버린 사탕 포장지를 하나씩 주워 처리하기 쉬운 곳에 모아놓았다. 엔초는 묵묵히 집안일을 돕는 그를 신기한 듯이 지켜보곤 했다. 루카가 집에 있는 날이면, 미스터는 아이가 성가셔하지 않도록 일정한 거리를 둔 채 그 뒤를 졸졸 따라다녔다. 엔초에게 하듯이 무언가 물어보거나 충전기가 어디 있는지 알려달라고 부탁하느라 다리에 일부러 몸을 부딪치거나 루카의 주의를 끄는 행동은 일절 하지 않았다. 겁 없이 그 아이에게 가까이 갔다가는 호되게 당하리라는 것을 알기 때문이었을 것이다. 루카는 녀석을 붙잡아 깊숙한 곳에 가두어두는가 하면, 혼자서 내려올 수 없을 정도로 높은 곳에 올려놓기 일쑤였다. 그러면 엔초가 구해주러 올 때까지 꼼짝없이 거기 갇혀 있어야 했다. 하지만 미스터는 아주 충직한 파수꾼이어서, RAI 방송을 보거나 창문 밖을 구경하는 건 아이가 집에 없을 때뿐이었고 나머지

시간에는 제 임무를 다하느라 잠시도 쉴 틈이 없었다. 가령 루카가 숙제를 하라는 아버지의 말을 무시하고 딴짓을 하면 켄투키는 엔초에게 쪼르르 달려와 일러바쳤다. 아이가 연속극을 보다가 잠이 들어도 켄투키는 그에게 달려왔다. 그러면 엔초는 아들을 침대에 누이곤 했다.

미스터는 제2의 아버지 역할에 충실히 적응해갔다. 엔초는 밤낮을 가리지 않고 애쓰는 이 두더지가 고마울 따름이었다. 그가 다른 삶에서 부자인지 가난뱅이인지는 모르겠지만, 어쨌든 꽤 한가하게 시간을 보내는 사람인 모양이었다. 미스터는 다른 곳에서 어떤 삶을 꾸리고 있을까? 그게 어떤 삶이든 그를 엔초와 루카와 더불어 살아가는 이곳의 삶에서 억지로 떼어놓을 수는 없는 듯했다. 그는 아침부터 저녁까지 이곳에 있었으니까 말이다. 그가 낮 시간 동안 충전기에 올라가 있는 경우는 손에 꼽을 정도였다. 그나마도 루카가 밤에 충전을 못하도록 방해한 경우에나 그랬다. 그들은 거의 두달이라는 시간 내내 함께했다. 이따금씩 쓰레기를 밖에 내놓는 사이 방충문을 붙들고 있거나, 한밤중에 실외등을 깜박 잊고 끄지 않았을 때 이를 알리느라 그의 침실과 복도를 왔다 갔다 하는 녀석을 엔초는 안쓰러움과 고마움이 뒤섞인 마음으로 바라보곤 했다. 이 두더지 인형이 진짜 반려동물이 아님을 알고 있는 그로서는 대체 어떤 유의 사람들이 이렇게 지극정성으로 남을 보살필 수 있는 건지 궁금했다. 홀아비나 할 일이 많지 않은 퇴직자라면 이렇게 할 수 있을까? 그가 베풀어주는 기특하고 고마운 정을 무엇으로 보답할 수 있을까?

전날, 움베르티데를 산책하고 집으로 돌아온 그는 맥주를 따서 온상 앞 선베드에 걸터앉았다. 엔초는 자기 주변을 맴돌고 있는 미스터 쪽으로 몸을 숙였다. 그의 부름에 미스터가 앞으로 다가오자 그는 용기를 내 물었다.

"당신은 우리와 하루 종일 여기서 뭘 하는 거죠?"

그들은 서로의 눈을 쳐다보며 한동안 꼼짝도 하지 않았다. 엔초가 맥주를 쭉 들이켜고 다시 물었다.

"미스터, 왜 이런 일을 하는 거예요? 그 대가로 얻는 게 뭐라고?"

그가 던진 여러 질문 중 "예" 혹은 "아니요"로 대답할 수 있는 건 하나도 없었다. 자신이 던진 이 뜬금없는 질문이 둘 모두에게 얼마나 난처하고 어색한 것인지 잘 알고 있었지만 그로서도 어쩔 수가 없었다. 정신 나간 짓이야. 엔초는 생각했다. 플라스틱과 천으로 된 2킬로그램짜리 인형을 보고 감상에 빠지다니 말이야. 켄투키는 움직이거나 가르랑 소리를 내지도, 눈을 깜박이지도 않았다. 그 순간 엔초의 머릿속에 좋은 생각이 퍼뜩 떠올랐다. 그는 맥주를 바닥에 내려놓고 선베드에서 벌떡 일어났다. 갑작스러운 움직임에 놀랐는지 켄투키가 고개를 들어 그를 빤히 쳐다보았다. 집 안으로 들어간 엔초는 잠시 후 종이와 연필을 들고 다시 나왔다.

"미스터." 그는 켄투키 앞에 앉아 자기 전화번호를 종이에 적었다. "나한테 전화해요." 켄투키의 눈앞에 종이를 갖다대며 그가 말을 이었다. "지금 당장요. 내가 당신을 위해 뭘 할 수 있는지 알려줘요."

엉뚱한 짓이라는 건 그도 알고 있었다. 선을 넘은 행동이야. 마치 내 개인적인 만족을 위해 아들의 장난감을 이용하는 것 같잖아. 아내와 심리 치료사가 알면 가만있지 않겠지. 하지만 동시에 왜 지금껏 이런 기발한 생각을 떠올리지 못했는지 스스로도 믿을 수가 없을 지경이었다.

지금쯤이면 번호를 다 적었겠지? 그는 종이를 맥주 옆에 내려놓고 휴대전화를 찾으러 갔다. 돌아올 때까지 켄투키는 여전히 그 자리를 지키고 있었다. 어쩌면 미스터의 집에서는 아직 유선전화를 쓰는지 몰라. 그렇다면 그도 전화벨이 울리기만을 기다리는 엔초만큼이나 들떠서 최대한 빠르게 전화기로 걸어가고 있겠지. 아들이 집에 없어서 다행이라는 생각이 들었다. 미스터와 전화 연락이 되든 안되든, 나중에라도 아들에게 말하는 게 좋으려나? 켄투키는 여전히 그의 앞에서 꼼짝도 하지 않았다. 어쩌면 켄투키 저편에 있는 노인이 필기구를 찾아 우왕좌왕

하느라 인형을 제대로 다루지 못하고 있는지도 모를 일이었다. 엔초는 웃음을 꾹 참으면서 전화기를 빤히 쳐다보았다. 오분, 십오분, 한시간을 더 기다렸지만 전화벨은 끝내 울리지 않았다. 결국 그는 자리에서 일어나 다시 맥주를 가지러 갔다. 그가 돌아왔을 때도 켄투키는 여전히 같은 자세로 서 있었다. 이 모습에 화가 치민 엔초는 집 안으로 들어가 저녁을 짓기 시작했다. 그러던 어느 순간, 켄투키가 힘겹게 방충문을 열고 거실을 가로지르는 소리가 들렸다. 엔초가 복도 쪽으로 돌아서서 보니, 켄투키는 아들의 방으로 가고 있었다.

"이봐요!" 그는 수건에 손을 문질러 닦고 켄투키를 쫓아갔다. "미스터, 잠깐만요."

하지만 켄투키는 그를 돌아보기는커녕 멈추지도 않았다. 엔초는 혼자 거실에 남아 켄투키가 대체 무슨 일 때문에 저러는지 곰곰이 궁리해보았다.

그것을 마지막으로 켄투키는 사라져버렸다. 그다음 날, 그를 찾느라 이미 몸도 마음도 다 지쳤지만 엔초는 휘파람을 불고 혓소리를 내면서 정원과 온상을 다시 뒤져보기 시작했다. 전에는 엔초의 부름에 미스터가 가르랑 소리를 내곤 했고, 그렇게 해서 두어번쯤 서로를 찾아낸 적도 있었다. 하지만 이번에는 아무 소리도 나지 않았다. 결국 전화 통화 건이 미스터의 마음을 상하게 한 것이 틀림없었다.

몇시간 뒤에야 그는 우연히 켄투키를 찾아냈다. 녀석은 외투를 걸어두는 작은방의 벽장 속에 있었다. 루카가 문을 잠가둔 게 분명했다. 더러운 옷을 담아둔 바구니에서 빠져나오느라 용을 썼는지 배터리가 거의 다 방전된 상태였다. 사실 켄투키가 거기서 빠져나온다는 것은 절대 불가능한 일이었다. 그는 기운이 다한 듯 들릴락 말락 한 소리로 가르랑거렸다. 엔초가 들어올려 귀를 가까이 대고서야 들을 수 있을 만큼 희미한 신음 소리였다.

에밀리아는 켄투키를 깨웠지만 카메라가 옆으로 비스듬히 누워 있었다. 화면에는 에바의 주방 바닥을 이리저리 오가는 맨발 네개만 보였다. 맨발 네개? 에밀리아는 못마땅한 표정으로 전화기를 찾느라 두리번거렸다. 물론 그런 터무니없는 일로 아들에게 전화를 걸 생각은 없었지만, 왠지 돌아가는 낌새가 심상치 않았다. 아무튼 전화기가 근처에 있다는 것을 알아둔다고 해서 나쁠 건 없었다. 두 발은 에바의 것이고, 더 크고 털이 숭숭 돋은 나머지 두 발은 남자의 것이 분명했다. 그녀는 켄투키를 움직여보려고 했지만, 강아지 방석에 눕혀놓은 탓에 옴짝달싹할 수가 없었다. 그녀는 날카로운 소리를 냈다. 평소에는 좀처럼 내지 않는 소리라 효과가 있었다. 에바가 다가와 켄투키를 바닥에 세워주었다. 앞을 제대로 볼 수 있게 되자 많은 것들이 분명해지면서 에밀리아가 두려워하며 예상하던 일이 사실로 밝혀졌다. 에바는 알몸이었다. 그녀와 함께 있는 남자도 알몸으로 불 위에 프라이팬을 흔들어대며 무언가를 만들고 있었다. 에바는 카메라에 입을 맞춘 뒤 화장실로 갔다. 에밀리아는 잠시 망설였다. 평소에는 그녀의 뒤를 졸졸 쫓아갔고, 에바가 화장실 문을 닫는 법이 없었기에 복도 벽에 등을 기댄 채 밖에서 기다리곤 했다. 하지만 지금은 집에 낯선 남자가 와 있었다. 저 남자를 주방에 혼자 내버려두어도 괜찮을까? 에바가 화장실에 간 사이 무슨 일이 있는지 살피며 집 안을 지키고 있어야 하는 게 아닐까? 그래서 에밀리아는 복도에 가만히 선 채 주방 쪽을 바라보았다. 남자는 냉장고 문을 열어 달걀 세개를 꺼내더니 프라이팬에 깨 넣고 껍질은 조리대에 던져버렸다. 쓰레기통이 코앞에 있지만 저자의 눈에는 아예 보이지도 않는 모양이었다. 무슨 기술이라도 따라 하듯 고개를 약간 수그린 채 프라이팬을 흔들어대던 그가 트림을 꺼억 해댔다. 하지만 울리지 않는 나직한 소리라 화장실까지는 안 들릴 것 같았다. 잠시 뒤, 남자가 다시 냉장고 문을 열더니 투덜거렸다. 아무래도 독일어인 듯한데 에밀리아로서는 한마디도 알아들을 수가 없었다. 게다가 번역기는 다른 사람의 말에 반응하지 않는지 자막도 나오지 않았다. 곧 남자가 거실을 향해 돌아섰다. 털이 무성하고 거뭇거뭇한 성기가 다리 사이에 매달려 있었다. 그럼 그게 저기 아니면 어디 달려 있겠어? 본 지 워낙 오래되어서 기억도 가물가물하지만. 에밀리아는 등나무 의자에서 벌떡 일어났다. 그녀도 화장실에 가고 싶었지만, 에바를 저 남자와 단둘이 남겨두고 싶지 않았다. 그렇다고 켄투키를 움직일 수도 없었다. 저 남자는 거실을 보는 거야, 아니면 나를 보는 거야? 당장 어디론가 숨고 싶었다. 조금이라도 움직였다가는 남자의 시선을 끌 텐데. 그래도 에밀리아는 모험을 해보기로 했다. 그녀는 다시 의자에 앉아 켄투키를 몇센티미터 뒤로 움직였다. 실수였다. 남자는 눈으로 그녀를 좇고 있었다. 그가 천천히 다가오자, 에밀리아는 켄투키를 돌려 최대한 빨리 복도를 따라 화장실로 달아나기 시작했다. 뒤에서 그의 발소리가 들렸다. 속도를 높이느라 손가락으로 키보드를 있는 힘껏 누르는 바람에 키가 망가져버렸다. 더는 방법이 없었다. 남자의 발소리가 점점 가까워지자 에밀리아는 숨을 멈추었다. 이제 화장실 앞에 거의 다다라 에바의 모습이 보이려는 찰나, 남자가 켄투키를 번쩍 들어올렸다. 켄투키는 날카로운 비명 소리를 냈다. 복도 천장에 있는 줄도 몰랐던 채광창이 하나 눈에 들어오는가 싶더니, 곧 남자의 얼굴이 화면을 가득 채웠다. 이틀이 넘도록 면도를 하지 않아 덥수룩하게 자란 수

염과 아주 옅은 빛을 띤 엄청나게 큰 눈동자가 보였다. 그는 광기 어린 눈으로 그녀를 노려보았다. 이제는 한쪽 눈밖에 보이지 않았다. 마치 거인이 그녀의 집을 차지하고, 컴퓨터 속에서 찾아낸 작은 구멍을 통해 안을 엿보는 것 같았다. 그때 그가 불쑥 한마디를 던졌다. 번역기는 여전히 알아듣지 못했다. 그녀는 마우스를 놓고 두 손으로 잠옷을 여몄다. 이윽고 스피커에서 훨씬 더 견디기 어려운 소리가 흘러나왔다. 샤워기 소리였다. 에바가 샤워기를 튼 것이다. 저 어린 여자애가 혼자 사는 것도 모자라 어른도 없는 집에 남자를 데려와서는 보란 듯이 샤워를 하다니. 에밀리아는 불안한 나머지 다시 자리에서 일어났다. 화가 머리끝까지 치밀었지만 컴퓨터 앞을 떠날 수가 없었다. 켄투키는 허공에서 버둥거리며 거실로 옮겨졌다.

남자는 켄투키를 식탁 위에 올려놓더니 허리를 구부려 자세히 살펴보았다. 그가 몸을 일으키자 그의 성기가 에밀리아의 컴퓨터 화면을 가득 채웠다. 남편 것과는 전혀 달라 보였다. 남편 것은 저것보다 훨씬 더 옅은 빛깔에 훨씬 더 부드러워 보였는데. 남자가 독일어로 뭐라 말하는 동안 그의 성기는 그녀를 빤히 쳐다보고 있었다. 남자들의 성기는 모두 독일어로 말하는 모양이었다. 그녀가 오스발도와 마음이 맞지 않았던 것도 그래서였으리라. 처음 컴퓨터를 다루며 느꼈던 크나큰 낭패감과 쓰라린 기억들을 멋지게 이겨내고 이제 능수능란하게 켄투키를 조종하면서 아무 수치심도 없이 독일 남자의 커다란 성기를 빤히 볼 수 있을 만큼 현대적인 여성으로 탈바꿈한 자신이 너무 대견스러운 나머지 미소가 절로 나왔다. 화요일 수영 강습이 끝난 뒤 친구들에게 들려줘도 괜찮을 만큼 자랑스러운 이야기가 아닌가. 심지어 그 장면을 사진으로 찍어둬야겠다는 생각까지 들었다. 그러나 주인의 식탁 위에서 켄투키를 돌려세운 순간, 그녀는 웃지 못할 장면을 보고 말았다. 남자가 에바의 핸드백을 뒤지고 있었던 것이다. 그는 지갑을 꺼내 열어 카드와 신분증을 살펴보고는 돈을 세더니 지폐 몇장을 꺼냈다. 에밀리아는 소리를 질렀다. 자기가 할 수 있는 일이 그것밖에 없다는 사실에 너무나 화가 났다. 남자가 켄투키를 들어올리려는 순간 그녀는 재빨리 몸을 피한 뒤, 암탉처럼 날카로운 울음소리를 내면서 원을 그리며 빙빙 돌았다. 하지만 그런 잔재주도 몇초뿐이었다. 결국 켄투키는 남자에게 붙잡혀 주방으로 옮겨졌다. 카메라가 쉴 새 없이 도는 탓에 어지럼증이 일었다. 움직임이 멈춘 순간, 그녀는 독일 남자가 켄투키를 수도꼭지 아래로 밀어넣으려 한다는 것을 알아차렸다. 깨끗한 포마이카 조리대 위에 흩어져 있는 달걀흰자와 껍데기 몇조각이 언뜻 눈에 들어왔다. 수도꼭지에서는 물이 콸콸 쏟아지고 있었다. 물에 젖으면 켄투키 안에 있는 장치가 망가져 작동을 멈출지도 몰라. 그녀는 다시 날카로운 울음소리를 냈다. 물이 머리에 떨어지며 울리는 소리가 들렸다. 그녀는 계속 소리를 질렀다. 이 포악한 고깃덩어리가 정말 그녀를 없애버리려는 걸까? 그녀는 안간힘을 쓰며 몸부림을 쳤다. 간신히 남자의 손아귀에서 벗어나 싱크대에 떨어졌지만, 그가 다시 그녀를 붙잡았다.

《내 달걀도 있어?》

그 순간 부드럽고 맑은 에바의 목소리가 들려왔다. 남자가 변명하듯 뭐라고 중얼거리자 에바는 수건으로 젖은 머리를 말리느라 듣는 둥 마는 둥 하다가 그에게 말했다. 켄투키는 굳이 물로 씻어줄 필요 없어. 나도 가끔 더럽힐 때가 있긴 한데, 눈에만 흠집이 안 나도록 조심하면 돼.

《왜냐하면 거기 카메라가 달려 있거든.》 에바가 그에게서 토끼를 받아 안으며 말했다.

에밀리아는 에바가 방금 한 말을 마음속으로 여러번 되뇌었다. 이 "카메라"라는 단어를 통해 그녀는 에밀리아를 처음으로 언급한 셈이었다. 에바는 토끼 안에 누군가가 있다는 것을, 그러니까 자신이 사랑하고 보살피는 어떤 이가 있다는 것을 자연스럽게 받아들이고 있었던 것이다. 이는 독일 남자의 은밀한 부분보다 에밀리아에게 훨씬 더 강렬한 인상을 주었다. 정말 행복한 날이야. 에밀리아는 생각했다. 에바는 그녀를 다시 바닥에 내려놓고 어디론가 갔다. 여전히 아랫도리를 벗은 채였지만, 에밀리아는 이 어린 여자아이가 그 어느 때보다 더 사랑스러웠다. 에바와 에밀리아는 서로에게 매우 중요한 존재였다. 그들이 함께 경험한 것들은 모두 진짜였다. 에밀리아는 맨살이 고스란히 드러난 그녀의 엉덩이를 따라 거실로 갔다. 아담하고 예쁜 엉덩이를 보고 있자니 오래전 어린 아들의 엉덩이에서 느껴지던 부드럽고 따스한 감정이 가슴 가득 전해져 오는 듯했다. 에바가 소파 위에 벌렁 드러눕자 에밀리아는 그녀의 발끝을 가볍게 쳤다. 에바는 켄투키를 번쩍 들어올려 자기 옆에 놓고는 주방 쪽을 힐끗 쳐다보았다. 남자가 접시에 음식을 담아 오면서 그녀에게 무언가를 물었다. 다시 주방으로 가는 걸 보니 아마 소금과 후추가 필요하냐고 물어본 모양이었다. 그러면서도 그는 계속 뭐라고 지껄이고 있었다. 여전히 그가 무슨 말을 하는지 이해할 수 없었지만, 에바의 대답을 듣고 보니 대충 알 것 같았다. 그럼. 그녀가 말했다. 당연히 저 토끼 안에도 사람이 있지. 주방에 있던 남자는 갑자기 웃음을 거두고 에밀리아의 눈을 똑바로 바라보았다.

마르빈은 서재의 문을 닫고 책 위에 놓아둔 태블릿 컴퓨터를 켰다. 얼마 전까지만 해도 아버지가 불쑥 들어올까봐 언제나 공책을 펴놓고 손에는 연필을 든 채로 있었지만, 이제는 그렇게까지 하지 않았다. 그저 화면에서 책으로 재빨리 시선을 옮기기만 하면 그만 아닌가. 마르빈이 하루에 세시간씩 그 방에서 공부하기로 약속한 이후로 아버지나 가정부가 들어와 그가 뭘 하는지 살핀 적은 단 한번도 없었다. 대신 아버지는 저녁식사 자리에서 공부가 잘되는지, 학교 성적은 올랐는지 묻곤 했다. 삼주 후에 성적표가 나오면 집안에 한바탕 난리가 날 게 뻔했다. 하지만 그건 전혀 중요하지 않았다. 마르빈은 더이상 용을 가진 소년이 아니라, 그 안에 소년을 데리고 다니는 용이었다. 이 엄청난 상황에 비하면 성적은 사소한 문제에 지나지 않았다.

켄투키의 주인은 약속한 대로 그를 충전기에 얹어 계단 밑에 놓아두었다. 마르빈은 가게 안으로 들어가는 주인의 뒷모습을 보면서 잠시 기다렸다가 마침내 움직이기 시작했다. 충전기에서 내려와 가게 앞을 지나가자 눈앞에 보도가 나타났다. 거리에는 아무도 없었다. 그는 벽에 착 달라붙은 채 가게로부터 몇미터 움직였다. 도시는 상상했던 것보다 훨씬 더 작아 보였다. 인도의 턱이 너무 높을까봐 걱정했었는데, 실제로 보니 인도와 차도의 높이는 거의 차이가 없었다. 켄투키는 단번에 도로로 내려갔다. 약간 비틀거렸을 뿐 넘어지지 않고 내려설 수 있었다. 주변에는 이삼층 정도 되는 나지막한 건물들뿐이었다. 안티과에 비해 더 고급스럽고 현대적으로 보이는 건물들은 모두 사각형의 단순한 모습을 하고 있었다. 길을 건너기 전에 혹시 차가 오는지 살펴보기 위해 왼쪽으로 몸을 돌리자 바다가 보였다. 바다? 저것이 바다라면, 최소한 그가 알고 있는 그 바다라면, 정말 엄청나게 놀라운 일이었다. 눈이 하얗게 덮인 산으로 둘러싸인 가운데 초록빛 거울처럼 반짝이는 바다라니. 마르빈은 한동안 거기 멈춰서서 바라보기만 했다. 시내에서 흘러나오는 희미한 노란 불빛이 해변을 따라 산자락으로 올라가고 있었다.

트럭 한대가 켄투키 쪽으로 방향을 틀었을 때에야 정신이 번쩍 들었다. 그는 길을 건너 항구 쪽으로 내려가기 시작했다. 누가 마르빈에게 가장 바라는 것, 즉 소원이 무엇이냐고 물어본다면, 그는 주저 없이 눈이 있는 곳에 가고 싶다고 말할 터였다. 하지만 어떤 켄투키도 혼자 눈 위로 기어올라갈 수는 없었다. 게다가 가까이 있는 것처럼 보이긴 해도 산은 수킬로미터나 떨어져 있었다. 그는 제방을 오른편에 두고 나아갔다. 몇미터 앞에 해변이 펼쳐져 있고, 주위에는 조개껍데기와 갖가지 종류의 조약돌이 널려 있었다. 켄투키가 아무것도 집을 수 없다는 사실이 못내 아쉬웠다. 자신을 자유롭게 풀어준 그 여자에게 감사의 표시로 작은 선물이라도 하고 싶었던 것이다. 길 건너편 바의 문이 열리더니 두 남자가 술에 취해 어깨동무를 한 채 노래를 부르며 나왔다. 마르빈은 그들이 멀어질 때까지 제자리에서 꼼짝 않고 기다렸다. 그런 뒤 다시 몸을 움직여 반 블록 정도 나아갔는데, 갑자기 누군가가 그를 집어들었다. 전혀 예상치 못한 빠른 손놀림이었다. 마르빈은 용의 바퀴를 이쪽저쪽으로 돌리며 몸을 움직이려 했다. 남자의 목소리가 들렸지만 번역기는 그 말을 옮기지 않았다. 그때 여자가 몸에 붙여준 꼬리표가 떠올랐다. 그걸 읽고 있는 걸까? 항구가 뒤집히면서 갑자기 화면이 어두워졌다. 남자가 그를 가방 안에 넣고 걷기 시작한 듯했다. 그는 잠시 기다리기로 했다. 그런데 나중에 풀려나거나 어떻게든 탈출한다 해도 가게로 돌아갈 길을 어떻게 알아내지? 이제 완전히 미아 신세나 마찬가지였다.

그는 마음을 차분히 가라앉히려고 애썼다. 당장 할 수 있는 일이 없잖아. 그때 저녁 먹으라고 부르는 소리가 들렸다. 켄투키를 시작한 이후 처음으로 그는 태블릿 컴퓨터를 가지고 나갈까 생각했다. 물론 그건 굉장히 위험한 일이었다. 일단 태블릿을 방으로 가져가 공책 사이에 숨겨놓았다가 저녁식사가 끝나고 집 안의 불이 다 꺼지면 다시 용에게로 돌아갈 수 있지 않을까? 하지만 그의 아버지는 잠자리에 들기 전에 항상 서재에 들러 일을 보고 태블릿이 꺼진 채 책 옆에 제대로 있는지 확인하는 습관이 있었다. 마르빈이 태블릿을 이용할 수 있는 장소는 서재의 책상이 유일했다.

"Welcome to heaven(하늘나라에 오신 걸 환영합니다)."

누가 그에게 영어로 인사를 건넸다. 갑자기 빛이 들어오면서 화면이 눈부실 정도로 하얗게 변하더니, 곧 항구와 전혀 다른 장면이 나타났다. 용은 다시 똑바로 서 있었다. 바닥이 나무로 된 넓은 방이었다. 무용 연습실이나 체육관 비슷한 곳으로, 아마 아버지의 차 세대가 들어가고도 남을 만큼 널찍했다. 그가 몸을 돌리자 눈앞에 다른 켄투키가 나타났다. 두더지 켄투키였다. 그는 무슨 영문인지 종잡을 수가 없었다. 어쩌면 가게의 거울에서 본 용은 그 여자의 눈속임일 뿐이었고 실은 저 두더지가 그의 본모습인 걸까? 켄투키는 날카로운 소리를 지르면서 어디론가 굴러가기 시작했다. 그러더니 이번에는 토끼의 모습을 한 또다른 켄투키가 다가와 그를 가볍게 치고는 빤히 쳐다보았다. 켄투키들 사이로 두 다리가 오가고 있었다. 마침내 두 다리가 구부러지면서 얼굴이 보였다. 마르빈은 그가 반지 낀 소년이라는 것을 알아차렸다. 가전제품 상점 유리창에 "켄투키를 해방하라!"라는 구호를 쓰던 그 소년 말이다. 머리를 풀고 외투 없이 티셔츠만 입고 있으니 전혀 다른 아이처럼 보였다.

"Can we speak in English(영어로 얘기해도 될까)?" 소년이 그에게 물었다.

마르빈은 무슨 말인지 알아들었다. 그 정도는 당연히 알아들을 수 있었다. 그렇지만 대체 어떻게 대답해야 할까?

바로 그 순간, 지구 반대편에서는 아버지가 성난 목소리로 그의 이름을 부르고 있었다. 경고하는데, 저녁 먹으러 내려오라고 벌써 두번이나 불렀어!

"내가 그리로 올라가야 되겠어……?" 아버지의 고함이 이어졌다.

아버지는 정말로 올라오고 있었다. 계단을 밟을 때마다 삐걱거리는 소리가 울려왔다. 마르빈은 급하게 켄투키 제어프로그램과 태블릿 컴퓨터를 종료하고 책을 덮은 뒤, 평소 아버지가 좋아하는 순서대로 물건을 쌓아올렸다.

그들은 라디오를 켜놓은 채 저녁식사를 했다. 두 사람이 쓰기엔 식탁이 너무 큰 터라 가정부는 아예 테이블보를 걷어 한쪽 모퉁이에 접어놓고 그 양쪽에 자리를 마련했다. 식탁에 마주 보고 앉아야 서로 빵을 건네줄 수 있잖니. 그래야 서로 가까워지는 법이란다. 그녀는 입버릇처럼 말하곤 했지만, 정작 매일 저녁 식탁에서는 라디오 외에 아무 소리도 들리지 않았고 아버지가 빵을 건네는 모습은 단 한번도 본 적이 없었다.

식사가 끝나자 아버지는 전화를 받으러 서재로 올라갔다. 마르빈은 그제야 배터리에 생각이 미쳤다. 지금까지는 늘 켄투키를 충전했기에 연결이 끊긴 적이 없었다. 하지만 그는 이미 많이 돌아다닌 상태였고, 그러니 배터리도 평소보다 훨씬 많이 소모했을 터였다. 만약 자신이 자리를 떠나 있는 사이 누가 충전을 시켜주지 않으면 더이상 켄투키를 켤 수 없게 될지도 몰랐다.

"마르빈, 괜찮니?" 가정부가 식탁을 치우면서 걱정스러운 표정으로 물었다.

자기 방으로 가던 그는 서재 앞에서 잠시 걸음을 멈추었다. 들키지 않도록 조심하면서 열린 문틈으로 살짝 안을 살피니, 아버지는 책상 위에 팔꿈치를 대고 주먹으로 머리를 괸 채 서류를 뒤적거리고 있었다. 태블릿 컴퓨터는 아버지가 손을 뻗으면 닿을 거리에 놓여 있었다. 책 더미 위에서 전원 표시등이 깜박거렸다.

그리고르는 “연결 완료된 켄투키 회선”이라는 이름으로 광고를 내고 벌써 스물세개나 팔아치웠다. 어떤 건 내놓은 지 하루 만에 팔렸다. 이미 넘겨준 회선을 제외하면 이제 쉰세개가 남아 있었다. 그는 광고에 각 회선 주인의 거주 도시와 사회적 지위, 연령, 그리고 각종 활동 내역 등이 적힌 양식을 함께 올렸다. 스크린샷을 몇장 찍어 주인의 얼굴이 안 나오도록 잘 처리해 올리기도 했다. 각각의 연결 회선이 제공할 수 있는 다양한 경험을 최대한 충실하게 전하려는 생각이었다.

그의 아버지가 방문을 두드리고 살금살금 안으로 들어와서는 요구르트 한컵을 스푼과 함께 책상 위에 올려놓고 다시 나갔다. 그리고르가 고맙다는 인사를 건넬 즈음엔

이미 저 멀리 가버리고 없었다. 그는 몇스푼 만에 요구르트를 다 먹어치웠다. 처음에 비해 아버지의 솜씨가 좋아졌든지, 아니면 몇시간 동안 아무것도 먹지 않아 허기가 졌던 모양이다. 세상이 너무 빨리 돌아가니 이 사업도 오래가지는 못할 거야. 규제의 허점을 보완하기 위해 조만간 새로운 법이 만들어지겠지. 하지만 그때까지 플랜 B가 지금처럼 잘 돌아가고 앞으로 몇달간 계속 일감이 생긴다면 돈을 꽤 많이 모을 수 있을 터였다.

연결 암호 카드는 온라인에서 구입해 다운로드하면 되지만, 회선을 연결하기 위해서는 매번 새로운 태블릿 컴퓨터가 필요했다. 켄투키를 한번 설치하면 다른 기기로 옮길 수 없도록 되어 있기 때문이었다. 그는 매주 평균 다섯대의 태블릿을 새로 구입했는데, 괜한 의심을 사지 않기 위해 여러 상점을 돌아다니며 조금씩 따로 사야만 했다. 그러다 어느 순간 연결 암호 카드보다 태블릿의 가격이 더 저렴해지는 기현상이 일어났다. 카드 한장을 사려면 켄투키를 살 때보다 많은 돈을 내야 했다. 연결 암호 카드의 가격이 왜 계속 올라가는 거지? 그런 게 시장의 균형인가? 누군가에게 자신을 보여주는 것보다 누군가를 지켜보는 것에 관심을 가진 사람이 더 많아서일까? 복잡하기 이를 데 없는 기술 시장을 따로 연구할 것도 없이, 그리고르는 약간의 상식을 동원해 자기 나름의 결론을 이끌어냈다. 주인이 되는 것과 켄투키가 되는 것의 장단점을 두고 다들 이런저런 말들을 해댔다. 전혀 모르는 사람에게 자신의 사생활을 드러내 보이려는 사람은 드문 반면, 다른 이의 삶을 엿보는 것을 마다할 사람은 없었다. 그러나 켄투키는 실제로 집 안에 자리를 차지하는 유형의 물건이었다. 시장에서 가정용 로봇을 사는 것과 비슷하달까? 사실 상당한 액수의 돈을 지불하고 연결 암호를 사서 기껏 열여덟개의 가상 숫자밖에 얻지 못하는 것보다야 화려한 상자에서 새 물건을 꺼내는 것이 훨씬 더 즐겁지 않겠는가. 그럼에도, 그리고르는 조만간 무게중심이 연결 암호 카드 쪽으로 완전히 기울어지리라 판단했다.

주문 메시지가 새로 도착했다. 의뢰인은 콜카타에 사는 어떤 이, 자세히 말하자면 인도 최대의 차이나타운에 사는 어떤 여자아이가 가진 켄투키의 연결 카드를 사고 싶어했다. 의뢰인이 원하는 켄투키 주인의 양식에는 다음과 같이 적혀 있었다. "넉넉지 않은 집안. 아버지 어머니는 거의 집에 안 계심. 네살에서 일곱살짜리 아이가 셋. 방 세 개. 켄투키는 매일 탁아소로 보냄. 어린 여자아이의 침대 옆에서 매일 밤 충전." 의뢰인은 어떤 여자의 이름으로 서명하고 끝에 추신까지 달아놓았는데, 그리고르가 보기엔 너무 감정에 치우친 듯한 문구가 담겨 있었다. "그런 아이를 만날 수 있다면 마치 딸이 생긴 것처럼 기쁠 거예요. 그렇게 되면 고마움을 평생 잊지 않겠습니다." 일반적으로 그는 연결 카드를 구매하는 사람들에 대해 아무것도 알려 하지 않았다. 돈이 입금되었는지 확인한 뒤 태블릿 컴퓨터를 상자에 넣고 상대방이 알려준 주소에 등기우편으로 보내주기만 하면 그만이었다.

가끔 그는 자기 방이 여러개의 눈으로 전세계를 한눈에 내다보는 유리창 같다는 생각을 했다. 하지만 사실 방이 그다지 크지 않은데다 움직일 수 있는 손이라봐야 두개밖에 없기 때문에 여섯 혹은 일곱개의 켄투키를 동시에 깨어 있게 하는 것은 불가능했다. 그는 여러곳에 흩어져 있는 켄투키를 움직이고, 필요할 경우 충전을 하고, 자기 켄투키가 일어나 뭐라도 보여주길 몇시간이고 기다리던 주인과 짤막한 대화라도 나누어야 했다. 그는 연결 장면을 아날로그 방식으로 녹화해두기 위해 삼각대가 달린 소형 카메라도 두대나 구입했다. 카메라를 사기 전에는 고민에 고민을 거듭했다. 돈을 주고 태블릿을 크래킹* 해서 디지털 방식으로 이미지를 저장하는 대신 스크린을 직접 카메라로 찍는 것이 다소 원시적인 방법으로 보이지 않을까

* 소프트웨어의 코드를 수정하여 사용자가 원하지 않는 기능들을 비활성화하거나 제거하는 일. 여기서 말하는 크래킹은 별도의 파일에 포함된 명령어에 따라 텍스트 파일을 업데이트하는 패치 소프트웨어를 가리키는 것으로 보인다.

싶어서였다. 하지만 괜한 걱정이었다. 그렇게 촬영한 동영상을 광고에 올리자 반응이 아주 좋았다. 아날로그적인 촬영 방식이 오히려 영상에 아늑하면서도 매우 사실적인 느낌을 주었던 것이다. 더구나 이를 통해 의뢰인들은 자기가 사고자 하는 태블릿을 눈으로 확인할 수 있었고, 가끔 카메라에 잡히는 그리고르의 손은 거래의 투명성을 높여주었다. 마치 강아지를 사려고 할 때, 그때까지 키워준 사람이 누구인지, 그리고 강아지의 상태는 어떤지 확인하는 과정이나 다를 게 없었다. 광고에 켄투키의 영상을 서너개 정도 올리면 보통은 그날 안에 연결 카드가 팔렸다.

오후가 되면 아버지는 침대에 걸터앉아 미간을 찌푸린 채 화면을 지켜보곤 했다. 그리고르는 아버지에게 회선 몇개를 맡겨보려고 애를 썼다. 도와주는 사람 없이는 더 이상 켄투키 사업을 이어갈 엄두가 나지 않는 터였다. 하지만 그가 아무리 열심히 설명해도 아버지는 도무지 이해를 못하는 눈치였다. 친구를 불러 부탁할까도 생각해봤지만 믿을 만한 사람이 아무도 없었다. 시장에는 그와 같은 사업을 하는 이들이 이미 많았고, 그중 일부는 엄청난 수익을 올리고 있었다. 그는 다른 이들이 어떻게 하고 있는지, 자신이 모르는 법의 허점이 또 있는지 궁금했다.

그 와중에 그는 달갑지 않은 일을 겪었다. 다시는 생각하고 싶지도 않았지만, 아무리 노력해도 그 일은 머릿속을 떠나지 않았다. 생일 파티를 즐기던 부잣집 꼬마는 알고 보니 쿠바의 미라마르 해변 근처가 아니라 콜롬비아의 카르타헤나에 살고 있었고, 켄투키에게 거의 관심을 보이지 않았다. 꼬마가 충전기를 놓아둔 주방은 그리고르와 아버지가 같이 사는 아파트만큼이나 컸다. 하인복 차림의 여자 둘과 남자 하나가 하루 종일 분주하게 돌아다니는 그 집에서, 아이의 부모는 앞에 아이와 하인들이 있든 말든 눈만 마주치면 으르렁거리며 싸웠다. 그리고 그 집에 사는 또다른 남자, 아마도 아이의 삼촌인 듯한 그자는 이따금씩 켄투키를 엉뚱한 곳으로 데려가곤 했다. 켄투키가 탈출할 수 없는 곳을 찾다가 아이 부모의 침실에 숨겨놓기도 했는데, 그러면 그들이 싸우면서 손에 잡히는 것은 무엇이든 휘두르다가 마침내 켄투키를 방 밖으로 휙 내던져버리기 일쑤였다. 어느날엔 그 삼촌 같은 자가 켄투키를 부부 침실에 딸린 욕실 안 타월 선반 위에 올려놓는 바람에, 그리고르는 타월 사이에 숨겨진 켄투키의 눈을 통해 욕실로 들어온 아이의 엄마가 샤워를 마친 뒤 알몸으로 나와 몸을 닦고 변기에 앉아 핀셋으로 다리의 털을 뽑는 모습을 처음부터 끝까지 모두 지켜보아야 했다. 그녀는 이따금씩 오줌을 누기도 했다. 보는 내내 마음이 거북했지만, 그 장면은 그리고르의 뇌리에서 사라지기는커녕 갈수록 더 불쾌하고 끔찍한 느낌으로 자리 잡았다.

그러다 어느날 오후에 그 일이 일어났다. 예의 남자가 거실에서 켄투키를 불렀다. 그리고르는 숨으려고 했지만 때를 놓치고 말았다. 남자는 그가 있는 곳으로 다가와 켄투키를 번쩍 들어올리더니 눈가리개 같은 것을 카메라에 씌웠다. 앞이 보이지 않았지만 아직 소리를 들을 수는 있었다. 짐작건대 집 밖으로 나가 차에 타는 듯했다. 그들이 탄 차는 사오십분 동안 어디론가 달렸다. 그리고르는 주변 상황에 촉각을 곤두세우면서도, 그 틈을 타서 다른 켄투키를 살펴보고 있었다. 자갈길 위를 달리는지 차가 덜컹거리는가 싶더니 잠시 후 엔진이 꺼지면서 개 짖는 소리가 들렸다. 문이 열렸다 다시 닫혔다. 눈가리개로 새어 들어오는 빛의 변화로 보아 그들은 탁 트인 곳에 있는 듯했다. 이어 누군가가 갑자기 그를 자동차 밖으로 끌어냈다. 저 멀리서 소의 울음소리가 들렸다. 그들은 칠팔분 동안 어디론가 걸어갔다. 이상한 윙윙 소리가 점점 더 크게 들렸다. 그러다 커다란 대문이 열렸다가 다시 닫혔고, 이제는 완전히 다른 소리가 들렸다. 그는 한참 지나서야 그것이 무슨 소리인지 알아차렸다. 더 가까이 다가가자 귀청을 찢을 듯이 날카로운 소리가 수없이 들려왔다. 눈가리개가 풀렸을 때, 그는 켄투키가 철망 상자 안에 갇혀 있음을 깨달았다. 그런데 이상하게도 바퀴가 바닥에 닿지 않았다. 자세히 보니 숨을 쉬려고 목을 길게 뺀 병아리들 위에 켄투키의 몸이 떠 있는 듯했다. 상자 안에 빽빽이 들어찬 병아리들은 서로 밟고 부리로 쪼면서 질식과 공포의 비명을 질러대고 있었다. 잠시 후, 병아리들이 켄투키를 사납게 쪼아대기 시작했다. 그런데 철망 상자는 그것 하나가 아니었다. 쭉 이어진 통로 양편으로 수백개의 철망 상자가 늘어서 있었다. 천장 주변과 둥그런 양철 지붕으로 덮인 통로 위로 깃털이 구름 떼처럼 떠다녔다. 노란 깃털 사이에서 켄투키의 잿빛 인조 깃털도 둥둥 떠다니고 있었다. 앞이나 위, 아니면 아래에 있던 — 모든 것이 너무 빠르게 움직여서 제대로 구분할 수가 없었다 — 병아리 한마리가 미친 듯이 그의 카메라에 부딪쳐왔다. 그 바람에 켄투키의 부리가 날아가고 말았다. 공포에 질린 와중에도 그는 켄투키를 지키려 애썼지만 곧 카메라 렌즈가 피로 얼룩지며 날카로운 비명 소리가 울렸다. 데스크톱 스피커에서 나오는 귀를 찢는 듯한 고음에 그리고르는 극도의 공포에 빠져 온몸이 얼어붙는 것 같았다. 그는 단숨에 오디오 케이블을 빼고 태블릿을 꺼버렸다. K52220980 연결 회선은 이십칠초 정도 더 이어지다가 끊겼다. 그리고르는 그 켄투키의 광고를 내리고 태블릿의 운영시스템을 다시 설치했다. 다른 회선을 연결하는 데 쓸 생각이었다.

그가 마침내 부에노스아이레스에 도착했을 때, 삼촌은 더이상 말을 할 수 없는 상태였다. 삼촌의 아파트 벨을 누르자 어떤 간호사가 문을 열어주었다. 그녀는 친절하게 외투를 받으며 먼 길 오느라 고생 많았다고 인사를 건넸다. 삼촌을 뵙기 전에 차라도 한잔 하는 게 어떻겠냐는 제안에 클라우디오는 고개를 끄덕였다. 비행기를 타고 오는 동안, 그는 삼촌 집에 도착하자마자 곧장 방으로 가서 노인을 꼭 안아주겠노라고 몇번이나 다짐했다. 어떤 일이 있어도 감상에 빠지지 않고 삼촌과 늘 나누던 블랙 유머를 몇마디 던질 생각이었다. 하지만 간호사는 그에게 찻잔을 건네고 손으로 의자를 가리키더니 삼촌의 상태를 간략하게 설명하기 시작했다. 옆방에서 간간이 들려오는 소리는 코 고는 소리가 아니라, 삼촌이 간신히 숨을 이어가는 소리였다. 지금 환자의 몸이 너무 굳어 있어요. 그녀가 무겁게 입을 열었다. 그 말에 클라우디오 자신의 몸마저 갑자기 굳어지는 듯한 기분이었다. 곧 그는 생각했다. '지금 삼촌은 깨어 있어. 분명히 우리 대화를 다 듣고 계실 거야.'

간호사가 앉아 있는 의자 뒤로 충전기가 보였다. 그가 텔아비브에 도착하자마자 샀던 전기 주전자의 둥근 받침과 모양이 비슷했다. 몇달 전 전기 주전자를 산 가게 점원의 끈질긴 권유에 못 이겨 켄투키를 구매해 인편으로 삼촌에게 보냈던 일이 떠올랐다. 그 이후로 그는 삼촌과 대화를 나눠본 적이 없었다.

간호사의 말이 이어졌다.

"오늘밤을 넘기기 힘들 것 같아요." 그녀는 시계를 쳐다보고 다시 입을 열었다. "이십분 후면 교대 시간인데, 그 전에 몇가지 설명드릴 게 있어요."

클라우디오는 찻잔을 탁자에 내려놓았다.

간호사는 그에게 모르핀이 있는 곳과 주사 놓는 방법을 알려주었다. 급한 일이 생길 경우에 대비해 자신의 연락처와 응급 전화번호가 적힌 쪽지도 건네주었지만, 이제 삼촌을 편안하게 보내드려야 할 때가 온 것 같다고 조심스럽게 덧붙였다. 이어 그녀는 지난주 클라우디오의 아버지가 형에게 마지막 인사를 하기 위해 부에노스아이레스에 들렀을 때 남겨놓은 봉투를 건네주었다.

“아버님 말씀으로는 장례 절차에 필요한 건 여기 다 담겨 있대요.”

그제야 클라우디오는 자신이 삼촌의 마지막 가시는 길을 준비해야 한다는 것을 깨달았다. 아까 공항에서부터 가슴과 목구멍 사이에 줄곧 걸려 있던 검은 매듭이 그의 숨통을 조이는 통에 숨을 제대로 쉴 수가 없었다. 그는 심호흡하듯 공기를 들이마신 뒤 잠시 숨을 참았다.

간호사가 퇴근하자, 클라우디오는 잠시 거실 한가운데 선 채 가만히 기다렸다. 당장 방으로 달려들어가 삼촌을 꼭 안아드리기가 생각만큼 쉽지 않았다. 삼촌이 코를 고는 소리, 아니 숨 쉬는 소리가 방에서 흘러나왔다. 그 소리가 무엇을 의미하는지 알게 된 이상 가만히 듣고 있기가 힘들었다. 가끔 산소가 부족해질 때마다 소리는 더 커지곤 했다.

그때 어디선가 다른 소리가 들려왔다. 그는 삼촌 방 대신 소리가 나는 주방으로 향했다. 간호사가 깜박 잊고 무언가를 켜놓고 갔나? 그는 주방 안을 슬쩍 들여다보았다. 조용하면서도 간헐적으로 나는 소리. 켄투키였다. 텔아비브에도 자기 켄투키를 데리고 대로를 산책하는 사람들이 있었지만 지금껏 그것이 움직일 때 어떤 소리를 내는지는 한번도 신경 써서 들어본 적이 없었다. 켄투키는 아침식사용 소형 식탁 밑에 숨어 있었다. 클라우디오는 몸을 웅크린 채 손가락을 맞부딪쳐 그를 불렀다. 하지만 녀석은 가까이 다가오는 대신 반대편으로 달아났다. 뒷바퀴 사이의 디지털 디스플레이에 붉은 경고등이 들어와 있는데도 충전기 받침대로 갈 생각이 전혀 없는 듯 주방의 다른 구석으로 쪼르르 굴러가 숨어버렸다. 이상하다는 생각이 들었지만, 사실 클라우디오는 저 인형들에 대해서 아는 바가 전혀 없는 터였다. 그가 천천히 다가가자 켄투키는 이제 제자리에서 움직이지 않고 그를 빤히 쳐다보았다. 하기야 더이상 달아날 곳도 없었다. 클라우디오는 손가락으로 그의 몸을 만지다 이마를 몇번 툭툭 두드려보았다. 살면서 이렇게 유심히 누군가를 바라본 적은 한번도 없었다. 그가 별안간 그리움에 젖어 삼촌에게 켄투키를 선물했다는 것을 알면 바이츠만 과학 연구소*의 나노테크놀로지 교수들은 어떻게 생각할까?

그는 다시 거실로 돌아왔지만, 삼촌의 숨소리를 듣자 유리문을 열고 발코니로 잠시 나가 있지 않을 수가 없었다. 거친 숨소리는 이제 삼촌 방의 유리창을 통해 새어나왔다. 발코니의 난간은 바닥에서 살짝 떠 있는 널찍한 나

* 이스라엘 레호보트에 위치한 연구소 겸 대학.

무 널 두개로 되어 있었다. 클라우디오는 거기 몸을 기댄 채 발을 내밀고 구두 앞코를 내려다보았다. 그가 어렸을 때부터 발코니에 설 때마다 습관처럼 하던 행동이었다. 저 아래 카빌도 대로*에서는 차들이 신호를 기다리고 있었다. 그렇게 서 있자니 부에노스아이레스가 낯설게 느껴지면서 새로 둥지를 튼 도시가 그리워졌다. 구글 맵에 따르면 그는 고향 집에서 1만 1924킬로미터 떨어진 곳에 살고 있는 셈이었다. 하지만 유년 시절의 집은 이미 기억에서 사라진 지 오래였다.

그는 내키지 않는 걸음을 옮겨 다시 거실로 들어갔다. 안으로 들어간 이상, 더이상 미적거릴 핑곗거리가 없었다. 그는 삼촌의 방문을 열고 안을 슬쩍 들여다보았다. 삼촌은 담요를 가슴께까지 덮고 누워 있었다. 코를 골다 숨이 막히지 않도록 머리가 뒤로 이상하게 젖혀 있었다. 클라우디오는 자신의 숨소리가 얼마나 고요한지 새삼스레 놀라며 잠시 문턱에 서 있었다. 그러곤 마침내 침대로 걸음을 옮기기 시작했다.

“안녕하세요.” 클라우디오가 말했다.

삼촌이 아무 말도 알아듣지 못하리라 생각하던 터였다. 하지만 삼촌은 그를 향해 천천히 오른손을 들더니 손바닥

* 부에노스아이레스 북쪽 벨그라노의 주요 간선도로.

을 펴서 흔들었다. 가까이 오라는 뜻이었다. 클라우디오는 침을 꼴깍 삼키고는 의자를 삼촌 옆으로 가져다 앉았다.

"켄투키가 참 귀엽네요." 클라우디오가 말했다.

삼촌은 힘겹게 두 손을 들어 창가를 가리켰다. 무리하게 움직인 탓인지 바싹 마른 얼굴이 살짝 찡그려지는가 싶더니 이내 두 손이 몸 양쪽으로 힘없이 떨어졌다.

"모르핀을 더 놓아드릴까요?"

그가 그런 말을 입 밖에 낸 것은 아마 난생처음이었을 것이다. 삼촌은 고개를 젓지도 끄덕이지도 않았지만, 그의 목 안에서 새어나오는 거친 숨소리 덕분에 클라우디오는 그가 아직 살아 있음을 알 수 있었다. 삼촌은 왜 그렇게 필사적으로 창가를 가리키려 했을까? 클라우디오는 자리에 앉아 주변을 둘러보았다. 평소 책이며 악보가 수북이 쌓여 있던 선반과 테이블과 의자는 이제 약병과 알약, 그리고 탈지면과 성인용 기저귀로 빼곡했다. 그 방에 삼촌의 개인 물품은 베개 바로 옆, 침실용 탁자 위에 놓인 손바닥만 한 금속 상자뿐이었다. 클라우디오로서는 처음 보는 물건인데, 삼촌이 늘 가보고 싶어하던 중동 지역 도시의 기념품과 비슷해 보였다. 잠시 상자를 열어볼까 하는 생각이 들었지만 꾹 참았다. 괜한 짓을 해서 삼촌을 불안하게 만들고 싶지는 않았다. 그는 그렇게 이십분쯤 의자에 앉아 있었다. 몸에서 아직 비행기 기내식 냄새가 나는 것 같았다.

어느 순간 삼촌의 숨이 멎으며 침대 저편에 나와 있던 발가락이 뻣뻣하게 굳었다. 클라우디오는 자리에서 벌떡 일어나 뒷걸음쳤다. 한동안, 두 사람 모두 그 자리에서 꼼짝도 하지 않았다. 방 안에 정적이 감돌면서 마음이 다소 진정되고 거리의 차 소리도 조금씩 들려오기 시작했다. 장의사에 연락하자, 그날 오후 사망진단서 작성을 위해 의사를 보내겠다고, 밤에는 시신을 거두어 가겠다고 했다. 그는 다시 침대로 다가가 시트로 삼촌의 몸을 완전히 덮어주었다. 이상한 일이었다. 삼촌이 돌아가시면 무척이나 슬플 줄 알았는데, 정작 아무런 느낌도 들지 않았다.

그는 금속 상자를 들어 뚜껑을 열었다. 그때 켄투키가 움직이는지 주방에서 모터 소리가 희미하게 들려왔다. 상자 안에는 손 글씨로 쓰인 편지가 여러통 들어 있었다. 아랍어 같기도 하고 히브리어 같기도 한 글자로 쓰인 편지였다. 사실 클라우디오는 그 두 언어를 구별하지 못했지만, 편지 중간중간 등장하는 삼촌의 이름만큼은 알아볼 수 있었다. 상자 안에는 파티에서 나누어주는 선물 같은 작은 플라스틱 반지가 하나 들어 있었는데, 그마저 깨진 채였다. 편지 밑에는 사진이 몇장 있었다. 열두살 정도 먹은 남자아이의 사진이었다. 모두 비슷한 시기에 방이나 집 안마당으로 보이는 곳에서 찍은 것 같았다. 마치 어제 찍은 듯 생생한 모습이었다. 까무잡잡한 피부에 볼이 통통하니 귀엽게 생긴 아이가 카메라를 향해 여러 물건을 보여주고 있었다. 그게 무엇인지, 클라우디오는 차츰차츰 깨닫기 시작했다. 틀림없이 삼촌이 그에게 보내준 것들이었다. 마지막 사진에서는 그의 부모가 기쁨에 겨워 휘둥그레진 눈을 반짝거리며 야마하 오르간 양쪽에 선 채 활짝 웃고 있었다. 아이는 건반 앞에서 열정적으로 연주하는 흉내를 냈다.

다시 검은 매듭 때문에 가슴이 죄이는 듯 답답해졌다. 그는 상자를 내려놓고 밖으로 나갔다. 우선은 숨이라도 돌려야 할 것 같았다. 거실을 가로질러 발코니로 간 그는 난간에 몸을 기댄 채 허공을, 그리고 저 아래 대로를 빠르게 오가는 자동차를 물끄러미 내려다보았다. 그러다 차들이 멈춰선 도로 한쪽을 유심히 들여다보던 그의 눈에 켄투키의 모습이 들어왔다. 잠시 시간이 걸렸지만, 곧 그는 무슨 일이 있었는지 분명하게 알아차렸다. 삼촌의 켄투키가 11층 아래 인도 부근의 도로에 떨어져 박살 난 것이다. 두 여자가 잔해를 밟지 않도록 뒤에 있는 차들을 향해 수신호를 보내고 있었다. 그들이 사방에 흩어져 있는 조각을 줍는 동안 행인들은 공포에 질린 표정으로 그 장면을 바라보았다. K94142178 회선의 총 연결 시간은 84일 7시간 2분 13초였다.

그녀는 뒤에서 쫓아오는 샌더스 대령의 희미한 소리를 들으며 방을 돌아다니는 데 이미 익숙해 있었다. 가끔 기분이 나면 둘이서 함께 마을 도서관에 가는 경우도 있었다. 지난주에는 평소 그녀가 산을 내려다보며 일광욕을 즐기곤 하는 테라스에도 켄투키를 데려갔었다. 그녀는 켄투키가 자신의 뒤에서 자유를 만끽하며 마음껏 돌아다니는 것이 좋았다. 가끔은 녀석이 선베드 밑으로 들어가는 소리가 들렸다. 아마 켄투키 너머의 누군지 모를 상대가 햇빛 때문에 앞을 제대로 볼 수 없었던 것이리라. 녀석이 그녀의 몸이 드리운 그림자 속으로 숨어들 땐 왠지 뿌듯하기도 했다. 무엇보다, 거기서 잠자코 기다리는 녀석의 모습과 태양을 따라 이따금씩 움직이며 윙윙대는 모터 소리가 그녀를 기쁘게 했다. 켄투키가 이렇게 애를 쓸수록 그녀의 마음도 편안해졌다.

"얘야, 너 정말 잘 지내고 있는 거니?" 그날 아침, 그녀의 어머니는 그렇게 물었다.

어머니가 오악사카로 전화를 건 것은 이번이 처음이었다. 알리나가 보낸 이메일을 읽고 이상한 느낌이 들었다는 것이다. 알리나는 우선 어머니를 안심시켰다. 정말 아무 일도 없으니까 걱정 마세요. 하는 일도 잘되고 있고요. 스벤요? 그럼요, 물론 잘 지내죠. 전시회는 삼주 후에 열릴 거예요.

"그럼 그 꼬마 친구는?"

어머니는 괜히 다른 이야기를 꺼내지 않는 게 좋겠다 싶을 때면 언제나 켄투키에 대해 묻곤 했다.

"정말 그 아이한테 아무것도 안해줘도 되는 거니?"

켄투키에게 어떻게 물과 먹이를 주는지, 또 어떻게 발톱을 깎아주고 밖으로 데려가 소변을 보게 하는지 궁금하신 걸까?

"엄마, 그냥 발 달린 전화기라고 생각하시면 돼요."

알리나는 켄투키가 어떤 것인지, 기기의 IMEI* 번호가

* International Mobile Equipment Identity의 약자로, 휴대용 스마트 기기마다 붙어 있는 고유 번호를 말한다.

'켄투키가 된' 특정인과 어떻게 연결되는지, 그리고 그 특정인과 유일한 '주인'과의 연결이 어떻게 끊기지 않고 계속되는지 차근차근 설명해주었다. 하지만 어머니는 대답이 없었다. 알리나는 더 쉽게 알아들을 수 있도록 풀어서 설명했다.

"IMEI는 식별 번호예요. 사람들이 들고 다니는 휴대전화마다 붙어 있는 고유 번호 같은 거라고요. 물론 엄마 전화기에도 있죠."

"그럼 그 번호를 내가 선택할 수도 있다는 거니? 하지만 이 전화를 살 때 번호를 지정한 기억은 없는데."

"그런 건 중요하지 않아요, 엄마." 알리나는 인내심을 잃기 직전이었다.

"그럼 내가 켄투키를 하나 더 사서 네게 보내주면 어떨까? 괜찮을 것 같지 않아? 우리가 더 많은 시간을 함께할 수 있게 될 거야."

"켄투키를 하나 더 사더라도 엄마하고 연결되는 게 아니에요. 그건 우리가 선택할 수 없다고요. 어떤 사람과 연결될지 모르니까 더 흥미진진한 거죠."

"그렇다면 뭐 하러 그런 걸 사니?"

"아, 엄마!" 알리나는 소리를 질렀지만, 엄마의 말이 머릿속을 떠나지 않았다.

그녀는 매일 아침 조깅을 마치고 샤워를 한 뒤 도서관

에 갔다. 그리고 이메일의 답장을 보내거나 뉴스를 보면서 점심을 먹었다. 잠시 침대에 눕기 전 주방에서 설거지를 할 때면, 언제나 샌더스 대령이 다가와 발을 툭툭 치면서 그녀를 쳐다보다가 쇳소리로 악을 쓰곤 했다. 그의 행동을 지켜보고 있자면 재미있으면서도 서글픈 생각이 들었다. 저 누군지 모를 상대는 조금이라도 관심을 더 받으려고 저렇게 애를 쓰는 것이다. 그는 그녀가 자기에게 무언가를 물어봐주기를 바랐고, 대화를 원활하게 주고받을 수 있는 방법을 찾고 싶어했다. 알리나가 자기 말을 귀담아들어주고 자기에게 필요한 모든 '서비스'를 제공해주길 바랐다. 하지만 알리나는 그의 청을 들어주지 않았다. 서로 대화를 나눌 방법이 없는 이상 켄투키는 단순한 애완동물에 지나지 않았고, 알리나는 무슨 일이 있어도 그 관계를 넘어서지 않을 생각이었다. 그녀는 수도꼭지를 잠그고 귤을 가지러 갔지만 하나도 남아 있지 않았다. 나중에 과일 가게에 가서 더 사야겠어. 그녀는 켄투키가 발에 차이지 않도록 조심하면서 옷가지와 신문을 정리했다. 바로 전날 뜻하지 않게 켄투키를 발로 차는 바람에 까마귀의 플라스틱 부리가 떨어져버린 터였다. 깜짝 놀란 그녀가 얼른 들어 똑바로 세워주었지만 그는 한동안 움직이지 않았다. 녀석이 불쾌함을 표현한 건 그게 처음이었다. 만약 켄투키의 원리를 정확히 파악하고 있었더라면, 알리나는 기기를 사는 대신 켄투키가 '되기'를 선택했으리라. 그녀의 상황에는 그 편이 확실히 잘 맞았을 것이다. 하긴, 부모와 형제는 물론 반려동물도 마음대로 선택할 수 없는데, 켄투키의 어느 편에 설지 정도는 선택할 자유가 있어야 하지 않겠어? 어떤 사람들은 누군가가 강아지처럼 하루 종일 자기 뒤를 졸졸 따라다니기를 바라는 마음으로 돈을 낸다. 자기의 모습을 봐줄 진짜 인간을 간절히 원하는 것이다. 알리나는 서랍을 닫고 침대에 벌렁 누웠다. 켄투키의 모터 소리가 점점 더 가까이 들려와, 그녀는 팔을 침대 아래로 느릿느릿 힘없이 늘어뜨렸다. 켄투키가 그녀의 손바닥을 살짝 밀치자 벨벳으로 된 그의 몸이 손가락 끝에 느껴졌다. 그녀는 코가 있던 곳을 손으로 더듬다가 움푹 들어간 자리를 손톱으로 긁어보았다. 이어 다시 팔을 늘어뜨리자, 켄투키는 마치 자기의 몸을 부드럽게 문지르듯이 그녀의 손 주위를 천천히 돌았다. 켄투키가 '되기'를 선택했다면 훨씬 더 강렬한 경험을 했을 테지. 온라인 세계에서 익명의 존재가 되는 것이 최대한의 자유이자 사실상 거의 바랄 수조차 없는 조건인 마당에, 타인의 삶 속에서 익명의 존재가 된다는 건 대체 어떤 느낌일까?

잠시 후 그들은 테라스로 나갔다. 알리나는 선베드에 누운 채 일광욕을 하면서 책을 읽다가, 곧 책을 바닥에 내려놓은 뒤 셔츠를 벗고 비키니 차림으로 엎드렸다. 그 모습을 더 자세히 보려는 듯 샌더스 대령이 선베드 밑에서 나와 조금 떨어진 곳으로 갔다. 그는 알리나의 눈이 스르르 감길 때까지 그 자리에 머물러 있다가 곧 윙윙거리는 모터 소리와 함께 다시 그녀에게 다가오기 시작했다. 소리를 들어보니 이미 선베드 아래에 와 있는 듯했는데, 그날따라 움직임이 이상스러울 만큼 느렸다. 평소처럼 선베드 다리에 몸을 부딪치는 대신, 켄투키는 바로 밑에서 그녀의 몸을 따라 움직이고 있었다. 지금은 배 아래에서 가슴 쪽으로 느릿느릿 기어가는 중이었다. 알리나는 신경이 쓰여 눈을 뜬 채 꼼짝도 않고 기다렸다. 저 멀리, 산에 난 유일한 아스팔트 도로를 달리는 오토바이 소리가 어렴풋이 들려왔다. 그때 켄투키가 왼쪽으로 살짝 방향을 트는 느낌이 들었다. 선베드의 비닐 바닥이 팽팽해지면서 켄투키의 머리가 그녀의 가슴을 스쳤다. 알리나가 자리에서 벌떡 일어나자, 샌더스 대령은 그 자리에 멈춰섰다. 그제야 그녀는 자신이 맨발 바람이라는 사실을 깨달았다. 뙤약볕에 뜨겁게 달구어진 돌을 디디자 발바닥이 타들어가는 것만 같았다. 그녀는 욕설을 내뱉으면서 서둘러 잔디밭 쪽으로 몸을 피했다. 그들은 한동안 서로를 빤히 쳐다보았다. 알리나는 의자로 가서 책과 셔츠를 가져오는 대신 까치발을 하고 방으로 달려가 열쇠로 문을 잠갔다. 그러곤 방 한가운데 서서 기다렸다.

몇분 뒤, 켄투키가 그녀를 부르듯 방문을 여러번 가볍게 두드렸다. 순간 섬뜩한 광경이 그녀의 머리에 떠올랐다. '샌더스 대령'의 역할을 맡은 늙은이가 알몸으로 축축한 침대 시트에 앉아 다시 그녀의 몸을 만져보려고 휴대전화로 켄투키를 조종하면서 방문을 두드리는 모습이었다. 순간 가슴속에서 혐오감이 끓어올랐지만, 그녀는 눈을 감고 집중해서 그 모습을 똑똑히 보려고 애썼다. 역겨움에 치가 떨리고 두 주먹이 꽉 쥐어졌다. 하지만 동시에 자신도 설명할 수 없는 절박함이 밀려왔고, 결국 그녀는 황급히 달려가 문을 열었다. 대령이 발치에서 그녀를 빤히 올려다보며 안으로 들어왔다. 알리나는 문을 닫고 평소 켄투키가 하듯이 그를 따라 걷다가, 손을 등 뒤로 뻗어 비키니 끈을 풀었다.

"봐."

비키니 상의가 바닥에 떨어졌다. 켄투키는 몸을 돌려 먼저 그 비키니를 바라보다가 이내 그녀의 가슴을 향해 고개를 들었다.

"만져보고 싶어?"

하지만 어떻게 하는 것이 좋을지 알리나는 난감하기만 했다. 처음 저 켄투키의 전원을 켤 때만 해도 이런 말을 하게 되리라고는 상상조차 하지 못했다. 하지만 그녀에게는 일종의 믿는 구석이 있었다. 자기가 둘 사이의 돈독

한 관계를 깨뜨리고 있다는 생각도 들지 않았다. 물론 저 누군지 모를 상대가 사진을 찍을 수도 있고, 화면을 녹화할 수도 있었다. 심지어 벨벳 천으로 뒤덮인 플라스틱 까마귀 인형 너머에서 수음을 할지도 몰랐다. 하지만 예술가 마을의 다른 패거리들과 달리, 그녀는 예술가 나부랭이가 아닐뿐더러 거장은 더더욱 아니었다. 사람들의 눈에 띄지 않는, 그 누구도 아닌 존재. 익명성의 또다른 형태가 그녀를 그만큼이나 강하게 만들어주었다. 알리나는 그 점을 분명히 확인하고 싶었다. 그녀는 켄투키가 가까이 오도록 무릎을 꿇고 앉았다. 머릿속으로는 축축한 침대에 앉아 있는 늙은이를 떠올렸다. 이 음흉한 늙은이는 그녀에게 무슨 짓을 하고 싶은 걸까? 늙은이가 나오는 포르노는 한번도 본 적이 없는데. 그녀는 손을 뻗어 휴대전화를 찾아 책상을 더듬었다. 켄투키가 나오는 포르노를 검색하게 될 줄이야. 그녀는 인터넷 브라우저를 열어 검색창에 "포르노" "노인" "페니스" "켄투키"를 입력했다. 80만 개 이상의 결과가 쏟아져 나왔다. 정말로 켄투키와 그 짓을 하는 인간들이 있단 말이야? 그게 현실적으로 가능하긴 한 건가? 그녀는 아무거나 하나 골라 클릭한 뒤 동영상이 로딩되는 동안 침대 가장자리에 등을 기댄 채 책상다리를 틀고 앉아 샌더스 대령을 들어 무릎 위에 앉혔다. 그러곤 그의 몸을 돌려 자기와 같은 방향을 보도록 했다. 휴대전화를 어느정도나 떨어뜨려놔야 잘 보이려나? 화면에 침대에 누워 카메라를 조정하고 있는 어떤 여자의 모습이 떠올랐다. 가슴이 어찌나 큰지 양옆으로 축 늘어져 있었다. 그녀는 손을 뻗어 침실용 탁자 위를 더듬으며 무언가를 찾았다. 다름 아닌 켄투키였다. 하지만 켄투키의 몸에 액세서리가 주렁주렁 달려 있어서 무슨 동물인지 분간하기가 어려웠다. 눈 사이에는 형광 뿔이 붙어 있고, 배에는 라텍스 딜도가 끈에 묶인 채 덜렁거렸다. 엉덩이 부분에는—만약 그 동물에게 엉덩이라는 게 있다면—빨간색 하트 모양이 커다랗게 그려져 있었다. 저 켄투키 너머 누군지 모를 상대도 자기 몸에 무슨 일이 일어났는지 알고 있을까? 라텍스 딜도가 카메라에 보이기나 할까? 그때 매트리스가 떨리면서 여자와 큼지막한 딜도도 따라 흔들리고, 오른쪽 화면에 알몸의 늙은이가 나타났다. 알리나는 스트리밍을 중단했다. 그다음 장면을 보고 싶은지 스스로도 알 수 없었다. 다만 이 불쾌한 수치감에서 벗어날 수 있는 방법이 아주 구체적으로 떠오른 터였다. 그녀는 주방에서 스툴을 하나 가져와 거실 한가운데 놓고 그 위에 병과 그릇을 올려놓았다. 이어 켄투키를 그릇 안에 거꾸로 처박은 뒤 전화기를 병에 기대어 세웠다. 그러곤 켄투키가 완벽하게 볼 수 있도록 거리를 약간 조정했다. 이제 켄투키는 휴대전화 화면밖에 볼 수 없었다. 그녀는 다시 동영상을 틀었다. 영상이 끝나려면 아직 삼십칠분이나 남아 있었다. 켄투키는 어디로도 도망칠 수 없을 것이다.

알리나는 다시 옷을 차려입고 열쇠를 챙긴 뒤 문을 쾅 닫고 나가버렸다. 이미 어둠이 깔리기 시작해 몇몇 작업실에는 불이 환하게 켜져 있었다. 카르멘을 만나고 싶은데 서두르지 않으면 제때 도서관에 도착하지 못할 것 같았다. 지금 그녀에게 가장 절실하게 필요한 것은 무슨 얘기든 솔직하게 털어놓을 수 있는 진짜 인간이었다.

도서관 입구의 카운터로 달려갔지만 친구의 모습은 보이지 않았다. 그녀가 주먹으로 책상을 몇번 두드리자, 어디선가 카르멘이 서류를 한아름 안고 나타나 서둘러 낮은 카운터를 정리했다.

“얘, 너 여기 위스키 주문하러 왔니?” 그녀가 말했다. “제인 오스틴 소설 빌리러 온 사람이 왜 책상을 두드리고 그래?” 그녀는 알리나를 잠시 빤히 바라보더니 서류를 바닥에 내려놓았다. “너 괜찮아?”

알리나를 위아래로 훑어보던 그녀가 시계를 흘끔 확인하고는 조금 있다가 마을 밖으로 나가서 바람이나 쐬자고 말했다.

그들은 함께 거리로 나갔다. 알리나 역시 함께 걸으며 산책을 하고 싶던 터였지만, 도무지 그날 있었던 일을 말할 엄두가 나지 않았다. 그래도 햇볕이 누그러들고 오악사카로부터 훈훈한 산들바람이 불어오자 기분이 조금 나아졌다. 두 블록을 내려가보니 교회 앞에 있는 약국 겸 아이스크림 야외 매점이 아직 열려 있었다. 마을에서 '카페'와 가장 비슷한 곳이었다. 종업원이 그들을 보고 곧장 나와 인도에 내놓은 테이블을 정리했다.

"알고 보니까 변태더라고." 알리나는 커피잔을 빙빙 돌리며 입을 열었다. "그 잘난 켄투키 때문에 마음을 놓을 틈이 없다니까. 더는 못 견디겠어."

"이제 샌더스 대령이 싫어졌다는 말이야?" 카르멘은 눈을 지그시 감고 마지막 햇살을 받으려는 듯 고개를 뒤로 젖혔다. 도서관 밖에서 그녀와 있자니 왠지 낯선 기분이었다. "그럼 절벽 아래로 굴려버려."

알리나가 원하는 건 그런 게 아니었다. 그녀는 그저 편하게 쉬고 싶을 뿐이었다. 켄투키가 언제 자기 방과 삶 속을 돌아다닐 수 있는지 결정하는 사람이 그녀 자신이었으면 했다. 명색이 '주인'인데 시간마저 마음대로 쓸 수 없다니, 도저히 용납할 수 없는 일 아닌가.

그들은 책에 관해서 이야기를 나누다 커피를 또 한잔씩 주문했다.

"너 저거 봤어?" 카르멘이 가게 안을 가리키며 물었다.

텔레비전 화면에서는 저녁 6시 뉴스 앵커가 앞에 켄투키를 올려놓은 채 방송을 시작하고 있었다.

"저 사람들, 매일 켄투키를 켜놓고 진행하더라."

두 기자는 마치 조련사라도 되는 양 켄투키에게 손짓을 해댔다.

"기기를 조종하는 사람이 방송 중인 프로그램에 연락해서 자기가 그 켄투키를 움직이고 있다는 걸 증명하면 50만 페소의 상금을 준다는 거야. 당일에 바로 지급한다나."

집으로 돌아가기 전에 그들은 귤을 샀다. 카르멘은 아이스크림을 사서 그녀에게 나눠주었다. 녹아서 줄줄 흘러내리는 아이스크림과 씨름하느라 두 사람은 한동안 말없이 걸었다.

알리나가 돌아왔을 때, 켄투키는 방에 없었다. 찻잔이 깨끗하고 창문이 열린 걸 보니 스벤이 들어왔다가 다시 나간 모양이었다. 그 예술가는 환기에 얼마나 집착을 하는지 몰랐다. 오후에 켄투키를 올려두었던 스툴이 식탁 아래로 옮겨져 있고 전화기가 침대 옆에 있었다. 알리나는 기분 전환을 위해 이따금씩 물건을 이리저리 옮겨두는 버릇이 있었다. 초기엔 예술가가 이를 알아채고 자신 또한 방 안에 일어난 변화를 막연하게나마 감지하고 있음을 알려주기 위해 다시 물건을 이리저리 옮겨놓곤 했다. 두 사람의 애정 어린 신경전인 셈이었다. 그녀는 창문을 도로 닫아두는가 하면, 그의 구두를 침대 반대편에 옮겨놓은 뒤 자기 샌들을 구두가 있던 자리에 두기도 했다. 그를 골탕 먹일 생각에 치약을 약상자에 있던 크림으로 바꾸어놓거나, 그가 늘 침대 옆 탁자 위에 가지런히 정리해둔 노트를 뒤죽박죽 헝클어놓은 적도 있었다. 그러면 스벤도 곧장 맞불을 놓았는데, 그 방법이 너무 평범해 오히려 알아차리느라 애를 먹을 정도였다. '맞아, 화장실 선반에 있던 내 칫솔을 주방에 갖다놨었지. 독창성하고는!' 때로는 그때의 자신이 다른 사람인 것만 같았다. 하지만 이제 깔끔하게 정리된 거실 한복판에 서 있는 지금, 그녀는 아련한 향수에 젖은 채 어쩌면 켄투키를 다른 곳으로 옮긴 것이 스벤이 보낸 신호일지도 모른다는 생각에 미소를 지었다.

알리나는 다시 밖으로 나갔다. 스벤과 켄투키를 생각하다보니 머릿속이 어지럽고 심란해졌다. 그녀가 오랜 시간에 걸쳐 힘들게 쌓아올린 단절의 벽을 그 예술가가 순식간에 무너뜨릴 수 있다는 생각에 두려움이 일었다. 스벤이 이메일 주소가 적힌 종이를 까마귀에게 보여주기라도 하면, 그 순간 길들인 애완동물은 늙은 호색한으로 바뀌어버릴 터였다. 알리나는 공용 구역으로 내려가 주방과 거실을 가로질렀다. 예술가들의 이동이 가장 활발한 시간이었다. 아닌 게 아니라 대부분이 그리로 내려와 테이블 축구를 하거나 8인용 소파에 앉아 대형 모니터 앞에서 꾸벅꾸벅 졸고 있었다. 냉장고 문을 열어놓은 채 서서 식사를 하거나 식료품 저장고를 싹 비우는 이들도 있었다. 몸에 착 달라붙는 자홍색 벨벳 원피스를 입은 스벤의 조수는 손가락으로 곱슬머리를 뱅뱅 감아 돌리며 지난주에 도착한 러시아 출신 조각가와 노닥거리는 중이었다. 알리나는 두 켄투키가 커다란 채광창까지 달리기경주를 벌이고 있는 마지막 방을 지나쳤다. 방 안에 모인 사람들은 그 주변을 빙 둘러싼 채 각자 돈을 건 켄투키를 향해 응원의 함성을 보내고 있었다.

알리나는 전시실을 가로질렀다. 뉴욕 출신의 프랑스계 아프간 여성 예술가가 만든 투명 부르카 설치미술 작품은 이미 해체되고 없었다. 거기가 그렇게 넓고 탁 트인 곳인 줄은 미처 몰랐다. 전시실을 나온 그녀는 몇몇 예술가가 아직 작업 중인 작업실 구역으로 갔다. 코르크를 사용해 설치미술을 하는 여자가 손전등을 마이크 삼아 레게톤 노래를 미친 듯이 부르고 있었다. 그 옆방에서는 칠레 출신의 사진작가 부부가 대형 포스터 위로 몸을 기울인 채 각자 맡은 부분을 커터로 잘라내는 중이었다. 알리나는 작업실 두곳을 더 지나쳐 다음 문 앞에 멈춰섰다. 문에는 "스벤 그린포트Sven Greenfort"라는 명패가 달려 있었다. 그가 손수 쓴 글씨였다. 문을 열기 전에 노크를 했지만 아무 대답이 없어 그녀는 안으로 들어가 불을 켰다. 예상대로 작업실 안은 깨끗하고 정돈이 잘되어 있었다. 창가에 크기별로 세워진 목판들과 작업 테이블 위에서 건조

중인 이색二色 모노프린트 작품들. 그런데 안쪽 테이블에서 전혀 예상치 못한 물건이 눈에 띄었다. 샌더스 대령이 들어 있던 것과 똑같은 흰색 상자 세개였다. 안은 비어 있었다. 더 안쪽에 있는 롤러 옆에 켄투키 사용 설명서가 한 부 보였다. 나머지 둘은 저것과 다른 운명을 맞이한 뒤였다. 스벤이 설명서를 한장씩 찢어 빨간색 잉크로 지문을 찍은 뒤 테이블 위에 올려놓았던 것이다. 처음 만났을 때부터 그는 늘 그런 식으로 작업했다. "놀라운 설치미술 작품! 천재적인 작품!" 전시에는 정작 모노프린트와 목판인쇄 작품만 내놓으며 — 평범함을 숨기려는 의도인지 그는 늘 거대한 크기에 짙은 회색의 작품만 만들었다 — "시장을 뒤흔들겠다"는 자신의 진정한 욕망을 떨쳐버리려 하지만, 술을 많이 마시면 다시 꿈틀대는 욕망을 이기지 못하고 마치 소원을 빌듯이 수없이 되뇌는 것이었다. 그나마 다행이라면, 그처럼 놀랍고 천재적인 작품을 만들기 위해 재료를 모은 다음에는 이 예술가가 더이상 한발짝도 나아가지 못한다는 점이었다.

알리나는 작업실을 나와 방으로 향했다. 스벤과 대령은 대체 어디 있는 걸까? 스벤이 켄투키와 함께 프로젝트 작업을 할 생각이었다면 그녀에게 미리 귀띔이라도 했어야 하지 않았을까? 조수와의 불륜보다 그런 사실을 숨겼다는 것이 그녀에겐 훨씬 더 중요한 문제로 느껴졌다. 알리나는 수영장으로 이어지는 비탈길을 가로질러 걸었다. 산에서 귀뚜라미 울음소리가 들려왔다. 마치 귀뚜라미들이 귓속에 가득 들어찬 느낌이었다.

그는 온상에 물을 주고 고기 요리에 넣을 파슬리를 땄다. 두더지가 알바아카와 고추를 살펴보러 나올 때까지 한참이나 기다렸지만, 방충문은 한번도 열리지 않았다. 결국 기다리다 지친 그는 안으로 들어가 저녁을 짓기 시작했다. 그는 루카를 불러 함께 식탁을 차린 뒤 뉴스를 들으면서 저녁을 먹었다. 켄투키에 관한 단신 보도가 나오자, 두더지가 소파 뒤에서 슬그머니 나와 식탁 아래로 기어들었다. 그날 처음으로 모습을 드러낸 셈이었다. 전주와 마찬가지로 그들 사이의 관계는 계속 서먹서먹했다. 그동안 두더지가 제2의 아버지라는 역할을 등한시한 적은 한번도 없었다. 하지만 엔초가 의사소통을 시도했던 그 일요일 이후로 미스터는 그를 슬금슬금 피해 다녔다. 편하게 대화를 나누려고 했을 뿐인데, 그게 그렇게 기분 상할 일인가? 엔초와 우정을 맺기보다 진짜 두더지처럼 집 안을 이리저리 돌아다니는 것이 더 좋단 말인가? 둘 다 외톨이라 서로 마음이 통했는지, 엔초와 미스터는 많은 시간을 함께 보낸 터였다. 그러니 맥주 몇잔 함께 마신다고—멀리 떨어져 있어서 전화로나 가능하겠지만—누구에게 해가 되겠는가. 한편 엔초는 자기가 왜 그까짓 일로 이렇게 화가 나는지도 도무지 납득할 수 없었다. 30센티미터도 안되는 인형에게 수모를 당했다는 이유로 낙담하거나 화를 낼 필요가 있을까? 그럼에도 그는 켄투키와 화해하려고 갖은 애를 쓰지 않고는 도저히 배길 수가 없었다. 미스터가 좋아하는 프로그램이 나올 시간이 되면 RAI 방송을 틀었고, 슈퍼마켓에 장을 보러 가거나 루카를 데리러 갈 때마다 미스터를 자동차 뒤쪽 선반에 올려놓았다. 루카가 다시는 충전기를 숨겨놓지 못하도록 늘 확인하는 습관도 생겼다. 루카를 학교에 보내려고 준비하는 동안에도, 음식을 장만하거나 책상에 앉아 서류 작업을 하는 동안에도, 그는 미스터에게 끊임없이 말을 붙이고 질문을 던졌다. 미스터, 오늘은 기분이 어때요? 잠시 밖에 나가겠어요? 텔레비전 더 볼래요? 저 유리문을 열어줄까요? 가끔은 자기가 혼잣말을 하고 있는 건 아닐까 싶기도 했다. 미스터는 아들이 텔레비전을 보다가 잠이 들거나 숙제를 안하고 있을 때, 아니면 방의 불을 꺼놓은 채 안 자고 이불 속에서 몰래 태블릿으로 게임을 하고 있을 경우에만 엔초에게 와서 이를 알릴 뿐이었다.

한가지 더 미스터가 관심을 보이는 것은 바로 켄투키에 관한 뉴스였다. 마침 움베르티데 지역 뉴스의 기자가 주립 병원 앞에서 보도를 하고 있었다. 어느 노부인이 갑자기 심장발작을 일으켰는데, 그녀의 부엉이 켄투키가 앰뷸런스를 불러 주인의 목숨을 구했다는 소식이었다. 기자는 부인이 감사의 표시로 그에게 계좌번호를 묻고 1만 유로를 송금했다고 전했다. 하지만 그 직후 켄투키는 행방을 감추었고, 얼마 후 노부인은 두번째 심장발작을 일으켰지만 도와줄 켄투키가 없어 결국 저세상으로 가고 말았다. "그 켄투키에게도 일부 책임이 있다고 봐야 할까요?" 기자가 카메라를 보며 물었다. "그렇다면, 이 새로운 익명의 시민들에게 어떤 법적 조치를 취할 수 있을까요?" 방송국 스튜디오에서는 짤막한 긴급 좌담회가 열렸다. 피렌체 병원의 의사이자 켄투키의 '주인'인 한 패널은 의학적 사례에 대해 언급한 반면, 뭄바이 호텔의 안내 데스크 직원이자 '켄투키가 된' 어떤 이는 자신이 겪은 딜레마에 대해 이야기했다. 방송 내내 두더지는 텔레비전 앞에서 꼼짝도 하지 않았다. 루카가 저녁식사를 마치고 옆을 지나가면서 발로 툭 치자, 켄투키는 소파까지 데굴데굴 굴러갔다가 아무 일 없었다는 듯 태연하게 방으로 들어갔다. 엔초는 방으로 따라가 두더지를 일으켜세우곤 그 앞에 웅크리고 앉았다.

"미스터, 어떻게 된 거죠?" 둘은 서로의 얼굴을 멀뚱히 쳐다보았다. "당신에게 내 전화번호를 보여주고 연락을 달라고 한 것이 그리도 불쾌한가요? 그것 때문에 기분이 상했다면, 전화할 필요 없으니까 다 잊어요."

켄투키는 옆으로 고개를 돌렸다. 엔초는 한숨을 내쉬며 식탁을 치우러 갔다.

그다음 날, 전처가 아무런 예고도 없이 불쑥 그의 집에 들이닥쳤다.

"루카에게 당신 왔다고 알려줄게." 엔초는 들어오라는 말도 없이 문간에 선 채 말했다.

그러나 그녀가 그의 팔을 붙잡았다.

"아니, 됐어. 그보다 엔초, 우리 얘기 좀 해. 루카는 나중에 만나도 되니까."

그는 전처를 안으로 들인 뒤 커피를 내렸다. 커피잔을 들고 거실로 오면서 보니, 그녀는 무언가를 찾는 듯 집 안을 돌아다니며 바닥과 구석을 살피고 있었다. 이어 커튼을 젖히고 밖을 슬쩍 내다보는 모습에, 엔초는 그녀가 잘 가꾸어진 온상을 보고 놀라 무슨 말이든 하겠거니 생각했지만 전처는 말없이 돌아와 소파에 털썩 주저앉았다. 무슨 걱정이라도 있는지 얼굴이 어두웠다.

"켄투키는 어디 있지?" 마침내 그녀가 입을 열었다.

"늘 이 부근을 돌아다니는데." 엔초는 소파 밑을 살펴보려고 몸을 웅크리며 말했다.

두 사람이 앉은 곳 바로 아래 그 두더지 녀석의 굴이 있었다. 그런데 문득 여태껏 전처가 켄투키를 한번도 본 적이 없다는 사실이 그의 머릿속에 떠올랐다. 지금 그를 아내에게 소개해도 괜찮을지 확신할 수가 없었다. 그는 시선을 돌려 안을 살펴보았다. 두더지는 소파 다리 뒤에 등을 돌리고 선 채 꼼짝도 하지 않았다. 엔초가 있는 자리에서는 그가 깨어 있는지, 그리고 그들의 대화를 듣고 있는지 알 도리가 없었다.

"여긴 없네." 그가 다시 자리에 앉으면서 말을 이었다. "지금쯤이면 루카가 낮잠을 자는지 살펴보고 있을걸." 그는 그녀에게 커피잔을 건네주었다. "다행히 녀석이 루카를 잘 살피면서 늘 곁에 붙어 다녀. 아무튼 아이를 정성껏 보살펴주는 이가 생겨서 얼마나 마음이 놓이는지 몰라. 그런데 당신한테 여태껏 고맙다는 말 한마디 못했네. 당신이 데려온 저 켄투키 덕분에 정말 편해졌는데 말이야."

엔초는 애써 입을 다물었다. 무엇 하러 마음에도 없는 말을 계속한단 말인가? 지금 그녀를 침이 마르게 칭찬하고 있지만, 사실 매일 아침 7시 40분만 되면 루카를 학교에 데려다주겠다며 집 앞에서 경적을 울려대는 통에 견딜 수가 없을 지경이었다.

"엔초." 그녀는 무언가 심각한 이야기를 꺼내려는 듯 무겁게 입을 열었다. "당신이 그 인형과 어떤 관계인지 다 알고 있어. 루카가 내게 종종 얘기해주거든."

'인형'이라는 말을 들으니 왠지 낯선 느낌이 들었다. 잠시 그는 그들이 켄투키에 관해 이야기를 나누고 있다는 사실조차 잊고 있었다.

"제발 그 인형 좀 없애버려."

연결을 끊으라는 뜻인가?

"그걸 당장 내 아들 곁에서 떼어놓으라고."

엔초는 아무 대꾸도 하지 않았다. 그로서는 결코 이해할 수 없는 얘기였지만 그렇다고 전처의 요구를 무작정 거부할 수도 없는 노릇이었다.

"이걸 도대체 어떻게 말해야 될지 모르겠네." 그녀가 말을 이었다. "생각할수록 역겨워서 견딜 수가 없단 말이야."

그녀는 팔꿈치를 무릎에 괴더니 겁에 질린 여자아이처럼 손으로 눈을 가렸다. 소파 밑에 있는 켄투키가 조금만 움직여도 모터 소리가 들릴 것 같았다. 하지만 엔초는 조금만 더 기다려보기로 했다.

"그들은 소아성애자라고." 그녀가 어렵게 입을 뗐다. "그들 모두가 말이야. 이제야 그 사실이 만천하에 드러났어. 그런 사례가 수백건도 넘어, 엔초."

그녀는 두 손을 내리더니 신경질적으로 무릎을 쓰다듬었다. 소파에 앉아 있는 모습을 보아하니, 아무래도 이 뜻밖의 비극과 함께 오래된 과민증이 재발한 것 같았다. 비련의 여주인공이 따로 없군.

"누리아, 그저 기계장치일 뿐이잖아. 그게 무슨 수로 아이한테 해를 끼친다고 그래? 더구나 당신은 그 사람이 누군지도 모르잖아. 당신이나 나나 상대가 누군지도 모른다니까."

"바로 그게 문제야, 엔초."

"우리가 같이 산 지도 벌써 석달째야. 석달."

자신이 너무 군색한 변명만 늘어놓는 것 같아 엔초는 곧 입을 다물어버렸다.

"루카를 촬영할 수 있잖아. 어디 그뿐이야? 마음만 먹으면 루카와 연락해서 말을 걸거나 이런저런 것들을 보여줄 수도 있다고. 당신이 그 잘난 온상에 정신이 팔려 있는 동안 말이야."

그래, 역시 조금 전에 온상을 보고 충격을 받은 게 틀림없어. 내가 저렇게 잘 가꿔놓으리라고는 상상도 못했을 테니까. 엔초는 방금 들은 이야기를 애써 무시하며 살며시 미소 지었다.

"내가 알기로 루카는 켄투키를 아주 싫어해, 엔초. 그 인형이라면 진저리를 친다니까. 어쩌면 무슨 일이 있는데도 우리한테 말을 못하고 있는 게 아닐까? 너무 수치스럽고 역겨워서 말이야. 아니면 인형이 자기한테 무슨 일을 저지르고 있는지조차 알아차리지 못했을 수도 있고."

저런 생각을 하는 여자와 그 오랜 세월 동안 어떻게 살았을까? 엔초는 가슴속에서 혐오감이 끓어오르는 것을 느끼며 벌떡 일어나 그녀에게서 몇걸음 떨어진 곳으로 갔다. 그런데도 그녀는 아랑곳하지 않고 사람들의 도착적 행동들을 조목조목 나열하고 있었다. 잠시 후 현관에서 루카와 작별인사를 나눌 때까지도 그녀는 여러 사건들과 그 결말을 떨쳐내지 못한 듯했다.

"그러니까 제발 그 인형 좀 꺼버리라고." 그녀는 작별인사도 없이 했던 말만 되풀이했다. "그 흉측한 것이 내 아들 곁에 있다고 생각하니까 찝찝해서 견딜 수가 없다니까."

마침내 전처가 밖으로 나갔다. 하지만 엔초는 자동차에 시동이 걸리고 떠나는 소리가 들릴 때까지 계속 문 앞에서 있었다. 안으로 들어가면 우선 창문을 활짝 열어 환기부터 시킬 생각이었다. 지금 내게 필요한 건 신선한 공기와 맥주뿐이야.

그녀는 간신히 에르푸르트 경찰의 긴급 전화번호를 찾아냈다. 만약 그 독일 남자가 에바에게 폭력을 행사할 경우, 최소한 어디로 연락하면 되는지는 알아낸 셈이었다. 신고를 한다 해도 에바의 정확한 주소를 알려줄 수는 없었다. 더군다나 에르푸르트의 경찰이 자신의 초보적인 영어를 알아듣지 못하면 결국 아무 소용도 없을 터였다. 그럼에도 그녀는 어떤 일이 닥치든 해결해낼 수 있을 듯한 기분이었다. 에밀리아는 전화기를 항상 곁에 두었다. 에르푸르트에서 조금이라도 수상쩍은 일이 벌어지면 즉시 그 장면을 녹화하기 위해서였다. 독일에서는 가정에서 촬영한 동영상으로 고발이 가능한지 잘 몰랐지만, 언젠가 에바에게 증거가 필요한 상황이 벌어지면 당장 넘겨줄 생각이었다.

동시에 에밀리아는 자신의 한계를 잘 알았고, 따라서 좀더 확실한 무언가를 생각해두어야 했다. 클라우스는—그것이 독일 남자의 이름이었다—더이상 그녀를 괴롭히지 않았다. 아들 말로는 컴퓨터의 제어프로그램이 주인의 음색에 맞추어 설정되어 있기 때문에 클라우스의 말은 번역되지 않는다고 했다. 덕분에 에바와 함께 있을 때는 클라우스의 말을 쉽사리 무시할 수 있었다. 남자가 집에 없을 때면 집 안을 부지런히 돌아다니며 어떤 물건들이 있는지, 그 물건들로 할 수 있는 일은 무엇인지 살폈다. 새로운 소식을 얻고 싶은 마음에 에바의 뒤를 졸졸 쫓아다녔고, 에바가 하는 말이나 행동에서 자기 계획의 새로운 실마리를 찾아낼 수 있으리라는 생각으로 그녀의 일거수일투족을 주시하기도 했다.

《아이고, 우리 강아지. 오늘따라 왜 그렇게 안절부절못하는 거니? 무슨 일 있어?》 에바가 물었다.

에밀리아가 조금이라도 징징거리면 에바는 하던 일을 멈추고 토끼의 배를 살짝 꼬집곤 했다. 주인이 보여주는 사소한 관심과 사랑이 에밀리아에게는 커다란 힘과 자극이 되어주었다.

에밀리아는 컴퓨터에 앉기 전에 차를 우리고 난방 온도를 높였다. 날이 점점 추워지기 시작한데다, 일단 자리에 앉아 에르푸르트의 켄투키와 연결된 다음에는 일어날 틈이 없기 때문이었다. 하루의 일과를 마치면 아들에게 전화를 걸었다.

"네게 에바의 사진을 보내주고 싶은데." 그녀가 말했다. "참 예쁘게 생긴 아이란다."

아들은 켄투키로는 사진을 찍을 수 없다고 알려주었다. "프라이버시 문제"이기도 하지만, 무엇보다 모든 것이 "암호화"되어 있기 때문이라는 것이었다. 아들이 질투가 나서 이러는지도 모르겠다는 생각에 에밀리아는 미소를 지었다.

"그런 거라면 문제없어." 그녀가 말했다. "휴대전화로 화면을 찍으면 되니까. 아무튼 내일 보내줄게."

아들은 아무 말도 하지 않았다. 자기 엄마가 기술적인 걸림돌을 그렇게 빨리 해결한 것에 무척 놀란 듯했다. 그러곤 무언가를 고백하려는 사람처럼 우물쭈물 망설이더니 결국 켄투키에 대해 털어놓았다. 에르푸르트에 있는 에밀리아의 켄투키가 아니라, 자기 켄투키 얘기였다. 엄마에게 줄 연결 카드를 사면서 켄투키도 같이 샀는데, 그동안은 사용하지 않다가 엄마가 상당히 흡족해하는 것을 보고 비로소 용기를 내 자기 켄투키의 전원을 켰다는 것이었다. 그렇게 누군가와 연결이 되고 보니 엄마가 왜 그리도 에바의 일을 궁금해하고 걱정하는지 분명히 알게 되었다고 그는 말했다.

"그러면……" 그녀가 말을 잘랐다. 그가 언제부터 시작했는지, 그의 켄투키도 에르푸르트에 있는지, 혹시 자기와 이웃에 사는 건 아닌지 궁금했던 것이다. 만에 하나 그렇다면 아들과 좀더 자주 만날 수 있을 터였다.

"엄마, 제 얘기부터 들어보세요. 어제 그 여자가 뭘 했는지 아세요?"

아들이 대체 누구 이야기를 하는 건지 에밀리아는 한참 동안 알아듣지 못했다. 켄투키를 샀다고 털어놓자 마음속에 웅크리고 있던 두려움도 사라진 듯, 아들은 최근 몇주 동안—그녀가 계산한 바로는 거의 한달 동안이었다—일어난 일에 대해 쉬지 않고 이야기를 이어갔다. 에밀리아는 수도세나 가스 요금 청구서를 정리할 때처럼 전화기를 들고 주방으로 가서 식탁에 앉아 앞에 공간을 만들었다. 아들은 자기 생일에 켄투키가 초콜릿 아이스크림 케이크를 보내주었다고 자랑하듯 말했다.

"그럼 주소를 알려줬다는 말이니?" 그녀가 화들짝 놀라 물었다.

모르는 사이에 그렇게 많은 일이 있었다니! 목에 무언가 걸린 듯 숨이 막히는 느낌이었다. 게다가 아들 생일에 축하 케이크를 보낼 생각조차 하지 못했다니, 내가 엄마로서 자격이 있는 것일까? 혹시 아들 녀석도 그런 생각을 했을까?

“아니에요, 엄마. 주소는 알려주지 않았어요. 아마 아파트 발코니에서 맞은편 건물의 영 키 레스토랑을 본 모양이에요. 전에 자기 남편이랑 홍콩에 왔을 때 그 식당에 들렀었다더라고요.”

아들의 아파트 발코니에서? 그리고 유부녀라고? 그녀는 아들의 말을 끊지 않으려고 무진 애를 써야만 했다.

“할머니예요. 하지만 눈치가 빠른 분인 것 같아요.” 에밀리아는 침을 꼴깍 삼켰다. 늙었지만 눈치가 빠르다고? 그렇다면 아들이 보기에 나는 어떻지? 늙었나? 눈치가 빠른가? “그렇게 아파트 주소를 알아내서 우리 아파트 주민 모두에게 초콜릿 아이스크림 케이크를 하나씩 보냈지 뭐예요? 각 층마다 앞뒤로 두집씩 있으니까, 총 서른두개를 보낸 거예요, 엄마!”

돈이 엄청나게 들었으리라는 생각과 함께, 그제야 에밀리아는 아들의 얘기를 온전히 이해할 수 있었다. 엄마한테는 켄투키 연결 카드를 사서 보내고, 자기는 진짜 켄투키를 하나 샀다는 얘기였다. 그러니까, 에바가 에르푸르트에 가지고 있는 켄투키 같은 것 말이다. 그렇다면 아들은 ‘존재’보다 ‘소유’를, 즉 켄투키 ‘되기’보다 ‘갖기’를 더 원했다는 말인가? 이 사실이 아들에 대해 알려주는 바는 무엇일까? 그녀는 아들에 대해 조금이라도 거북한 것을 알고 싶지 않았지만, 사람들이 '주인'이 되고자 하는 이들과 켄투키가 '되기'를 바라는 이들로 구분되는 상황에서 아들과 반대편에 서 있다고 생각하니 왠지 불안해졌다.

"그런데 정말 재미있는 게 뭔지 아세요?"

"정말 재미있는 거라니?" 그녀는 깊은 숨을 내쉬었다.

"아이스크림 케이크를 배달한 가엾은 친구가 반나절 동안 아파트를 오르락내리락했는데, 그걸 받지 않으려고 한 사람들도 많았다는 거예요. 덕분에 나한테 두개가 더 왔죠."

에밀리아는 차를 한모금 마셨다. 차는 아직 따뜻했다.

"그러니까 넌 케이크를 세개나 받은 셈이네."

그렇게나 많이 받다니 대단한데. 에밀리아는 생각했다. 그의 아들이 말을 이었다.

"어쨌거나 사진을 보내드릴게요."

'사진'이라면 케이크를 말하는 걸까, 아니면 그 할머니를 말하는 걸까? 그때 알림음이 울려 에밀리아는 휴대전화를 들어 사진 파일을 열었다. 까무잡잡한 피부에 체격이 크고 건장한 여인이 시골집 문 앞에 서 있는 사진이었다. 얼핏 봐서는 에밀리아와 비슷한 나이 같았다.

"그분은 평생 요리를 하면서 살아왔대요." 아들이 말했다. "심지어는 발칸전쟁이 일어났을 때도 크로아티아 게릴라들을 위해 음식을 만들었다더라고요. 다른 사진도 보내드릴 테니까 보세요……”

다시 알림음이 울렸지만, 에밀리아는 사진을 열어보지 않기로 했다. 생일이 벌써 일주일이나 지났는데, 지금이라도 선물을 보내주는 게 좋을까?

“이건 그분이 1990년대 라브노*에서 병사 두명과 함께 대인지뢰를 수색하는 모습이에요. 정말 대단하지 않아요? 그분이 신고 있는 군화 보이세요?”

이 아이가 언제부터 저렇게 억척스러운 여자들한테 관심을 가지고 있었을까? 마치 제 엄마는 아들에게 음식을 만들어준 적이 한번도 없는 것처럼 말하고 있지 않은가. 아니면 전쟁의 와중에 밀가루를 체에 거르고 남성용 군화를 신어야만 희생과 헌신에 가치가 생긴다는 얘긴가?

그녀는 전화를 끊고 나서도 한참 동안 식탁만 뚫어지게 바라보았다. 자러 갈까 싶기도 했지만 정신이 너무 말똥말똥했다. 그녀는 글로리아에게 전화를 걸어 방금 아들이 털어놓은 이야기를 들려주었다. 글로리아도 자기 손자에게 켄투키를 사준 터라 그에 얽힌 이야기를 주고받는 것이 두 사람에겐 큰 낙이었다. 글로리아와는 매일 오전 수영장에서 만나는 사이지만 이네스가 원체 켄투키 이야기라면 치를 떠는 바람에 강습 시간에는 정치나 아이들, 음

* 발칸반도 북서부에 있는 보스니아헤르체고비나의 지역명.

식에 관해서만 이야기하고 켄투키에 대해서는 집에 돌아가 전화로 대화를 나누곤 했다. 켄투키에게 중요한 일이 생기면 에밀리아와 글로리아는 수영장 정문에서 헤어지면서 이네스 몰래 집에 가자마자 통화하자는 신호를 주고받았다. 그들은 켄투키 이야기에 시간 가는 줄 몰랐고, 그 틈을 이용해 이네스에 대해서도 이야기를 나누곤 했다. 물론 이네스와 무척 친한 사이지만, 최근에 그녀가 얼마나 보수적인지를 새삼 깨달은 터였다. 결국 글로리아가 최근 통화 중에 이야기했듯이, 이제는 시류를 따르든가 아니면 뒤처질 수밖에 없었다.

에밀리아는 글로리아에게 독일 남자와의 일도 모두 들려주었다. 그가 에바의 지갑에서 돈을 빼내는 장면과 그의 성기를 봤던 일, 그리고 그가 닭 쫓듯이 거실을 뛰어다니다 그녀를 붙잡아 수도꼭지 아래로 밀어넣으려 한 일까지 전부 얘기했다. 글로리아는 그런 상황에서 그녀가 살아남은 것은 기적에 가까운 일이라고 했다. 자기 이웃에 사는 어떤 여자는 샤워하는 동안 부엉이 켄투키를 무심코 욕실에 두었다가 그만 연결이 끊겨 못 쓰게 되었다는 것이었다. 여기서 중요한 점은 그녀가 굉장히 뜨거운 물로 샤워를 했다는 사실이었다. 어쩌면 열대 지역에서 서식하지 않는 동물 모델에게는 수증기가 상당히 위험한 요소로 작용하는지도 몰랐다.

"그런데 네 아들 이야기 말이야, 난 네가 그렇게 심란해하는 이유를 모르겠어." 글로리아가 말했다.

에밀리아는 아들이 마지막으로 보낸 사진 속 여자의 군화가 자꾸 눈에 밟혔다. 무엇이 그토록 마음을 괴롭히는지는 그 자신도 정확히 알 수가 없었다.

"그럼 너도 하나 사봐." 글로리아가 불쑥 말했다.

그렇게 한들 뭐가 해결되겠는가? 그녀는 켄투키를 살 생각이 없었다. 다른 이에게 자기 사는 모습을 보이고 싶지도 않을뿐더러 당장 살 돈도 없었다.

"너무 비싸더라고." 에밀리아가 말했다.

"인터넷에 찾아보면 중고를 파는 사람들도 많아. 보통 절반 가격이야. 살 때 내가 같이 가줄게."

"다른 사람들이 쓰다 버린 물건을 사고 싶지는 않아. 더구나 '소유'하는 쪽이 되기도 싫고." 그녀는 여전히 아들의 켄투키인 그 여자의 군화를 생각하며 말을 이었다. "그보다는 켄투키가 '되는' 쪽이 나한테 맞아."

그날은 물론 그다음 날까지 그녀는 계속 생각에 잠겨 지냈다. 그리고 목요일, 에밀리아는 에르푸르트와 연결하기에 앞서 중고 켄투키 광고를 쭉 훑어보았다. 생각만큼 많지는 않았지만 그래도 몇개 눈에 띄는 것이 있었다. 광고는 대부분 반려동물 코너에 모여 있었다. 동물들의 사진을 훑다보니, 차라리 강아지나 고양이를 사는 편이 나을 것 같다는 생각이 들었다. 하지만 켄투키를 데려오면 집이 더러워지거나 털이 날릴 일도 없고, 매일 산책을 나갈 필요도 없었다. 깊은 한숨을 내쉰 뒤 그녀는 브라우저를 닫고 켄투키 제어프로그램을 열었다. 클라우스가 집 안을 이리저리 돌아다니고 있었다. 에밀리아는 몸을 곧게 펴고 앉으며 안경을 고쳐썼다. 일단 행실이 얌전하지 못한 저 여자아이와 에르푸르트에 집중할 생각이었다. 자신의 삶이나 아들에 대해서는 나중에 생각해도 늦지 않을 터였다. 세상에 널린 게 시간 아닌가.

그건 혁명이나 마찬가지였다. 중요한 점에 대해서는 이미 아주 명확하게 설명을 들었고, 나머지는 그 스스로 조금씩 알아가는 중이었다. 모두 예의 반지 낀 소년이 가게 쇼윈도에서 켄투키를 본 이후로 몇달에 걸쳐 세운 계획이었다. 마르빈은 납치된 게 아니라 해방된 것이다. 침대에 누워 손톱을 물어뜯으며 뜬눈으로 밤을 지새운 뒤에야 그는 이러한 사실을 깨닫게 되었다. 학교를 마치고 집에 돌아오자마자, 마르빈은 서재로 뛰어올라가 태블릿 컴퓨터를 켜고 하느님에게 조용히 기도하면서 켄투키를 깨웠다. 이미 그에게 무엇이 좋고 무엇이 나쁜지 계시하기 시작하신 하느님이 화면을 환하게 비추어주셨다. 무용 연습실이 픽셀 하나하나에서 빛나고, 그 모든 픽셀이 마르빈의 눈에 반영되었다. 그는 충전기 위에 있었다. 아직 살아 있구나! 지금 있는 곳이 어딘지 확인하려면 우선 조금 움직여 이 상자 같아 보이는 곳에서 나가야 할 것 같았다. 무용 연습실 한쪽 벽 거울 아래 열두개의 목재 사물함이 줄지어 서 있고, 그중 두곳에 켄투키가 들어 있었다. 한칸은 두더지, 그리고 반대쪽 끝에 있는 다른 칸은 판다의 자리였다. 켄투키들은 눈을 감은 채 자기 자리에서 조용히 기다리고 있었다. 마르빈이 자리를 비운 사이에 용도 저렇게 눈을 감고 있었을까?

반지 소년이 기척을 느끼고 가까이 다가왔다. 그는 손에 카드를 여러장 든 채 마르빈 앞에 무릎을 꿇고 앉더니 그중 하나를 보여주었다. 책만 한 크기의 안내판이었다. 위쪽에는 1이라는 숫자가, 그 밑에는 영어로 이렇게 쓰여 있었다.

"다음 주소로 이메일을 보낼 것."

소년이 안내판을 뒤집자 뒷면에 쓰인 이메일 주소가 보였다. 잠시 그것을 면밀히 살피던 마르빈은 문득 소년이 언제든 저 안내판을 내릴 수 있다는 것을 깨닫고 얼른 태블릿을 놓은 뒤 미친 듯이 공책을 뒤지며 펜을 찾았다. 그는 종이에 이메일 주소를 적어둔 다음 자신의 메일 계정을 열어 "안녕"이라고 써서 전송했다. 켄투키를 조금 뒤로 물린 채 기다리고 있자니, 소년이 안내판을 내리고 다른 것을 들었다. 거기에는 2라는 숫자가 적혀 있었다. 모두 미리 계획되고 준비된 것이 분명했다. 아마 거기 있는 다른 켄투키들도 이미 이런 과정을 거쳤으리라. 두번째 안내판에는 다음과 같은 글귀가 적혀 있었다.

"기다릴 것."

마르빈은 기다렸다. 소년이 휴대전화에 무언가를 입력하며 걸어가자 토끼 켄투키가 그의 뒤를 졸졸 쫓았다. 그 순간, 마르빈의 수신함에 메시지가 도착했다.

"이 프로그램을 설치할 것."

응용프로그램 하나가 첨부되어 있었다. 마르빈은 서재의 닫힌 문을 힐끗 확인할 뿐, 망설이지 않았다. 채 일분이 지나기 전에 설치가 진행되기 시작했다. 제어프로그램이 닫혔다가 다시 열리면서 화면 우측에 채팅 창이 나타났다. 거기에는 낯선 언어로 된 메시지가 적혀 있었다. 스페인어는 하나도 없지만, 영어로 된 몇 부분은 이해할 수 있었다.

Kitty03: 나이스나*는 24도야. 자, 2달러 내놓으시지.
kingkko: 아 젠장, 정어리야. 정어리 진짜 싫거든.
ElCoyyote: 여기 영하 5도. 나 이제 수술실 들어감.

* 남아프리카공화국 웨스턴케이프주의 도시.

kingkko: 그놈의 정어리 먹기 싫어서 집 나온 건데, 응?
ElCoyyote: 콩팥 얼른 떼고 나올게. 이따 봐.
Kitty03: :-)

수신함에 또다른 메시지가 도착했다는 알림음이 들렸다. '켄투키 해방 클럽'의 입회 승인 메시지였다. "지금 네가 있는 곳은 여기야." 메시지 아래쪽에 구글 맵 링크가 걸려 있었다. 확인 결과, 그는 현재 혼닝스보그* 프레스테반스베이엔 39번지에 있었다. 혼닝스보그라니! 그게 대체 어디 붙어 있는 곳이란 말인가? 그는 태블릿 컴퓨터에서 지도를 열어 그곳을 찾아보았다. 유럽에서도 가장 북쪽에 자리한 그곳은 사방이 눈으로 덮여 있었다. 화면 속 소년이 다시 안내판을 들었다. 이번에는 3이라는 숫자와 함께 다음과 같은 글귀가 쓰여 있었다.

"닉네임을 정해 이메일로 보낼 것."

마르빈은 한참을 고민하여 닉네임을 정한 뒤 이메일에 적어 보냈다.

"환영합니다." 4번 안내판이었다.

소년이 다시 안내판을 뒤집었다.

"당신의 켄투키는 해방되었습니다."

* 노르웨이 본토 최북단에 자리한 소도시.

kingkko와 Kitty03이 채팅 창을 통해 그에게 환영 인사를 건넸다. 그의 닉네임이 어서 답장을 쓰라고 재촉하듯 깜박였다. 그는 용기를 내 답장을 입력했다.

SnowDragon: 안녕!
Kitty03: 스노드래건, 닉네임 진짜 멋있다!

나머지 회원들도 그에게 환영의 뜻을 표했다. Tunumma83이라는 닉네임을 가진 이가 대화에 끼어들어 한꺼번에 질문을 퍼부어대는 바람에 마르빈은 한동안 정신을 차릴 수가 없었다. 그들 가운데 안티과는커넝 과테말라가 어디 있는지조차 아는 이는 하나도 없었다. 마르빈은 지도 링크를 보내고 자기 이름과 학교를 알려준 다음, 엄마도 형제도 강아지도 없다고 밝혔다.

Tunumma83: 하지만 이게 세배는 더 값진 거라고. 넌 지금 해방 클럽에 있잖아! 지금 네 자리에 들어오고 싶어서 안달 난 녀석들이 얼마나 많은데.

도대체 무슨 일을 하는 클럽인지 마르빈은 알 수가 없었다. 그다음 날, 그는 1교시 쉬는 시간에 친구들과 모여 그 클럽을 구글에 검색해보았지만 어디에도 나오지 않았다. 급조한 티가 나는 소규모의 클럽들만 여럿 볼 수 있을 뿐이었다. 그렇다면 켄투키 해방 클럽은 지난주에나 만들어졌을 가능성이 높았다. 켄투키를 학대하는 것이 개를 땡볕 아래 하루 종일 묶어두는 것만큼이나, 아니 그 반대편에 진짜 사람이 있다는 점을 고려한다면 그보다 훨씬 더 잔인한 짓임에 틀림없다고 생각한 몇몇 사용자들이 클럽을 만들어 이들을 해방하기 시작한 것이다. 하지만 켄투키들은 왜 저들이 자기를 해방해주기를 바라는 것일까? 그냥 스스로 연결을 끊기만 하면 다 해결될 텐데. 물론 켄투키 세계에서의 자유가 현실 세계에서의 자유와 같지 않은 것은 사실이지만, 켄투키의 세계 또한 실재한다는 점을 감안한다면 그런 구분 따윈 아무런 의미도 없었다. 더구나 마르빈 자신도, 그간 전원을 끌 생각은 한번도 하지 않은 채 자유를 얼마나 갈망해왔던가. 과테말라에도 그 비슷한 클럽이 여럿 있었다. 그들은 켄투키에게 가해지는, 마르빈으로서는 생각지도 못한 엄청난 학대 사례들을 열거했다. 친구들이 가리킨 "감금 및 상업적 홍보를 위한 진열" 항목을 보고 그는 충격을 받았다. 친구들은 그가 근 두달 동안 가게 쇼윈도에서 겪은 일이 바로 그런 종류의 학대라고 몇번이나 설명해야 했다. 정말로 두달 가까운 시간을 쇼윈도에서 보냈다니. 그사이 반지 소년이 몇번이나 가게에 와서 유리창을 두드리고 해방의 구호를 적어놓았던가. 하지만 그럼에도 가게의 그 여자가 착하고 믿을 만한 사람이라는 것, 따라서 자기에게 절대 해를 끼칠 리 없다는 마르빈의 생각에는 변함이 없었다.

그날 이후 며칠 동안 그는 켄투키의 새 보금자리를 둘러보면서 새로운 친구들을 만나느라 시간 가는 줄 몰랐다. 그곳에는 구석마다 충전기가 놓여 있었다. 반지 소년은 무용 연습실 정문에 작은 구멍을 하나 만들어놓았다. 켄투키들이 드나들 때 실내의 온기가 빠져나가지 않도록 구멍은 비닐 커튼으로 가려져 있었다. 그 구멍에 몸체가 끼는 경우도 가끔 있었는데, 그럴 때마다 켄투키들은 자기를 빼내달라며 날카로운 소리를 내지르곤 했다.

스노드래건도 어쩌다 한번씩 외출을 나갔다. 우선 집 주변을 둘러본 다음, 소년이 지도에 표시해 보내준 반경 2킬로미터의 '안전 구역'을 돌아다녔다. 반경 2킬로미터라면 마을 반대쪽 끝까지 갈 수 있는 거리였다. 다행히 그 동네 사람들은 밤늦은 시간에 잘 나오지 않았고, 설령 나온다 해도 켄투키들에 대해 이미 잘 알았기에 — 해방 클럽의 존재에 대해서는 모르는 듯했지만 — 실수로라도 치지 않도록 조심스레 운전했을 뿐 아니라 함부로 집으로 가져가려고 하지도 않았다.

예스페르라는 이름을 가진 반지 소년은 해커이자 DJ이자 댄서였다. 그는 매번 다른 여자를 데리고 나타났다. 여자애들은 마치 커다란 공 같은 코트를 입고 왔지만 안에 들어오면 헐렁하고 가벼운 옷차림으로 켄투키를 조심조심 피해 다녔고, 그러면 마르빈은 흡족하다는 듯 그 모습을 바라보았다. 켄투키가 지나가다가 발에 부딪치기라도 하면, 여자들은 앞에 꿇어앉아 머리를 긁어주곤 했다. 다들 새하얀 피부에 푸른 눈동자를 가진 여자들인데도 예스페르는 그들에게 눈길 한번 주지 않은 채 할 일이 무척 많은 듯 바쁘게 이리저리 오갔다. 소년의 계좌로 45유로를 입금하면, 그는 컴퓨터의 제어프로그램으로 조종할 수 있는 경보 장치를 켄투키의 등에 달아주었다. 켄투키가 위험에 빠질 경우 주변의 관심을 끌 수 있도록 몸 안에서 사이렌 소리를 내는 장치였다. 그리고 가장 중요한 점은, 그와 동시에 위치 추적기가 작동해서 위험에 빠진 켄투키가 어디에 있는지 자동으로 예스페르의 지도에 표시해준다는 것이다. 이틀 전 새벽 3시경, Z02xxx가 얼어붙은 진창에 빠져 옴짝달싹할 수 없게 되었다. 만일 경보 장치가 없었더라면 배터리가 다 떨어져 결국 못 쓰게 되어버렸을 것이다. 예스페르는 경보가 울린 지 칠분 만에 현장으로 달려가 켄투키를 얼음물에서 꺼내주었다. 그런 걸 보면 앰뷸런스보다 더 빠른 서비스를 제공한다는 그의 모토는 결코 헛말이 아닌 모양이었다.

마르빈도 경보 장치를 달기 위해 그에게 45유로를 송

금했다. 그로 인해 얻게 되는 이득을 따져보면 그리 비싼 편도 아니었다. 게다가 엄마의 계좌에는 아직 돈이 꽤 남아 있었다. Kitty03과 ElgauchoRABIOSO는 머리 뒤에 카메라를 부착해 하루 스물네시간 모든 장면을 녹화할 수 있었고, 거기서 녹화된 영상은 곧장 그들의 집에 있는 컴퓨터 하드드라이브로 전송되었다. 예스페르는 이제 Kitty03이 주문한 드론을 제작하는 중이었다. Kitty03은 돈이 많았고, 모든 것을 다 사고 싶어했다. 예스페르는 늘 그의 요청을 우선적으로 들어주었다.

안티과에 있는 친구들은 예스페르를 찾아내 소셜 미디어에서 그의 움직임을 좇았다. 그는 자신이 발명한 각종 장치와 응용프로그램 대부분을 다른 여러 클럽과 공유했고, 며칠 전에는 켄투키 여섯이 무용 연습실에서 공놀이를 하는 동영상을 올리기도 했다. 마르빈이 늘 어둠속에서만 보았던 그 세계는 자연광 아래 훨씬 더 넓고 아늑해 보였다. 이 다른 세계의 모습이 그는 너무나 마음에 들었다. 2시 19분에는 그의 켄투키가 사물함 한칸에 들어가 자는 모습이 올라왔다. 마르빈은 친구들이 보내준 링크의 영상을 보면서 오후를 보냈다. 화면에 나온 켄투키는 눈을 감고 있었다. 그 모습이 얼마나 예쁘던지, 자기 켄투키를 안티과로 보내주기만 한다면 엄마의 계좌에 남아 있는 돈을 죄다 예스페르에게 보내고 싶은 마음이 들 정도였다. 정말이지 그렇게만 된다면 켄투키를 꼭 안아줄 텐데.

그다음 날 밤부터 그곳에 다시 눈이 내리기 시작했다. 스노드래건은 눈으로 하얗게 뒤덮인 세상을 가까이에서 구경하기 위해 안전 구역으로 나갔다. 사실 마르빈이 그를 안아주는 것 이상으로 원하는 건 눈이 있는 곳으로 가서 켄투키를 새하얀 거품 같은 눈밭 속에 푹 파묻히게 하는 것이었다. 그래서 땅에 닿기가 무섭게 사르르 녹아버리는 눈송이를 보았을 땐 실망을 금할 수 없었다.

제어프로그램의 채팅 창으로 Kitty03이 보낸 메시지가 날아왔다. 눈에 대한 그의 집착이 엄마와 관련된 것인지 궁금하다는 얘기였다. 이를 계기로 마르빈은 눈에 얽힌 이런저런 이야기를 들려주었다. 결국 그들은 마르빈에 대해서 안티과의 아버지와 가정부보다 훨씬 더 많이 알게 되었다. 새 친구들은 모두 성인으로, 그가 한번도 들어본 적 없는 도시에 살고 있었다. 그는 학교 친구들에게 자기가 어떤 사람들과 어울리는지 자랑할 생각으로 지리부도에서 그들이 사는 도시를 일일이 찾아 표시해두었다.

어느날 밤, 마르빈은 Kitty03과 함께 밖으로 나가 무용 연습실 주변을 한바퀴 돌았다. 연습실 뒤편에 있는 집에는 돼지 한마리가 살고 있었다. 그들이 나타날 때마다 꽥꽥 소리를 질러대는 녀석이었다. Kitty03은 그 돼지가 귀여웠던지 매일같이 녀석을 보러 나오다가 급기야는 예스페르에게 300유로에 돼지를 사겠다고 했다. 물론 돼지는 에스페르가 키우되, 어떤 일이 있어도 오븐에 들어가지 못하게 해야 한다는 조건이었다. Kitty03이 아는 바로는 150유로 정도면 도살장에서 돼지 한마리를 살 수 있었다. 하지만 정확히 그 두배를 주겠다고 하는데도 에스페르는 거절했다. 자기는 켄투키와 관련된 사업만 한다며, 농장 동물을 매매하고 싶으면 다른 사람을 찾아보라는 것이었다.

스노드래건은 틈날 때마다 Kitty03과 채팅을 했다. 채팅 내용은 모든 이들에게 공개되지만 메시지 기록은 남지 않기에, 특정 시간에 접속한 사람이 둘뿐이라면 개인적인 문제를 마음껏 털어놓아도 비밀이 보장되었다. 마르빈이 엄마에 대해서 더 많은 이야기를 털어놓자 Kitty03은 자기가 여태껏 들어본 중 가장 슬픈 이야기라고 했다.

Kitty03: 1에서 10까지 단계를 나눈다면, 넌 눈을 얼마만큼이나 만지고 싶어?

SnowDragon: 10.

Kitty03: 나도 그만큼 돼지를 좋아해. 눈에 대해서는 에스페르한테 말해봐. 원하는 것을 얻으려면 그만한 $$$을 내야겠지만.

SnowDragon: 뭘 사는 데 돈을 내?

필요한 것이면 무엇이든 에스페르가 만들어줄 수 있을 거라고 Kitty03은 말했다. 가령 확장 배터리와 눈 위를 움직일 수 있는 장치만 있으면 어디든 갈 수 있을 터였다. 그런 거라면 한번 물어봐도 되지 않을까? 마르빈은 자신이 원하는 것에 대해 에스페르에게 설명하면서 견적을 뽑아 달라고 했다. 두시간 뒤, 그로부터 답장이 왔다. 310유로 정도면 등에 확장 배터리를 설치하고 비포장도로에서도 이동 가능한 작은 바퀴를 밑바닥에 장착할 수 있다고 했다. 마르빈이 눈으로 직접 장치를 확인할 수 있도록 링크도 하나 걸어놓았다. 하지만 그렇게 많은 액세서리를 달면 용이 아니라 우주 비행사처럼 보일 것 같아 망설여졌다. 차라리 돈이 조금 더 들더라도 켄투키를 하나 사가지고 안티과에서 주인 노릇을 하는 편이 더 낫지 않을까? 하지만 그에게 있어 켄투키를 소유한다는 것은 집 안에 계속 갇혀 지내야 한다는 뜻이었다. 지금 그는 해방된 켄투키가 아닌가. 에스페르가 만들어준 액세서리를 달기만 하면 원하는 곳 어디든 갈 수 있고 저녁을 먹으러 내려가지 않아도 되는 세상을 오랫동안 마음껏 돌아다닐 수도 있겠지? 그러다 마침내 눈으로 덮인 곳을 찾게 되면, 하루 종일 아무것도 먹지 않고 눈만 만지면서 살 수 있을 거야.

310유로면 잔돈 몇푼을 빼고 엄마의 계좌에 남아 있는 거의 전부였다. 그는 그렇게 하기로 마음먹고 즉시 에스페르에게 송금했다. 그로부터 삼십분 뒤 마르빈은 그에게 다시 이메일을 보내, 자기에게 아직 47유로가 — 엄마의 계좌에 남아 있는 정확한 금액이었다 — 있으니 그 돈으로 가전제품 가게의 여자에게 꽃다발을 보내달라고 부탁했다. 단 커다란 꽃다발이어야 한다는 조건을 달았다. 에스페르는 알았다고, 하지만 지금 주문이 밀려 있어서 일주일 정도 걸릴 거라고 답장을 보냈다. 자기가 잊지 않도록 다시 연락을 달라는 말도 덧붙였다. 마르빈은 이메일로 감사의 뜻을 전하면서 그때쯤 꽃다발을 전해줘도 괜찮을 것 같다고 했다. 그러곤 한가지를 더 부탁했다. 꽃다발에 카드를 넣을 수 있겠지? 그가 카드에 넣을 메시지는 이런 내용이었다. "친애하는 주인아주머니, 저는 더 먼 곳으로 가고 싶었어요. 고맙습니다. 스노드래건."

일주일에 태블릿 컴퓨터를 스무대 사는 게 범죄는 아니야. 그리고르는 생각했다. 하지만 요즘처럼 세상이 어수선할 땐 괜한 의심을 사지 않는 것이 최선의 방책이지. 그는 일리차 거리를 따라 옐라치치 광장*으로 걸어가고 있었다. 걷기에는 너무 먼 길이었지만 일단 머리를 좀 식힐 필요가 있었고, 옛날부터 전찻길을 따라 도시를 가로질러 걸어가는 것을 좋아하기도 했다. 광장에는 태블릿을 살 수 있는 곳이 일곱군데 있었다. 그전에는 주로 온라인 쇼핑몰에서 태블릿을 구입했는데, 웬만한 곳은 이미 다 한번씩 거

* 옐라치치는 크로아티아의 수도 자그레브 중심부에 위치한 광장이며, 일리차는 자그레브를 동서로 가로지르는 간선도로다.

친 터라 더 사려면 같은 상점에 또다시 주문을 해야 하는 형편이었다. 새로운 방법을 찾아낼 때까지는 직접 가서 구입하는 것도 나쁘지 않을 것 같았다. 한곳에서 두대씩 사자. 그리고 상자에서 태블릿을 꺼내 가방에 넣어 오는 거야. 누구에게도 의심을 받지 않고 열네대의 태블릿을 산다면 일주일 치 물량은 확보하게 되는 셈이었다.

2층 C호에 사는 니콜리나가 그를 도와 켄투키들을 관리해주고 있었다. 언젠가부터 그 여자는 한달에 한두번씩 음식을 가득 담은 밀폐 용기를 들고 그리고르 집 문 앞에 서서 그나 아버지가 나올 때까지 초인종을 누르곤 했다.

"두분이 제대로 못 드실까봐 걱정이 돼서요." 그녀는 용기를 건네줄 때마다 그렇게 말했다.

왜 그들이 제대로 못 챙겨 먹는다고 생각하는 걸까? 그리고르는 그녀가 자기를 좋아하고 있다는 생각에 가급적 그녀를 피하려 했다. 그러던 어느날 오후, 그는 홍당무처럼 새빨개진 얼굴을 하고 집에서 뛰쳐나오는 그녀와 마주쳤다. 울고 있었던 게 분명했다. 손에는 수박만 한 크기의 까만 봉지가 들려 있었다. 그리고르는 그녀에게 괜찮은지 물었다. 그런 상황에서 못 본 척 외면한다는 것이 예의가 아니라는 생각이 들어서였다. 그러자 그녀는 갑자기 참았던 울음을 터뜨렸다.

"무슨 일이에요?"

서럽게 우는 그녀 앞에서 달리 무슨 말을 할 수 있었겠는가?

니콜리나는 그리고르를 와락 끌어안더니 그의 가슴에 얼굴을 묻었다. 그런 와중에도 봉지는 꽉 쥐고 있었다. 잠시 후, 그녀가 품에서 떨어져 서서는 봉지 안을 보여주었다. 켄투키였다.

"죽었어요." 여전히 울먹이는 목소리였다. "내 아기 곰이 죽어버렸어요."

그녀는 금요일에 어머니를 만나러 갔었다고 했다. 그런데 어머니한테 드릴 빵을 굽다가 실수로 태우는 바람에 냄새가 아파트 전체로 퍼지지 못하도록 주방 문을 닫은 채 나갔고, 마침 어머니가 심한 감기로 드러누워 주말 내내 곁을 지켰다는 것이었다.

"무슨 말인지 잘 모르겠는데요." 그리고르가 말했다.

"켄투키 충전기가 주방에 있었다고요. 그 아이가 문에 몸을 얼마나 부딪쳤던지 나무에 파란 자국이 남아 있더라고요. 아이의 몸이 파란색이었거든요." 그녀는 다시 봉지를 열어 벨벳으로 뒤덮인 켄투키의 몸을 부드럽게 쓰다듬었다.

켄투키의 눈이 감겨 있는 것을 보며, 그리고르는 그것이 사용자의 마지막 애정이자 배려인지, 아니면 인간적인 모습으로 죽게끔 원래 그렇게 프로그래밍이 되어 있는 것인지 궁금해졌다.

“좀 봐도 될까요?” 그리고르가 물었다.

여자는 봉지 안을 멍하니 내려다보았다. 그리고르는 손을 넣어 그것을 꺼냈다. 켄투키를 만져본 것은 그때가 처음이었다. 켄투키라면 여태껏 수도 없이 봐왔지만, 손으로 직접 들어본 적은 단 한번도 없었다.

“내가 이걸 살게요.”

그 말을 듣자 여자는 그를 밀쳐냈다.

“죽은 켄투키를 사는 사람이 어디 있어요?” 기분이 상한 듯 잔뜩 찌푸린 얼굴이었다.

그녀가 켄투키를 빼앗으려고 했지만 그는 날렵하게 움직여 손을 피했다.

“혹시 일자리 필요해요?” 그가 물었다.

“당연하죠.”

더는 아무것도 묻지 않았지만, 그리고르는 이 여자가 넉넉지 않은 형편에 무슨 수로 켄투키를 샀는지 궁금해졌다. 그는 니콜리나를 집으로 데려가 태블릿과 스프레드시트로 가득 찬 방을 보여주었다. 이어 자기가 무슨 일을 하고 얼마나 버는지, 그리고 켄투키들이 제대로 움직이도록 하루 네시간만 도와주면 수입의 몇퍼센트를 받게 될지에 대해 설명했다. 말하는 내내 그는 켄투키를 한번도 손에서 놓지 않았다. 니콜리나는 고개를 끄덕이며 들었지만 아기 곰에 시선이 가닿을 때마다 눈에 눈물이 글썽글썽해졌다. 그녀가 동의하자, 그리고르는 켄투키를 책상 위에 올려놓고 그날 오후부터 당장 일을 시작할 수 있는지 물었다.

이제 그들은 거의 매일 함께 시간을 보내고 있었다. 그리고 오늘 오전, 그는 처음으로 니콜리나를 방에 혼자 남겨두었다. 물론 그녀는 그리고르의 애인이 아니었다. 하지만 지난날을 가만히 돌이켜보면 그녀만큼 가깝게 지낸 여자가 한명도 없다는 생각이 들었다. 그의 아버지는 드디어 아들이 짝을 찾은 거라 믿었는지 더이상 방에 들어오지 않았다. 그리고르나 니콜리나가 화장실에 가거나 밖에 나가려고 문을 열면, 요구르트 두개를 올려놓은 쟁반만 방문 앞에 덩그러니 놓여 있곤 했다. 새로운 일자리를 얻어 신이 난 여자는 가끔씩 꼭 필요한 말만 할 뿐 하루 종일 일에 집중했다.

그녀가 하는 일은 주로 켄투키들이 잘 작동하도록 유지하는 것이었다. 반면 그리고르는 켄투키 각각의 상태를 기록하는 일과 판매 관리, 그리고 새로운 회선 연결에 집중했다. 그는 처음 연결이 이루어져 모든 것이 불확실한 순간, 그러니까 전혀 모르는 곳을 떠돌아다녀야 하는 순간을 가장 좋아했다. 회선을 새로 연결하면 어느 구석에 처박혀 있던 낡은 켄투키가 보일 때도 있었다. 일을 시작하고 처음 몇주 동안은 그런 켄투키를 보지 못했지만, 접속 횟수가 늘어날수록 이처럼 낡고 버려진 켄투키들이 하나둘씩 눈에 띄기 시작했다. 고장 나거나 부서진 것들, 아니면 색이 바래 원래 모습을 알아보기 힘든 것들. 그런 켄투키들 대부분은 눈을 감고 있었다. 가장 마음이 뒤숭숭해지는 건 멀쩡한 겉모습으로 버려진 것들을 볼 때였다. 대체 무슨 사정이 있어서 연결을 끊어버린 걸까? 한번은 교토 남쪽에 연결된 지 일주일 만에 충격적인 장면을 보기도 했다. 안방 침대 아래를 기웃거리다 산산조각 난, 아니 문자 그대로 갈가리 찢긴 켄투키를 발견한 것이다. 마치 강아지가 플라스틱 몸체와 벨벳과 덮개까지 며칠에 걸쳐 물어뜯은 것 같았다. 하지만 연결된 뒤로 그때껏 그 집에서 강아지나 고양이가 돌아다니는 것은 한번도 보지 못한 터였다.

거리를 따라 걷다보니 보행자 전용 도로에 이르렀고 이내 광장이 펼쳐졌다. 그리고르는 제일 먼저 티사크-미디어에 들어갔다. 거기서 태블릿 컴퓨터 세대를 현금으로 산 뒤 두번째 가게로 향했다. 거기서도 태블릿 컴퓨터 세대를 들고 계산대로 갔다. 측면 진열장은 켄투키들과 다양한 액세서리로 가득했다. 모두 USB 포트에 연결되어 있었고, 몸체에서 작은 손 같은 것이 나오도록 하는 장치가 달린 것도 있었다. 이런저런 액세서리를 이용하면 LED

등으로 밤길을 밝히거나 선풍기를 돌려 더위를 식힐 수도 있고, 작은 솔로 식탁 위에 떨어진 빵 부스러기를 쓸어낼 수도 있었다. 하지만 전체적으로 색깔이 너무 울긋불긋한데다 품질도 조악해 보였다. 계산대에는 한 켄투키가 끈으로 몸체와 연결된 플라스틱 접시를 들고 있었다. 계산대의 여자가 그리고르에게 금액을 말하자, 그 켄투키가 그에게 다가와 가르랑 소리를 내다가 접시에 돈을 올려놓기 무섭게 여자 쪽으로 달려갔다.

"모두 좋은 켄투키들이에요." 그녀가 진열장을 가리키며 말했다. "여기서 나가면 사람들에게 사랑받는 인형이 된답니다. 정말이에요."

그녀는 자랑스럽게 웃으며 윙크를 했다.

그리고르는 접시에서 잔돈을 집어들고 고맙다는 인사를 한 뒤 밖으로 나왔다. 설령 판매된 기기들의 행방을 추적하는 게 가능하다 해도 사용자들이 그것들을 어떻게 대하는지 무슨 수로 알 수 있단 말인가?

네번째 가게까지 돌고 나오자 배낭이 돌덩어리라도 든 것처럼 무거웠다. 일주일 뒤에 더 사러 와야겠군. 그는 속으로 중얼거리며 예상보다 일찍 집으로 돌아갔다. 집에 들어선 그는 축구 중계에 정신이 팔려 있는 아버지에게 인사를 건넸다. 디나모가 하이두크 스플리트를 2 대 0으로 리드하는 중이었다.* 곧장 방으로 가서 무거운 배낭을 책상 위에 올려놓았다. 니콜리나는 동시에 일곱대의 태블릿을 살펴보느라 여념이 없었다. 그가 주방에 있던 탁자를 방으로 가져다가 반대쪽 벽에 붙여놓은 터였다. 등이 깊게 파인 원피스 차림이라 니콜리나의 척추 네번째 마디까지 훤히 보였다. 그리고르는 존재조차 모르고 있던 신체 부위라도 발견한 양 그녀의 등을 뚫어지게 바라보았다. 그 모양을 하나하나 살펴보자니, 왠지 어렸을 적 「에일리언」을 보면서 느꼈던 공포와 흥분이 생생하게 되살아났다. 동시에 벨벳처럼 부드럽고 눈에 보이지 않을 정도로 투명한 어머니의 목도 떠올랐다. 니콜리나의 창백한 팔이 태블릿 사이를 오가는 가녀린 손가락을 따라 문어의 촉수처럼 유연하게 움직였다. 어떻게 저렇게 오랜 시간 동안 혼자서 일할 수 있을까?

"안녕." 마침내 그리고르가 인사를 건넸다.

자기도 모르게 기어들어가는 목소리가 나와 그는 깜짝 놀랐다. 방에서는 은은한 향기가 났고, 모든 것이 깔끔하게 정리되어 있었다. 니콜리나는 주방에서 가져온 작은 의자에서 일어나 그를 쳐다보았다.

"오셨어요, 사장님." 그녀가 미소 지으며 말했다.

* 디나모는 크로아티아 자그레브에, 하이두크 스플리트는 스플리트에 연고지를 둔 축구단이다.

잠시 후, 문어가 다시 등을 돌리곤 자기만의 세계 속으로 빠져들었다.

그녀의 두 딸은 켄투키 판매대 앞에 꼼짝도 않고 서 있었다. 아이들이 슈퍼마켓에서 함께 떼를 쓰는 건 처음이었다. 몇달 후면 네살이 되는 작은 녀석은 미리 선물을 받고 싶다고, 또 큰아이는 켄투키가 있으면 공부에 도움이 될 거라며 엄마를 졸랐다. 자기 학년에 켄투키를 가진 아이가 있는데 숙제할 때 많이 도와준다는 말도 덧붙였다. 결국 자매는 노란 가면을 쓴 형광 초록색 까마귀 켄투키를 하나 사기로 의견을 모았다.

“그럼 둘이 사이좋게 함께 쓴다고 약속할 수 있어?” 신이 난 두 딸은 그렇게 하겠다고 큰 소리로 대답했다. “알았어. 사줄 테니까 대신 저녁부터 먹고 열어봐야 해.”

최소한 이 일로 백지장도 맞들면 낫다는 교훈을 얻었겠

군. 엄마는 생각했다. 그렇지만 아이들이 협동 작전의 효과를 알게 된 이상 나도 더는 편하게 살기 어렵겠지.

밖에는 여전히 비가 내리고 있었다. 일기예보에 따르면 밴쿠버에는 다음주까지 내내 비가 올 예정이었다. 개학날까지 아이들과 어떻게 시간을 보낼지 생각하니 눈앞이 캄캄해졌다.

집에 도착해서 사 온 물건을 정리하고 음식을 데우는 사이, 두 딸은 인형의 집에서 벽과 2층 바닥을 꺼내 안을 깨끗이 비우더니 양말을 하나씩 가지고 와서 주방 자리에 푹신한 잠자리를 만들었다.

"자기 공간이 있으면 독립심이 더 강해질 거야." 언니가 인형의 집을 들여다보며 말했다.

동생도 진지한 표정으로 고개를 끄덕였다.

아이들은 엄마의 설명을 들으며 재빨리 밥을 먹고는 질문을 퍼붓기 시작했다. 켄투키를 학교에 가져가도 돼요? 그건 안돼. 금요일에 엘리자베스 아줌마 대신 켄투키가 우리를 봐주면 안돼요? 아줌마가 해주는 국수는 너무 퍼진데다 브로콜리 때문에 먹기 싫단 말이에요. 그것도 안돼. 우리가 목욕할 때 물에 같이 들어가도 돼요? 안돼. 지금 물어본 것들 전부 절대로 안돼. 그들은 거실에서 상자를 열었다. 어린 동생은 상자에 붙어 있던 셀로판지를 떼어내 목과 손목에 감더니 잠시도 한눈을 팔지 않고 신나게 놀았다. 언니가 충전기에 케이블을 연결한 뒤 조심스럽게 켄투키를 그 위에 올려놓았다. 연결이 이루어지는 동안, 엄마는 카펫 위에 앉아 사용 설명서를 꼼꼼하게 읽었다. 두 딸은 각각 엄마의 양쪽 어깨에 달라붙어 호기심 어린 눈빛으로 복잡한 글과 그림을 힐끔거렸다. 거칠면서도 달콤한 아이들의 숨결이 그녀의 귀를 부드럽게 스치고 지나갔다. 그녀 또한 자기 나름의 방식으로 이 순간을 즐기고 있었다. 이렇게 아이들과 함께 어울리는 동안에는 모든 근심 걱정이 감쪽같이 사라지는 듯했다. 천진난만한 웃음소리, 그녀의 팔을 어루만지고 사용 설명서와 상자를 만져보는 아이들의 부드러운 손길. 평생을 혼자서 앞만 보고 달려온 그녀에게 이처럼 행복한 순간은 늘 남의 일이나 마찬가지였다.

까마귀가 움직이기 시작하자 아이들은 환하게 웃었다. 어린 동생은 기쁨과 흥분에 넘쳐 주먹을 움켜쥔 채, 아직 손목에 두르고 있던 셀로판지로 바삭거리는 소리를 내며 제자리에서 폴짝폴짝 뛰었다. 켄투키는 한번, 두번, 세번이나 뱅글뱅글 돌고도 멈추지 않았다. 엄마가 걱정스러운 표정으로 다가가 무언가 걸리진 않았는지 확인하기 위해 켄투키를 들었다. 그러니까, 이 인형을 어찌어찌 움직여보려는 이가 저 반대편에 있다는 거지. 그녀가 켄투키를 바닥에 내려놓는 순간 시끄러운 울음소리가 튀어나왔다. 귀청을 찢을 듯이 날카로우면서도 성난 소리는 끝없이 이어졌다. 언니가 두 손으로 귀를 틀어막자 동생도 따라 했다. 웃음기는 더이상 찾아볼 수 없었다. 켄투키는 바퀴 중 하나를 이용해 다시 뱅글뱅글 돌기 시작했고, 속도가 갈수록 빨라졌다. 엄마는 소름 끼치는 그 소리가 마치 자기 이에서 나는 것만 같았다.

"이제 그만!" 그녀가 결국 참지 못하고 소리를 질렀다.

그러자 까마귀는 돌다 말고 곧장 아이들에게로 돌진했다. 언니는 재빨리 옆으로 물러섰지만, 거실 구석에 몰린 동생은 켄투키가 맨발에 몸을 부딪쳐오자 겁에 질려 등과 두 손을 벽에 붙이고 발끝으로 선 채 비명을 질렀다. 엄마가 켄투키를 번쩍 들어 거실 한가운데로 던졌지만, 녀석은 똑바로 일어서더니 다시 날카로운 비명을 지르며 아이들이 있는 쪽으로 다가가기 시작했다. 언니는 소파 위로 뛰어올랐고, 동생은 여전히 벽 앞에서 옴짝달싹하지 못했다. 켄투키가 자기를 향해 달려오자 아이는 두려움에 떨며 비명을 질렀다. 아이의 눈이 질끈 감기는 순간, 엄마는 생각할 겨를도 없이 그쪽으로 몸을 날렸다. 까마귀가 아이에게 부딪치기 직전에 간신히 선반으로 손을 뻗어 대리석 받침이 달린 램프를 움켜쥐고는 그걸로 켄투키를 세게 내리쳤다. 그녀는 켄투키가 더이상 소리를 내지 않을 때까지 몇번이고 계속 내리쳤다. 나무 바닥 위에서 박살이

난 인형은 안에 있던 천과 칩, 발포 고무 등이 튀어나와 징그럽게 으깨진 몸 덩어리 같아 보였다. 잘려나간 발 아래에서 빨간 불빛이 희미하게 깜박이는 동안 여전히 거실 벽에 딱 달라붙어 있던 어린 동생은 조용히 눈물만 흘렸다. LED 등이 마침내 꺼졌다. K087937525 회선의 총 연결 시간은 1분 17초에 불과했다.

두더지가 매일 오후 온상에서 치르는 의식에 더이상 나오지 않아 그가 기르던 채소들이 모두 말라 죽어가는데도 녀석은 도통 마음을 바꾸지 않았다. 아무래도 엔초는 다시금 버림받고—사실 전처 역시 처음으로 그의 곁을 떠난 사람은 아니다—초록색 이파리들이 우거진 온상으로 인해 불행에 빠질 운명인 모양이었다. 그는 로즈메리를 조금 따서 집 안으로 들어가 고기 요리 준비를 마무리했다. 약국을 하는 친구 카를로가 함께 낚시를 가자고 제안한 터였다. "어찌 된 게 갈수록 안색이 안 좋아 보이는구먼." 카를로는 그의 어깨를 툭툭 치며 말했다. 아마 그도 엔초가 늘 그랬듯 자신의 청을 거절하리라 예상했을 것이다. 하지만 엔초는 친구의 제안을 곰곰이 되씹어보는 중이었다. 따지고 보니 너무도 오랫동안 아들과 끼니 걱정, 그리고 온상과 은행 계좌에만 매달려 살아온 것 같았다. 게다가 이제는 저 빌어먹을 켄투키, 미스터마저 자기를 서서히 무너뜨리고 있었다.

그가 소파에서 전처와 언쟁을 벌이고 두더지는 자신의 소굴에 숨어 숨죽이고 있던 그날 오후부터 사정은 점점 악화되어갔다. 마침내 그녀가 떠났을 때 엔초는 문을 걸어잠그고 지친 듯 긴 한숨을 내쉬었다. 거실로 돌아가니 두더지가 몇미터 앞에서 꼼짝도 않은 채 무섭게 그를 노려보고 있었다. 혹시 아내가 소아성애자 운운하며 늘어놓은 말을 다 들은 걸까?

"절대 아니에요, 미스터." 엔초가 말했다. "당신도 알겠지만, 난 절대 그렇게 생각하지 않아요."

그날 오후, 그들은 함께 쇼핑을 하러 갔다.

"두더지 데리고 나와." 엔초가 차를 꺼내러 가면서 아들에게 말했다.

두더지는 자동차 뒤편 선반에 앉아 가는 것을 좋아했고, 게다가 루카가 자기를 데리러 온 걸 알면 기분이 훨씬 좋아질 터였다.

도로에는 뒤편 유리창에 자기 켄투키 사진을 붙이고 다니는 차들이 눈에 많이 띄었다. 그뿐 아니라 사람들은 켄투키 사진을 배지로 만들어 가방이나 외투에 달고 다니기도 하고, 커다랗게 인화해 집 창문에, 자기가 지지하는 정당이나 축구팀 스티커와 나란히 붙여놓기도 했다. 슈퍼마켓에 가보니 이제는 쇼핑 카트에 켄투키를 싣고 다니는 이들이 엔초 말고도 많았다. 냉동식품 코너에 있던 어떤 여자는 시금치를 더 살지 자기 켄투키에게 묻더니 휴대전화 메시지를 확인하고는 웃음을 지은 뒤 냉장고 문을 열어 두봉지를 꺼냈다. 엔초는 켄투키와 긴밀하게 소통하는 사람들이 너무 부러웠다. 자기가 대체 무슨 잘못을 했는지, 무엇 때문에 상대 노인이 그리 노했는지 그로서는 도무지 알 수가 없었다. 다만 전처의 중상과 비방으로 인해 상황이 걷잡을 수 없이 악화되었다는 것만큼은 분명했다. 그후로 그녀에게서는 연락이 없었지만, 루카의 심리 치료사가 긴급회의에 참석해달라는 문자메시지를 세통이나 남겨놓았다. 엔초가 그 요구를 받아들이면 아마 누리아도 참석할 것이다. 진료실에 앉아 기다리다 그가 나타나면 이를 드러내며 어색한 미소를 지어 보이겠지.

모든 것이 엉망이 된 이상, 켄투키와 다시 대화를 시도해보는 것 말고는 다른 방도가 없었다. 그는 혹시 전에 받아적지 못했을까 싶어 자기 전화번호를 다시 그에게 보여주었다. 이번에는 이메일 주소도 알려주었고, 이어 썩 내키지는 않았지만 집 주소까지 종이에 적어 두더지가 늘 숨어드는 소파 다리에 붙여놓았다. 하지만 그 무엇도 소용이 없었다.

슈퍼마켓에서 돌아온 뒤, 엔초는 RAI 방송을 켜주었다. 그가 사 온 물건들을 정리하는 동안 두더지는 평소 독차지하던 모퉁이로 쪼르르 달려가 뉴스에 귀를 기울였다. 기자들이 차례로 나와 지역 뉴스를 보도했다. 화면 하단에 그날의 주요 뉴스가 빠르게 지나가는 사이, 지하철 B호선 로마 테르미니역에 나가 있는 기자가 켄투키에 관한 소식을 전했다. 화면에는 서른명가량의 사람이 '구페토'라는 올빼미 켄투키에게 상담을 받기 위해 줄을 서서 기다리는 모습이 나오고 있었다. 기자에 따르면 구페토는 어떤 거지의 켄투키로, "그가 어떻게 올빼미 켄투키를 손에 넣었는지를 제외하고는 어떤 질문에도 대답을 해준다"고 했다. 그를 만나본 사람들 중 일부는 구페토가 '된 사람'이 인도의 유명한 바그완*이라고 주장하기도 했다. "어제 여기 와서 복권 당첨 번호를 알려달라고 했거든요. 그런데 구포**는 다 알고 있더라고요." 어떤 이가 말했다. 한 여자는 "저 걸인을 뵈러 왔어요. 당연히 찾아뵈어야 할 분이니까요. 그래야 하고말고요"라고 했다. 사람들은 궁금한 점과 함께 그에 대한 이런저런 대답이 적힌 하얀 종이

* 인도의 영적 지도자를 가리키는 이름.

** 구포(gufo)는 이탈리아어로 '올빼미'라는 뜻이며, 구페토는 구포의 애칭이다.

쪽지들을 가져와 켄투키 앞에 늘어놓았다. 그러면 켄투키는 잠시 생각한 뒤 "일주일 뒤" "잊어버리는 편이 좋아" "두번"과 같은 쪽지 위에 멈추는 식이었다. 한번 상담할 때마다 5유로를 놓고 가야 했다. 만약 켄투키가 아무 대답도 고르지 않은 경우에도 다시 물어보려면 5유로를 또 내야 했다.

"이봐요, 미스터, 우리도 돈 좀 벌어볼까요?" 그가 두더지의 눈치를 살피며 조용히 웃었다.

켄투키는 아무 반응도 보이지 않았다. 엔초는 미스터가 상전 행세를 한다고, 또 너무 배은망덕하게 군다고 생각하며 한참 동안 그를 바라보았다.

"우리 얘기 좀 하죠." 그가 말했다. "당신이 나를 대하는 걸 보면……"

그는 잠시 말을 멈추고 어떻게 이야기를 이어갈지 생각해보았다. 하지만 미스터가 자기를 대하는 방식에 대해 정확하게 설명할 자신이 없었다.

"뭐라 말해야 될지 모르겠지만, 아무튼 사람을 그런 식으로 대하면 곤란해요." 마침내 엔초가 말을 꺼냈다. 잠시 후, 그는 다시 입을 열었다. "그러니까, 당신은 하루 종일 내 집을 돌아다니면서도 정작 내게는 한마디도 하지 않잖아요. 정말이지 더이상 견디기 어려울 지경이라고요. 내가 그렇게도 싫은 겁니까?"

그는 당장 그 두더지를 발로 차버리고 싶은 심정이었다. 아들이 하듯이 벽장 속에 가둬버린 다음 충전기를 어딘가에 숨겨버리고도 싶었다. 그러면 더이상 한밤중에 충전기를 찾아달라고 침대 다리에 몸을 부딪치지도 못하겠지.

하지만 차마 미스터에게 그런 짓을 할 수는 없었다. 대신 그다음 날, 그는 싸구려 바에서 하듯이 약국 카운터에 기댄 채 카를로에게 모든 것을 다 털어놓았다. 그의 말을 듣는 동안 카를로는 이따금씩 희미한 미소를 지으며 고개를 젓다가 마침내 그의 어깨를 치며 말했다.

"이보게, 엔초. 내가 한시라도 빨리 자네를 집 밖으로 데리고 나와야겠어."

그들은 낚시를 가기로 했다. 카를로가 날짜와 시간을 정하자 엔초는 고개를 끄덕였다.

"주말 내내 나랑 있는 거야." 카를로가 손가락으로 그를 위협하는 시늉을 했다.

"그래, 주말 내내." 엔초도 그제야 안도의 미소를 지으며 대답했다.

그녀는 배고프고 녹초가 되었지만 기분만큼은 상쾌했다. 10킬로미터를 한번도 쉬지 않고 달렸기 때문이다. 샤워를 한 뒤 밥을 먹으면서 휴대전화를 확인하니 화면에 엄마의 메시지가 떠 있었다.

“잘 지내고 있는 거니?”

엄마의 영상통화 요청을 벌써 여러차례 거절한 터였다. 일부러 피하려 한 것은 아니고, 그저 머릿속이 딴생각으로 가득 차 있어서였다. 그녀는 스벤과 다투고 말았다. 물론 그의 조수 때문은 아니었다. 그 문제에 대해서라면 알리나는 입도 뻥끗하지 않았으니까. 그 마을에 온 지 거의 한달이 다 되어가는 동안 스벤이 단 한번도 그녀와 함께 오악사카에 내려가지 않아서도 아니었다. 전날밤 그가 자기 베개 밑에서 마른 귤껍질을 수두룩하게 찾아내서도 아니었다. 그나저나 일주일 내내 귤껍질을 베고 자면서도 전혀 눈치채지 못할 정도로 둔감한 사람이 또 있을까? 그녀는 대체 어떤 남자와 함께 살고 있는 걸까? 어쨌든, 모든 것이 켄투키 때문이었다. 그들은 켄투키를 놓고 언쟁조차 없이 싸운 셈이었다. 스벤이 매일 아침 켄투키를 데리고 작업실로 가겠다고 말했고, 이에 그녀는 커피잔으로 식탁을 내리쳤다. 그날 이후로 둘 사이는 날로 악화되어 갔다.

그녀에 의해 감금되어 있던 켄투키는 스벤 덕분에 오랜만에 자유를 맛볼 수 있었다. 그 점에 대해서는 의심의 여지가 없었다. 대령이 작업실에 갔다가 돌아와서 마지못해 방문을 두드릴 때, 알리나는 이를 분명하게 느낄 수 있었다. 마치 마지막 일과로 집 안의 미친 여자와 함께 시간을 보내야 한다는 것이 이제 지긋지긋하다는 투였다. 대령은 언제나 6시에서 6시 30분 사이에 혼자 돌아왔다. 예술가가 하루의 작업을 마치고 공용 구역으로 내려가는 시간이었다. 그런데 대령은 어떻게 이 방까지 오는 걸까? 혼자서 세개의 계단을 올라올 수는 없을 텐데 말이다. 계단을 피할 수 있도록 스벤이 반대편 경사로에 켄투키를 올려주는 걸까? 아니면 대령이 작업실 문에서 스벤과 헤어진 뒤 스스로 그 길을 찾아낸 걸까? 그녀가 문을 열어주면 그는 전처럼 그녀의 몸에 부딪치지도, 까마귀 울음소리를 내며 주위를 빙빙 돌지도 않고 곧장 충전기로 향했다. 알리나는 궁금했다. 둘이서 무슨 이야기를 나누는 걸까? 혹시 대령이 내 가슴을 봤다고 얘기했으려나? 스벤은 어떤 반응을 보였을까? 하지만 내가 애완동물 앞에서 뭘 하든 그가 모두 알아야 할 이유는 없잖아. 그녀는 생각했다.

카르멘의 의견을 구하고 싶었기에 그녀는 결국 모든 사실을 털어놓았다.

“그럼 오히려 잘됐네. 켄투키가 작업실이랑 조수에 대해서 매일 너한테 알려줄 수 있잖아.”

그 정도 정보라면 알아내기 어렵지 않았다. “내가 묻는 말에 ‘예’라면 한발짝 앞으로, ‘아니요’라면 한발짝 뒤로 가.” 이렇게만 해도 충분할 테니까. 하지만 그런 식으로 켄투키와 최소한의 합의에 도달한다면 둘은 어쩔 수 없이 대화를 시작할 수밖에 없었다. 어떤 일이 있어도 그런 상황에 말려들고 싶지는 않았다.

어느날 오후, 그녀는 비키니 차림으로 그를 기다렸다. 대령이 집에 도착했을 땐 평소처럼 문을 열어주는 대신 마치 누가 자기를 데리러 오기라도 한 양 안경과 책을 챙겨 나와서는 테라스로 가서 선베드에 엎드렸다. 하루 일과를 마친 뒤라 너무 피곤했는지, 대령은 아주 느릿느릿 그녀에게 다가왔다. 어쨌든 그녀는 그가 마음대로 자기 몸을 더듬도록 내버려둔 채 노인의 손을 최대한 또렷하게 떠올려볼 생각이었다. 만약 켄투키가 '된 사람'과 그 예술가가 서로 연락을 주고받는 게 사실이라면, 이를 통해 스벤에게 몇가지 신호를 보낼 수 있을 터였다.

그러던 어느날 오후, 그녀는 켄투키를 무릎 위에 올려놓고는 책상 스탠드 불빛 아래서 미리 정해놓은 선을 따라 켄투키 인형의 털을 족집게로 조심스럽게 뽑기 시작했다. 한시간이 흐른 뒤, 대령의 이마에 '만卍'자가 선명하게 나타났다. 스벤은 그에 대해 아무 말도 하지 않았다. 그가 그것을 눈치채지 못했을 리는 없었다. 알리나가 흔적을 남겼고, 스벤은 아예 모른 체함으로써 흔적을 남긴 셈이었다. 그녀로서는 작업실에서 둘 사이에 무슨 일이 벌어지는지 궁금할 수밖에 없었다. 거기서는 스벤이 대령의 역할을 할까? 아니면 대령을 측은하게 여겨 그를 격려하고 위로하려나? 만일 머리에 여성용 팬티를 뒤집어쓴 대령을 본다면 스벤은 그녀를 대신해 그에게 사과할까, 아니면 의자에 묶어놓고 충전기에도 가지 못하게 만들까?

그사이 알리나와 스벤은 천천히 그리고 교묘하게 서로를 피하는 방법을 터득했다. 그녀는 그와 함께 아침식사를 하지 않기 위해 꼭두새벽부터 뛰러 나갔다. 스벤은 매일 지친 몸을 이끌고 집에 돌아왔다. "정말 힘든 하루였어." 그는 입버릇처럼 말하고는 어기적거리며 샤워를 하러 갔다. 그가 욕실에서 나올 때쯤이면, 알리나는 이미 잠들어 있었다. 서로에 대한 반감과 불신이 노골적으로 드러나지 않도록 어쩌다 한번씩 짤막한 대화를 나눌 뿐이었다. 그런 식으로 그들은 각자 자기의 일을 계속할 수 있었다.

"몇가지 바꾸어야 할 것 같아." 어느날 오후, 스벤이 불쑥 말했다. 잠시 그녀는 그것이 자신과의 관계에 대한 이야기라고 생각했다. "모노프린트 말이야." 그가 곧장 말을 이었다. "샌더스 대령과 종일 함께 있다보니 좋은 아이디어가 몇가지 떠올랐거든."

그것이 그날 예술가가 한 말의 전부였다.

알리나는 책상 위에 널려 있던 서류를 정리하던 중 까마귀 부리를 발견했다. 지난주에 뜻하지 않게 발로 차 부러뜨린 조각이었다. 스벤과 함께 그것을 찾겠다고 사방을 뒤졌을 땐 아무 데서도 보이지 않았는데. 그녀는 까마귀가 작업실에서 돌아올 때까지 기다렸다가 발치를 가리키며 부리와 접착제를 보여주었다. 묻는 기색도 없이 쪼르르 달려오는 걸 보니 대령은 이를 휴전의 뜻으로 받아들인 듯했다. 알리나는 그의 앞에 무릎을 꿇고 앉아 접착제 뚜껑을 열고 부리 안쪽에 고르게 발랐다.

"이리 와." 그녀는 최대한 상냥하고 다정스럽게 말했다.

켄투키가 그녀의 다리에 닿을 만큼 가까이 다가온 순간,

그녀는 별안간 접착제가 묻은 부리를 그의 왼쪽 눈 한가운데 붙여버렸다.

"여자들이 너를 보면 홀딱 반할 거야." 알리나는 천연덕스럽게 말했다.

바닥에 내려놓자 켄투키는 몸을 비칠거리며 제자리에서 빙글빙글 돌았다. 그러다 식탁 다리에 부딪치자 전속력으로 달아나 충전기 대신 침대 밑으로 쏙 들어가버렸다. 알리나가 바닥에 엎드려 침대 아래로 손을 쭉 뻗었지만 대령은 그녀의 손길을 요리조리 피했다. 결국 긴 빗자루로 그를 꺼내야만 했다. 켄투키는 두번이나 끌려나와서도 잽싸게 도로 기어들어갔다. 마침내 세번째 시도 끝에야 그를 붙잡아 방 한가운데 있던 스툴 위에 올려놓을 수 있었다. 그녀는 컵 스탠드에 휴대전화를 놓은 뒤 카커스* 뮤직비디오를 틀고 볼륨을 최대로 올렸다. 대령이 이런 종류의 음악을 좋아하는지 싫어하는지 알 수 없지만, 「좀비 플레시 컬트」**가 흐르는 칠분 십이초 동안 이어지는 참수 장면은 대령에게 화면 한가운데 새로 생겨난 줄 이상으로

* 1986년 영국 리버풀에서 결성된 익스트림메탈 밴드. 카커스(Carcass)는 '죽은 동물'이라는 뜻이다.

** Zombie Flesh Cult. 스웨덴 출신의 데스메탈 밴드인 페이스브레이커의 곡. 앞서 카커스의 뮤직비디오라고 한 것은 작가의 단순한 착각이거나 의도적인 오류로 보인다.

그녀의 의도를 분명하게 드러낼 터였다. 이제 예술가로 살고 있는 그에게 또다른 세계를 경험하도록 해줘서 나쁠 것도 없지 않은가.

하루는 아예 문을 열어주지 않은 날도 있었다. 켄투키가 도착하기 훨씬 전에 나가 카르멘과 함께 오악사카로 내려간 것이다. 무엇보다 켄투키를 산 뒤로는 구경도 못한 시장에 가보고 싶었다. 그들은 마을 입구에서 택시를 잡아 뒷좌석에 오르고는 가는 내내 창문을 내린 채 이야기를 나누었다.

“세상에나!” 카르멘이 말했다.

마치 “드디어” “내가 찾던 게 바로 이거야” “너무 예쁘다!” 하는 듯한 말투였다. 카르멘은 눈을 감고 있었다. 바람에 그들의 머리카락이 뒤쪽 유리창으로 휘날리며 뒤엉켰다. 그 느낌이 좋아 알리나도 지그시 눈을 감았다. 비탈길이 나올 때마다 몸이 쑥 내려앉는 기분이었다. 그들은 산토도밍고 교회 맞은편 엘 바스코 식당에서 점심을 먹고 알칼라 거리를 따라 성당까지 올라갔다. 시장에서는 과일과 허브티, 오악사카산 초콜릿과 신선한 치즈, 그리고 10달러도 안하는 은팔찌를 샀다. 더이상 걸을 수 없을 정도로 짐이 무거워진 뒤에야 그들은 망고 주스 두잔을 들고 잠시 광장에 앉아 쉬었다.

“말해봐. 요즘 무슨 짓을 벌이느라 책을 통 안 빌려 가는 거야?"

알리나는 미소를 지었다.

"아주 많지. 할 일이 쉬지 않고 떠오를 정도라니까."

무슨 일이 있어도 카르멘한테는 거짓말하지 않을 거야. 그녀는 마음을 굳게 먹었다.

"달리기 연습 때문에 그래? 마을 사람들 모두 네가 새벽마다 뭐에 홀린 사람처럼 뛰어다닌다고 수군거리던데."

"샌더스 대령을 데리고 실험을 좀 해보려는데, 아직은 괜찮은 방법을 찾는 중이야."

카르멘은 빨대로 주스의 마지막 한방울까지 후루룩 마셨다. 더이상 묻지 않는 걸 보니 그 이야기에 별로 흥미가 없는 모양이었다.

돌아오는 택시에는 켄투키가 있었다. 녀석은 전면 유리 앞에 앉아 단속 구역이 나올 때마다 운전사에게 주의를 주었다. 덕분에 운전사는 과속 딱지를 면할 수 있을 뿐 아니라, 신호등 앞에서 굳이 멈추지 않아도 되었다. 대신 그는 아이티에 있는 계좌로 매주 5달러를 입금한다고 했다. 오악사카 시내의 도로 안전 시스템을 해킹할 수 있는 소년이 모든 정보를 알려주거든요. 내가 구두쇠라서 5달러만 주는 건 아니에요. 운전사가 변명하듯 말을 이었다. 사실 아이티에서 그 정도면 아주 큰돈이죠.

알리나가 도착했을 때도 스벤은 아직 돌아오지 않았다.

켄투키는 문 앞에서 그녀를 기다리고 있었다. 그의 이마에 새겨진 '만' 자에 누가 미술관 전단지를 붙여놓았다. 이번 주에는 러시아 예술가의 작품이 전시되고 있었다. 그녀도 저녁 7시에 열릴 칵테일파티에 초대받았지만 물론 갈 생각은 없었다. 알리나는 문을 열고 안으로 들어간 뒤 켄투키를 들어 전단지를 떼어내 휴지통에 던져버렸다. 이어 켄투키를 좁은 주방의 조리대 위에 올려놓은 채 서랍과 찬장을 몇차례 여닫았다. 이제 무엇을 해야 하는지 그녀는 잘 알고 있었다. 어떻게 할지를 아직 정하지 못했을 뿐이었다. 대령은 조리대 가장자리에서 이리저리 움직이며 심연을 내려다보고 있었다.

"가만히 있어." 그녀가 소리쳤다.

녀석이 좀처럼 진정하질 못해서 그녀는 큰 냄비를 꺼내 켄투키를 그 안에 집어넣었다. 네가 자초한 일이야. 녀석이 움직일 수 있는 공간은 이제 기껏해야 몇센티미터뿐이었다. 알리나는 까마귀를 옆으로 누인 다음 끈으로 다리 사이를 두르고 여러번 매듭을 지었다. 마치 대형 탐폰을 집어넣은 양 길이 1미터가량 되는 끈 두줄이 켄투키의 바퀴 사이에 늘어져 있었다. 그녀는 스툴을 방 한복판, 천장 선풍기 바로 아래에 갖다놓은 뒤 까마귀를 손에 든 채 그위로 올라갔다. 그러곤 한동안 의자 위에서 이렇게저렇게 몸을 놀린 끝에 마침내 까마귀의 머리가 아래로 오게끔 녀석을 선풍기 몸통에 묶는 데 성공했다. 그녀는 그 모습이 잘 보이도록 뒤로 물러나 사진을 몇장 찍었다. 마치 발이 묶인 채 거꾸로 매달린 닭처럼 보였다. 녀석이 움직이려고 할 때마다 바퀴에 끈이 감기며 양옆으로 심하게 흔들거렸다. 까마귀는 날카로운 비명을 질렀다. 그녀는 두번째 서랍을 열어 가위를 꺼냈다. 아주 크고 잘 드는 가위였다. 알리나는 가위를 여러번 짤까닥거리며 날이 잘 서 있는지 확인했다. 가위를 보자 까마귀는 다시 비명을 지르기 시작했다.

"조용히 해!" 그녀는 고함을 질렀지만, 내심 그가 더 반항하기를 바라고 있었다. 그래야 화려한 피날레를 장식할 수 있을 테니 말이다.

까마귀가 세번째 비명을 지르는 순간, 알리나는 의자를 향해 손을 뻗어 단 두번의 가위질로 그의 날개를 잘랐다.

채팅을 하다보면 가끔 마르빈이 한번도 못 본 사용자들이 나타나는 경우도 있었다. ElgauchoRABIOSO에 따르면 모두 예전에 클럽을 거쳐간 이들로, 해방된 이후에는 각자 자신이 살 곳을 선택해 떠났다고 했다. 예를 들어 그의 친구인 Dein8Öko는 우여곡절 끝에 배를 타고 자기 딸이 살고 있는 스웨덴으로 건너갈 수 있었다. 딸아이는 삼 년 동안이나 아버지와 말 한마디 나누지 않았지만 마당에 켄투키를 둘이나 키우고 있었고, 어느날 비에 흠뻑 젖은 채 자기 집 대문 앞에 서 있는 두더지 인형을 보자 그 자리에서 그를 입양했다.

한번은 마르빈이 전혀 모르는 사용자가 불쑥 대화에 끼어드는 일도 있었다.

Mac.SaPoNJa: 배터리가 오분밖에 안 남았어. 위치 추적기는 개가 물어뜯어버렸고. 도와줘. 지금 프레스테헤이아 거리 2번지 지하에 있는 것 같아.

Z02xxx와 kingkko도 연결되어 있었다. 그들이 에스페르에게 메시지를 보냈는데 도무지 연락이 닿지 않았다. 프레스테헤이아 거리는 그 도시의 반대쪽 끝에 있었지만, 그들은 어떻게든 도와주려고 노력했다. kingkko가 그 주변 지역에 있는 집들의 전화번호를 찾아내 되는대로 전화를 걸었다. "프레스테헤이아 거리에 살고 계세요? 혹시 집에 지하실이 있나요? 거기서 켄투키가 죽어가고 있는 것 같은데, 미안하지만 내려가서 살펴봐주실 수 없을까요?" 하지만 아직 켄투키가 뭔지도 모르는 사람들이 적지 않았다. 그로부터 칠분 후 연락이 두절되었고, 곧 에스페르가 추적기의 단서를 쫓아 켄투키의 위치를 찾아냈지만 프레스테헤이아 거리 2번지가 아니라 어느 생선 가게 트럭 아래서 웅크린 채 발견되었다. 떠돌이 개 한마리가 훔쳐 온 쓰레기봉투 옆에서 Mac.SaPoNJa의 위치 추적기를 질겅질겅 씹고 있었다. 그런 일들은 종종 일어났다. 다른 켄투키들이 죽을 때마다 그들은 마음을 하나로 모으곤 했다. 모두 생각이 많아졌고, 덕분에 마르빈도 이미 너무 지루

해져버린 현실 세계의 유일한 걱정거리, 즉 곧 성적표가 나오면 아버지에게 보여드려야 한다는 사실을 잠시나마 잊을 수 있었다.

Kitty03과 긴 하루를 보낸 어느날 밤 마르빈은 에스페르로부터 이메일을 받았다. 주문한 액세서리 작업이 끝나서 그날 오후에 켄투키의 몸에 부착할 예정이며, 다음 날 마르빈이 안티과에서 일어나면 모든 준비가 되어 있을 거라는 내용이었다.

"나는 눈을 만져볼 거야." 다음 날 그는 학교에 가서 쉬는 시간에 친구들에게 공언했다. "학교 끝나고 집에 돌아가면 혼닝스보그에서는 모든 작업이 끝나 있겠지."

그의 친구들은 더이상 공주의 엉덩이나 두바이에 대해서 입도 뻥긋하지 않았다. 그저 그의 말을 귀담아들으며 부러운 눈길로 쳐다볼 뿐이었다. 두바이의 켄투키를 조종하고 있는 친구는 자기 켄투키와 함께 탈출을 시도했다. '스스로 해방되기'를 원했던 것이다. 친구는 세번이나 달아나려고 했지만 번번이 잡혔고, 두바이에 있는 이들은 거실 주변으로 작은 펜스를 설치해 그가 더는 한발짝도 벗어나지 못하도록 했다.

"계획은 세웠어?" 친구들이 물었다. "무용 연습실에서 눈밭으로는 어떻게 갈 건데?"

그는 자신의 계획을 공책에 꼼꼼히 적어두었다. 적어도

도시 끝자락까지 갈 준비는 완벽하게 되어 있었다.

SnowDragon: 오늘 오후에 세상에 나갈 예정임.
Kitty03: 용감한 자들에게 축복 있기를. :-)

그는 켄투키를 켜자마자 채팅 창에 공지를 올렸다. 그러자 큰 소동이 일어났고, 채팅 그룹 구성원들의 격려와 조언이 잇따랐다. 그 새로운 액세서리가 켄투키의 모습을 얼마나 많이 바꾸어놓았는지 깨달은 건 사물함 칸에서 나와 거울에 자기 모습을 비춰보고 나서였다. 예스페르는 액세서리들이 어떻게 작동하는지 상세하게 설명해주었다. 특히 확장 배터리를 장착했기 때문에 거의 이틀 동안은 마음대로 움직일 수 있을 거라고 했다. 물론 그가 켄투키를 어떻게 사용하는지에 따라 그 시간은 달라질 수 있었다. 예스페르는 그에게 조금 더 다가와 속삭이듯이 말했다.

"이메일 확인해. 방금 보냈으니까."

그가 보낸 건 혼닝스보그의 지도였다. 빨간 점으로 표시된 곳이 일곱군데 있었는데, 그의 설명에 따르면 충전기가 설치된 곳이라고 했다. 마르빈에게는 보물이 묻혀 있는 곳 일곱군데가 표시된 지도나 마찬가지였다. 예스페르는 다른 켄투키들 대부분은 모르는 정보라고 귀띔했다.

이것이 자칫 그들을 위험한 자유로 몰아넣을 수도 있기 때문이었다. 하지만 중요한 임무를 맡은 사람의 경우는 좀 달랐다. 그들이 위험에 처했을 때, 충전기의 위치 정보는 아주 큰 도움이 될 터였다. 마르빈은 웃으며 책상 아래에서 다리를 흔들었다. 에스페르 덕분에 여행이 훨씬 수월해질 것 같았다. 그에게 미소를 보내는 에스페르의 얼굴이 화면에 나타났다.

"이제부터 정신 똑바로 차려, 스노드래건."

그가 마르빈에게 스노휠을 어떻게 작동하는지 보여주었다. 바퀴는 켄투키 키의 3분의 1쯤 될 정도로 높았고, 덕분에 카메라는 훨씬 더 넓은 시야를 확보할 수 있었다. 하루 사이에 키가 훌쩍 커버린 느낌이었다.

Kitty03: 야, 오늘따라 되게 멋져 보이는데.

스노드래건이 출발할 무렵, Z02xxx와 kingkko도 그 주변을 돌아다니고 있었다. Kitty03이 그에게 비닐 커튼 쪽으로 다가오라고 했다. 그러면 셋이서 너를 밖으로 부드럽게 밀어줄게. 네게 행운을 빌어주는 의식이야. 그가 말했다.

에스페르는 거리에서 그를 기다리고 있었다. 그가 데리고 다니는 여자애들 중 하나가 영문도 모르는 채 소년의 왼팔에 매달려 있었다. 예스페르는 켄투키 앞에 무릎을 꿇고 앉았다.

"무슨 일이 생기면 경보 장치를 작동해. 그럼 내가 알아서 조치해줄 테니까." 그는 마르빈에게 양쪽 엄지손가락을 치켜들어 보였다.

스노드래건은 기쁨에 겨워 으르렁 소리를 낸 뒤 비탈길을 내려와 오른쪽으로 돌아갔다.

Kitty03: 우리 모두를 위해 눈을 꼭 만져줘!
Z02xxx: 용자여, 우리가 여기서 함께할게.
kingkko: <3 <3 <3 <3 <3*

눈의 세계로 모험을 떠나기에 앞서, 마르빈은 가전제품 가게 쇼윈도로 향했다. 모든 길에 장애인들을 위한 통로가 설치되어 있어 도로를 건너거나 보도를 오르내리기가 수월했는데도 거기 도착하기까지 꽤나 시간이 걸렸다. 그는 술주정꾼들의 눈에 띄지 않게끔 벽에 붙어서 움직였다. 가게는 쇼윈도 안에서 생각했던 것보다 훨씬 더 작고 음침한 모습이었다. 그가 보낸 꽃다발이 진공청소기 옆 작은 청록색 화병에 꽂혀 있었다. 지금은 시들어 잿빛으

* 인터넷 채팅에서 하트 모양(♡)을 상징하는 기호.

로 변해버렸지만 그래도 얼마나 화려한 꽃다발이었는지는 알 수 있었다. 어쨌든 그가 돌아오기만을 기다리는 듯 가게 여주인이 아직 꽃다발을 버리지 않은 것도 기뻤다. 안티과에 있는 마르빈은 목이 메었다. 혹시 내가 나의 유일한 주인을 버린 건 아닐까?

그는 예스페르가 눈이 있다고 표시해준 항구 쪽으로 내려가기 시작했다. 개 두마리가 킁킁거리며 그를 쫓아왔다. 녀석들은 바퀴를 물려고 으르렁대는가 하면 주둥이로 그를 밀치기도 했다. 그 순간 Mac.SaPoNJa의 일이 떠오르면서 이 모험이 예상보다 빨리 끝나버릴지도 모른다는 생각이 들었다. 다행히 개들은 흥미를 잃었는지 다른 데로 가버렸다. 작은 도시라지만 가로질러 가기가 쉽지 않았고, 마음만큼 빨리 움직일 수도 없었다. 그럼에도, 그는 돈 걱정 없이 켄투키로서 오랫동안 살 수 있을 거라는 생각에 마음이 가벼웠다. 이제 엄마의 계좌에 한푼도 남아 있지 않았는데도 그랬다. 건강을 챙기면서 편하게 먹고 잘 수 있는 안티과에서의 삶과 달리 노르웨이에서는 충전기를 옮겨다니면서 조용하게 하루하루를 보내야 했지만, 신기하게 초콜릿 한조각도, 밤에 덮을 담요도 전혀 그립지 않았다. 살기 위해 아무것도 필요로 하지 않는다는 것만으로도 왠지 초인이 된 기분이었다. 마침내 눈을 찾게 된다면, 추위도 전혀 느끼지 않고 평생 그 속에 파묻혀 살 수 있을 것만 같았다.

어느 순간 그는 몸의 균형을 잃고 해변으로 이어지는 자갈밭을 구르다 몇미터 아래에서 간신히 멈추었다. 켄투키는 자갈 사이에 몸이 낀 채 드러누워 있었다. 바퀴가 크기는 해도 똑바로 일어나기에는 무리인 듯했다. 바로 그 때, 등 뒤에서 발소리가 들렸다. 어떤 남자가 걸어가고 있었다. 그가 용처럼 포효하자 남자는 그를 보고 가까이 다가왔다. 그러곤 그를 들어올려 한동안 살펴보더니 바퀴를 이리저리 굴리고 호두 상자라도 되는 양 몸을 흔들어보기도 했다. 바퀴에 아직 가전제품 가게의 꼬리표가 붙어 있을까? 남자는 마침내 싫증이 났는지 그를 바닥에 내려놓았다. 다시 그에게 잡힐까봐 겁이 나서 마르빈은 재빨리 달아나기 시작했다. 하지만 남자는 한동안 그 자리에서 꼼짝도 않은 채, 멀어져가는 그를 신기한 듯이 바라볼 뿐이었다.

마르빈은 언제나 자기 용에게 가장 큰 위협은 인간이라고 생각했다. 구덩이나 돌멩이, 얼음 같은 것이 발목을 잡으리라고는 상상도 못했다. 그러니 그가 트럭 아래 끼어 옴짝달싹하지 못하게 된 것도 그리 놀랄 일은 아닌 셈이다. 새 바퀴를 달아놓은 탓에 마르빈으로서는 용 켄투키의 키를 가늠하기가 여간 어렵지 않았다. 자정 무렵, 혼닝스보그를 가로질러 도로를 벗어나 눈이 있는 곳으로 올라가던 그는 조급한 마음에 지름길을 택했다가 그만 바닥과 트럭의 휘발유 탱크 사이에 머리가 끼고 말았다.

Kitty03: 스노드래건, 잘되고 있어?

너무 당혹스러운 상황이라 답장을 할 여유가 없었다. 클럽에서 나온 이후로 한번도 채팅에 참여하지 않은 터였다. 다른 이들의 대화를 재미있게 읽기는 했지만, 메시지를 보내지는 않았다. 채팅 창에 자신의 이름이 한두번 언급된 것을 보았는데, 그의 안부를 묻는 내용이었다. Kitty03과 Z02xxx가 자신을 염려해주는 것을 보고 기쁘기도 했다. 좋은 일이 생기면 곧장 전할 생각이었다.

하지만 지금은 옴짝달싹 못하는 신세였다. 빠져나오려고 갖은 애를 다 써봤지만, 망할 놈의 기름 탱크에 머리가 달라붙은 것 같았다. 하필 그 순간 아버지가 저녁 먹으러 내려오라고 소리를 지르기 시작했다. 배터리가 소진되지 않기를 기도하며 운명에 맡기는 수밖에 없었다.

그다음 날, 태블릿 컴퓨터를 켜자마자 그는 트럭이 사라졌다는 것을 알아차렸다. 누군가가 차를 생선가게 뒷문 쪽으로 옮겨놓은 듯했다. 사람들이 제때 그를 발견했던 것일까? 아니면 트럭이 움직이는 순간 켄투키가 빠지며 그쪽으로 굴러갔던 걸까? 몸이 많이 긁히지는 않았을까? 천만다행히 켄투기는 정상적으로 작동했다. 문제는 배터리였다. 이제 4퍼센트 정도밖에 남아 있지 않았다. 그는 에스페르가 보내준 지도를 살펴보았다. 거기서 두 블록 떨어진 곳에 충전기가 있었다. 그는 곧장 그곳으로 향했다. 지도에 따르면 그 근처에는 주유소가 한곳뿐이었고, 다행히 거기서 멀지 않았다. 그는 에너지를 효율적으로 쓰는 데 집중하면서 거리를 가로질러 갔다. 주유소 뒤편 작은 공터 너머에 서로 다른 색깔로 된 일곱개의 쓰레기통이 나란히 놓여 있고, 그 뒤에는 장작을 보관하는 헛간이 숨겨져 있었다. 어떤 이가 그곳에 톱으로 작은 구멍을 내놓았다. 안은 비어 있었는데, 천장 삼아 덮어놓은 나무판자 사이로 빛이 새어들었다. 자세히 살피니 한쪽 구석에 놓인 충전기가 보였다. 충전기는 지저분하고 젖어 있었다. 배터리는 이제 2퍼센트밖에 남아 있지 않았다. 그는 서두르지 않고 충전기로 다가갔다. 만약 어떤 이유로든 충전기가 작동하지 않는다면 그도 끝장난 것이나 다름없었다. 경보 장치를 작동한다고 해도 에스페르가 제때 도착하기는 힘들 것 같았다. 어쨌든 그는 충전기 위로 올라갔다. 그의 제어프로그램에 배터리 상태 표시등이 빨간색에서 노란색으로 바뀌었다. 충전 중이라는 뜻이었다. 맞은편 나무판자에 스프레이 페인트로 써놓은 글귀가 보였다. "마음껏 숨 쉬라. 여기는 해방 구역이다." 그는 모처럼 깊이 숨을 들이마셨다. 우선은 켄투키를 밤새 안전한 장소에 두는 것이 좋을 듯했다. 다음 날 완전히 충전된 다음에 눈으로 덮인 곳을 향해 출발해도 늦지 않을 터였다. 그는 마침내 아버지의 의자에 편하게 몸을 기댔다. 아직도 가방을 등에 메고 있다는 사실을 그제야 알아차렸다.

에바는 요가 수업을 듣고 있었다. 한동안은 그녀가 대체 뭘 하는 건지 짐작하기 어려웠지만 이제는 분명하게 알 수 있었다. 며칠 전부터 클라우스는 그녀의 수업이 끝날 때까지 맥주를 마시면서 축구 경기를 보았다. 에밀리아는 그녀가 자신의 근황에 대해 조금이라도 알려주었으면 했다. 하지만 클라우스가 집 안을 돌아다니면서부터 에바는 더이상 의자 다리에 쪽지를 붙여놓지 않았고, 그러다보니 둘 사이의 소통은 전처럼 원활하지 못했다.

가끔 단둘이 있을 때도 에바는 거울 앞에서 요가 연습만 했다.

《나 잘하고 있니? 우리 강아지, 나 어때?》 그녀는 이렇게 묻곤 했다.

그녀는 정말 근사해 보였다. 에밀리아가 신이 나서 소리를 지르면 에바도 조용히 웃어주었다. 한번은 에밀리아가 그녀의 왼쪽 발꿈치로 다가가, 에바가 발을 어깨 높이로 들어야 한다는 사실을 이해할 때까지 몸을 부딪치기도 했다. 에밀리아는 요가를 해본 적이 없지만 젊은 시절 삼년쯤 리듬체조를 했던 터라 운동신경이 어느정도 발달되어 있었고, 어떤 운동에도 쉽게 그 원리를 적용할 수 있었다.

켄투키를 켰을 때 에바의 아파트에 클라우스만 있는 경우도 적지 않았다. 아니, 거의 두번에 한번은 그랬다. 화면에 독일 남자가 나타나면 그녀는 움직이거나 소리를 내지 않도록 각별히 조심하며 자는 척 그의 행동을 주시했다. 눈만 뜨고 있을 뿐 조금도 움직이지 않았다. 그가 궁금한 듯 화면을 들여다보아도 절대 응답하지 않았다. 켄투키의 작동 원리에 대해 이 남자는 얼마나 알고 있을까? 하는 짓으로 봐서는 사용 설명서 따윈 평생 한번도 읽어본 적이 없는 것 같았다.

클라우스는 여전히 에바의 지갑을 열어보았고, 텔레비전 앞에 퍼질러앉아 성기를 긁적이면서 전화로 누군가와 음란한 대화를 나누곤 했다. 정말 역겹기 짝이 없는 장면이었다. 그런 모습에 진절머리가 나면 에밀리아는 자리에서 일어나 집안일을 하러 갔지만, 그러면서도 이따금씩 복도 쪽으로 시선을 돌려 에르푸르트에서 무슨 일이 일어나는지 살펴보았다.

저런 남자를 그냥 내버려두는 건 너무 무책임한 일 아닐까? 저 여자아이는 조만간 곤경에 처하게 될 터였고, 그런 상황에서 문제의 원인을 지적할 수 있는 이는 에밀리아밖에 없었다. 그녀는 고민 끝에 글로리아와 의논했다. 이야기를 들은 글로리아는 그녀에게 휴대용 소형 카메라를 주면서 사용법을 알려주었다. 이것이 에밀리아의 불안을 어느정도 잠재웠다. 에르푸르트에서 어떤 일이 일어나는지 매일 영상으로 확인하다가, 혹시 정말로 무슨 일이라도 생기면 카메라로 그 장면을 녹화해 즉시 경찰에 신고할 생각이었다.

가끔 저장이 잘되는지 확인할 겸, 그리고 때가 왔을 때 어떤 내용을 경찰에 신고할지 미리 염두에 둘 겸 해서 그녀는 카메라로 녹화한 영상들을 되는대로 훑어보곤 했다. 어느날, 그렇게 영상을 다시 살펴보고 있는데 글로리아가 전화를 걸어 집에 잠깐 들르겠다고 했다. 갑작스러운 연락에 그녀는 잠시 당황했다. 친구가 도착하기 전에 서둘러 집 안을 치우고 정리하려는데, 문득 클라우스가 떠오르면서 자신의 작은 에르푸르트를 결국 누군가에게 보여줘야겠다는 생각이 들었다. 마침내 마음을 먹은 그녀는 분주하게 거실과 주방 바닥을 쓸기 시작했다. 이어 방을 한번 훑어보고 컴퓨터 앞을 지나치며 에바의 아파트를 곁눈질로 살핀 뒤 화장실로 가서 거울을 닦고 있는데, 문득 방금 본 장면이 머릿속에 떠올랐다. 그녀는 행주를 개수대에 놓고 고무장갑을 벗은 다음 무슨 일이 벌어지고 있는지 확인하기 위해 컴퓨터로 돌아갔다. 강아지 방석에서 바라본 영상에는 텔레비전 앞에 앉아 맥주를 마시는 클라우스의 모습이 있었다. 그런데 독일 남자의 빨간색 셔츠가 그녀의 시선을 사로잡았다. 셔츠에는 "클라우스 베르거"라는 이름과 함께 등번호 4번이 달려 있었다. 에밀리아는 등나무 의자를 끌어다 책상 앞에 앉아서 번호 아래 적힌 "로트바이스 에르푸르트"를 구글에 검색했다. 예상대로 그것은 축구 클럽 이름이었다. 웹 사이트에 올라온 선수 명단에는 클라우스 베르거의 이름과 사진도 포함되어 있었다. 사진 속의 남자는 그녀의 컴퓨터 화면 너머 소파에 늘어져 있는 남자보다 훨씬 더 프로페셔널하고 매력적으로 보였지만, 에밀리아는 속지 않았다. 두 남자가 동일인물이라는 것은 의심할 여지가 없었다. 내친김에 구글로 그의 이름을 검색해보니 여러 소셜 미디어 사이트에서 그를 찾을 수 있었다. 인터넷에 올라와 있는 클라우스의 사진들은 거의 비슷비슷했다. 축구공을 들고 있거나 젊은 여자의 허리에 팔을 두른 사진, 아니면 두 손으로 다른 선수들의 어깨를 감싸고 있는 사진이 대부분이었다. 하지만 실망스럽게도 에바의 얼굴은 그 어디에도 나오지 않았다.

그녀에게 연락을 하거나 이메일을 써볼까? 확신이 서질 않았다. 연락을 한들 무슨 말을 한단 말인가? "좀 따뜻하게 입고 다녀" "더 잘 먹어야지" 아니면 "더 좋은 남자를 찾는 게 어때"라고 잔소리나 하려고?

클라우스의 모든 연락처는 웹 사이트에 상세히 기재되어 있었다. 그의 전화번호를 확인한 에밀리아는 다음에 할 일이 무엇인지 깨달았다. 일이 커질 때까지 앉아서 기다리는 것은 그녀의 스타일이 아니었다. 아들에게도 절대 팔짱 끼고 방관만 해서는 안된다고 가르치지 않았는가. 그녀는 휴대전화를 들어 클라우스의 번호를 입력한 뒤 문자메시지를 썼다.

"난 네가 에바의 지갑에서 돈을 빼 간다는 것을 알고 있다." 그녀는 스페인어로 메시지를 썼다.

발송 버튼을 누른 순간 아차 싶었지만, 이미 때는 늦었다. 메시지가 도착하는 즉시 클라우스도 그녀의 전화번호를 알게 될 터였다. 문득 켄투키를 키우는 것은 생판 모르는 사람한테 대문을 열어주는 격이라고 거듭 주장하던 이네스가 떠올랐다. 실제로 켄투키가 얼마나 위험할 수 있는지 에밀리아는 처음으로 깨달았다. 그때 새로운 메시지가 도착했다는 알림음이 울렸고, 에밀리아는 등골이 오싹해져 벌떡 일어났다. 정말 저 덩치 큰 독일 남자로부터 답장이 온 걸까? 이유는 잘 모르겠지만 갑자기 남편 생각이

났다. 그녀는 떨리는 마음을 가라앉히며 휴대전화로 손을 뻗었다. 화면에 다음과 같은 메시지가 떠 있었다.

“난 끝내주는 섹스의 대가로 그녀한테서 매주 50씩 받는 거라고. 너도 우리랑 같이 할래?”

영어로 된 메시지였지만 그녀는 내용을 이해할 수 있었다. 몇초 동안 숨이 쉬어지질 않았다. 잠시 후, 손에 들고 있는 전화에서 벨이 울렸다. 클라우스의 번호였다. 지금 전화를 받지 않으면 음성 사서함으로 넘어가고, 자신의 녹음된 목소리가 나올 터였다. 사과의 말과 더불어 곧 연락하겠다고 약속하는 페루 여인의 스페인어를 클라우스가 듣게 되는 것이다. 그녀는 컴퓨터 화면을 쳐다보기가 두려웠다. 자리에 앉아 내내 부들부들 떨며 안경도 쓰지 않은 채 그의 메시지를 읽고 또 읽으려 애쓰는 사이, 클라우스가 켄투키를 강아지 방석에서 꺼내 싱크대 수도꼭지 밑으로 밀어넣으며 낄낄대고 있으면, 혹은 벌써 창밖으로 내던져버렸으면 어쩌지? 어쩌면 나도 모르는 사이에 이미 죽어버린 게 아닐까? 그녀는 휴대전화를 책상에 놓고 용기를 내 화면을 향해 고개를 돌렸다. 다행히 화면에서는 조금 전과 똑같은 영상이 나오고 있었다. 그녀는 클라우스가 근처에 없는 것이 확실해질 때까지 기다렸다. 우선은 마음을 차분히 가라앉혀야 했다. 에밀리아는 깊이 호흡을 가다듬었다. 텔레비전 소리는 더이상 들리지 않았고, 아파트 안은 깊은 정적에 휩싸여 있었다. 어쩌면 클라우스는 애당초 그녀에게 앙갚음을 할 사람이 못되는 겁쟁이인지도 몰랐다. 그녀에게 해코지를 해봐야 에바와의 사이만 틀어질 뿐 아니겠는가. 현재 위치에서는 거실과 주방이 전부 보이지 않았지만, 어쨌든 거기에는 아무도 없는 듯했다. 클라우스가 늘 들고 다니다가 집에 들어오면 문간에 놓아두곤 하는 가방도 보이지 않았다. 그녀는 안도의 한숨을 내쉬었다. 바로 그 순간, 이상한 것이 눈에 띄었다. 거실 거울에, 그것도 켄투키가 썼다고 해도 믿을 만큼 아래쪽에 — 물론 어떤 켄투키도 거울에 글을 쓸 수는 없지만 — 에바의 립스틱으로 "걸레"라는 글자가 쓰여 있었다. 아주 조악한 필체였다. 에바가 영어로 된 저 단어를 알까? 에바가 집에 도착하려면 아직 이십분이나 남아 있었고, 마음 같아서는 당장 켄투키를 일으켜 그 낙서를 지우고 싶었지만, 그건 애초부터 불가능한 일이었다.

마침내 에바가 집에 돌아왔다. 핸드백을 탁자 위에 놓고 돌아서는 순간, 뚜껑이 벗겨지고 뭉개진 채 바닥에 나뒹구는 립스틱에 그녀의 시선이 꽂혔다.

《여기서 무슨 일 있었어?》 그녀가 물었다.

짐짓 엄격한 목소리였다. 에바는 강아지 방석으로 다가오다가 거울에 쓰인 메시지를 발견했다. 정말로 강아지 방석에 누워 있는 켄투키가 그런 짓을 할 수 있으리라 생각하는 건 아니겠지? 에밀리아는 당장이라도 소리치고 싶었다. "내가 그런 거 아니에요! 저 남자를 당장 집에서 내쫓아버려요!"

《누가 이랬어?》

에밀리아는 바퀴를 움직였다. 만약 에바가 방석에서 자기를 꺼내주기만 하면, 그래서 자유롭게 움직이게만 된다면 모든 걸 분명하게 밝힐 방법을 찾을 수 있을 것 같았다. 하지만 에바는 몹시 화가 난 듯 벌게진 얼굴로 세제를 가져다 거울을 닦고는 립스틱을 쓰레기통에 던져버렸다. 그런 다음 텔레비전 앞에 클라우스와 비슷한 자세로 앉았는데, 에밀리아에게는 그 모습이 일종의 도발로 느껴졌다. 에바는 소파 옆에 있던 맥주를 집어들더니, 탐탁잖은 눈길로 그녀를 바라보며 그것을 마셨다. 그리고 잠시 후, 자리에서 일어나 곧장 다가와서는 켄투키를 들고 화장실로 갔다. 이게 대체 무슨 일이람? 그동안은 에바의 화장실을 한번도 본 적이 없었다. 두려움과 흥분이 뒤섞인 가운데, 리마에 있는 그녀는 당황하여 어쩔 줄 몰랐다. 에바는 그녀를 욕조에 집어넣고 마지막으로 화를 내더니 불을 끄고 문을 거칠게 닫으며 나가버렸다.

에밀리아는 어두워진 화면 앞에서 꼼짝도 없이 앉아 있었다. 혼자 힘으로 화장실에서 나가기도 쉽지 않을 듯했지만, 방금 눈앞에서 벌어진 일을 받아들이기가 그 무엇보다 힘들었다. 몇분 동안 골똘히 생각에 잠겨 있던 그녀는 현관 벨이 울리는 소리에 깜짝 놀라 자리에서 벌떡 일어났다.

조금 지나서야 글로리아가 찾아오기로 했다는 것이 떠올랐다. 그녀는 머리를 매만지고 식당을 가로질러 갔다. 미처 집 정리도 마치지 못한 상태였지만 그건 사소한 문제에 불과했다. 다시 벨소리가 나면서 글로리아가 그녀의 이름을 부르며 문을 두드리기 시작했다. 에밀리아가 문을 열자마자 글로리아는 상자를 들고 안으로 들어왔다. 그러곤 곧장 식당으로 가 상자를 식탁 위에 올려놓았다.

"열어봐." 글로리아가 엉큼한 미소를 흘리며 말했다. 에밀리아는 왠지 찝찝한 기분이 들었다.

두 사람은 잠시 자리에 선 채 상자를 바라보았다.

"자, 어서 열어보라니까." 글로리아가 선물 포장지의 모퉁이를 조금 뜯었다.

에밀리아는 그것이 켄투키 상자임을 금세 알아차렸다. 상자는 이미 개봉된 상태였고 때도 조금 묻어 있었다. 글로리아가 거기서 충전기와 케이블과 설명서, 그리고 마지막으로 행주로 둘둘 말아놓은 켄투키를 꺼냈다. 그녀는 신줏단지 모시듯이 조심스럽게 그것을 에밀리아에게 건네주었다.

"선물이야." 글로리아가 말했다. "그러니까 나한테 다시 돌려줄 필요 없어."

문득 화를 내며 립스틱을 휴지통에 내버리던 에바와 클라우스의 모습이 떠올랐다. 혼자서 감당하기에는 너무 벅찬 상황이었다. 둘둘 말려 있던 행주를 펼친 순간 에밀리아는 깜짝 놀랐다. 글로리아가 선물한 켄투키는 에르푸르트에 있는 그녀와 똑같은 토끼였다. 그때 화장실에 아주 튼튼한 머리끈이 있다는 것이 떠올랐다. 그걸로 토끼의 귀를 묶으면 마치 자기 자신이 집을 돌아다니는 듯한 기분이 들 것 같았다. 에밀리아는 조용히 미소 지었다. 친구 앞에서 호들갑을 떨고 싶지는 않았지만 흐뭇한 표정을 감출 수가 없었다. 글로리아는 이미 신이 나서 박수를 치고 있었다.

"둘이 잘 어울릴 줄 알았어." 그녀가 말했다.

에밀리아는 토끼를 식탁에 올려놓았다. 이렇게 귀여운 것을 어떻게 버릴 수 있는지, 그녀는 도무지 이해가 되지 않았다. 정말 예쁘고 순해 보이는 토끼였다. 토끼는 눈을 감고 있었다. 저렇게 눈을 감고 있는 누군가를 본 게 대체 얼마 만일까? 아마 몇년은 되지 않았을까? 엄마를 만나러 홍콩에서 온 아들이 텔레비전을 보다 잠이 들어버렸을 때가 마지막이었던 것 같았다.

"지금 쉬고 있는 모양이야. 하지만 충전은 다 되어 있지." 글로리아가 충전기 케이블을 거실 문 옆 콘센트에 연결하면서 말했다. "그럼 우린 차라도 마실까?"

글로리아가 떠난 뒤, 에밀리아는 찻잔을 치우고 잠옷으로 갈아입었다. 토끼가 여전히 움직이지 않기에 에밀리아는 토끼를 거실 충전기 위에 올려두고 잠자리에 들었다. 자정 무렵 그녀는 깜짝 놀라 잠에서 깼다. 무슨 꿈이지? 정확한 내용은 기억나지 않지만 클라우스가 꿈에 나타났던 건 틀림없었다. 악몽이었다. 그녀는 불을 켜고 거실로 나갔다. 켄투키는 자러 가기 전에 놓아둔 모습 그대로 충전기 위에서 눈을 감고 있었다.

잠이 다 달아나버린 터라 그녀는 등나무 의자로 가서 컴퓨터를 켰다. 그 시간에 에르푸르트의 켄투키를 깨우는 건 처음이었다. 그녀는 시계를 보았다. 페루 시간으로 3시 10분이니까 독일은 오전 7시 10분이었다.* 켄투키는 식탁 위에 있었다. 그동안은 한번도 가본 적 없는 장소라 그녀는 이제 아파트를 완전히 새로운 각도에서 볼 수 있었다. 이어 화면의 충전 상태 표시를 본 그녀는 정황을 깨달았다. 에바가 그녀를 용서해준 것이다. 그녀가 리마에서 곤히 잠들어 있는 동안, 에바는 켄투키를 화장실 욕조에서 꺼내—아들이 매일 밤 그렇게 해야 된다고 잔소리한 대

* 페루와 독일은 여섯시간의 시차가 나므로 독일의 시간은 9시 10분(서머타임 때라면 8시 10분)이어야 한다. 작가의 착각으로 보인다.

로 — 충전기 위에 올려놓았다. 아파트는 이미 환하게 밝혀져 있어서 굳이 충전기에서 내려오지 않아도 냉장고 문에 붙어 있는 사진을 볼 수 있었다. 클라우스의 사진은 이제 한장도 없었다. 대신 놀랍게도 에바와 그녀, 즉 토끼가 나란히 찍힌 사진이 냉장고 한복판 달력 아래에 붙어 있었다. 사진 속의 그녀는 소파에 앉아 — 클라우스가 위에서 찍어준 모양이었다 — 토끼를 강아지처럼 꼭 끌어안은 채 입술을 오므려 키스 세례를 퍼붓고 있었다. 에밀리아는 눈을 감고 달콤한 잠에 빠져 있는 자신의 모습을 물끄러미 바라보았다. 그 사진이 그녀에게 가슴 뭉클한 감동을 안겨주었다. 그녀는 휴대전화로 화면을 찍었다. 다음 날 사진을 인화해 냉장고 문에 붙여둘 생각이었다. 이왕이면 에바처럼, 배달 광고 자석들로부터 저만치 떨어진 냉장고 문 한가운데 붙여놓고 지나다닐 때마다 들여다봐야지.

어두운 밤이었다. 그는 하늘을 향해 치켜든 군중의 손을 보았다. 그가 공중에서 돌다가 아래로 떨어지면 그들은 다시 그를 높이 던졌다. 저 먼 지평선에서 대도시의 이빨이 날카롭게 번쩍였고, 그의 앞에는 무대가 시시각각으로 나타났다가 사라졌다. 음악 소리가 울려퍼지면서 그를 에워쌌다. 큰 드럼이 울릴 때마다 청중의 몸이 부르르 떨렸다. 트럼펫 연주자와 베이스 주자도 보였다. 조명과 카메라가 운동장 끝에서 끝으로 날아다니면서 연주자들 사이를 부지런히 돌아다니고 있었다. 누군가가 무어라고 소리 높여 외치자, 수천명이 열광하며 일제히 화답했다. 그들은 다시 그를 공중에 내던졌다. 그가 떨어지면 다시 붙잡아 위로 던져올렸다. 하늘에 남아 있는 짙푸른 어둠이 가끔 눈에 들어왔다가, 곧 무수히 많은 손과 머리의 바다가, 그리고 잠시 후에는 여태 본 적도 없고 앞으로도 볼 일이 없을, 그러나 부딪치기 직전까지 그를 기다리고 있던 이들의 얼굴이 보였다. 모든 게 그가 여태 꿈꾸어왔던 이상이었다. 손가락 끝마다 피가 끓어오르는 느낌. 자신이 실제로 존재하지 않는 장소인데도 그랬다. 낯선 얼굴들이 번갈아 자기를 기다리다 다시 헹가래를 쳐주는 이곳에서 영원히 살고 싶었다. 천지를 뒤흔들며 연거푸 터져나오는 함성과 힘차고도 매끄럽게 흘러나오는 목소리. 그뿐이면 되었다. 계속 되풀이해서 나타나는 그 얼굴, 황홀한 표정으로 그를 붙잡아 다시 높이 던지는 어느 여자아이의 커다랗고 흥분으로 들뜬 눈동자. 공중에서 빙글빙글 도는 와중에도, 그는 거기 모인 군중이 가끔씩 주변으로 흩어진다는 것을, 만일 그를 잡아줄 사람이 없으면 모든 게 끝장이라는 것을 의식하고 있었다. 그들은 땅 위에, 혹은 가끔 하늘에 걸려 있는 땅에 있었다. 반면 그는 허공에 뜬 채 두 세계 사이를 오가며, 언젠가 자신을 구원해줄 또다른 삶을 위해 기도했다.

그가 바닥에 떨어진 순간, 음악 소리가 사라지고 화면은 몇초 동안 깜박거리다가 결국 꺼지고 말았다. 이스마엘은 의자에 털썩 주저앉았다. 그는 눈을 뜬 채 잠시 기다렸다. 요란하던 소리가 한순간에 사라져버리자 정신을 차릴 수가 없었다. 난민 캠프의 사이렌 소리도 잦아든 뒤였다. 폭발음도 더이상 들리지 않았다. 총성도 이미 멈추었다. 의무반 막사의 불이 다시 켜졌다. 조금 있으면 교대 근무자들이 올 것이고, 그러면 그들에게 임시 사무실을 비워줘야 한다. 허름한 판잣집 위로, 개울 건너편으로, 수백 개에 이르는 하얀색 천막 사이로, 언덕과 시에라리온의 어두운 밤 위로, 수상쩍은 정적이 짙게 드리웠다. 그의 거친 손은 여전히 마우스 위에서 떨리고 있었다.

아주 화창한 날이었다. 일기예보에서도 일주일 내내 맑은 날씨가 계속된다고 했다. 엔초는 이미 가방과 1인용 텐트 그리고 낚싯대를 준비해두었다. 이제 루카의 아침식사만 챙겨주면 되었다. 아이는 엄마와 함께 해변에서 지낼 앞으로의 며칠을 생각하는지 졸린 눈으로 초콜릿 우유를 바라보고 있었다. 엔초는 9시에 움베르티데 출구 방면 로터리 앞에서 카를로와 만나기로 했다. 그는 켄투키를 데려갈 생각이었다. 물론 카를로가 못마땅해하리라는 건 알지만—낚시를 가자는 카를로의 제안에는 엔초를 집 밖으로 데리고 나오려는 것 말고도 켄투키에게서 떼어낼 속셈이 있었으니까—그에게도 계획이 있었다. 그는 주말 내내 오로지 그 생각만 했다. 저 두더지—엔초가 대체 어떤 일로 그의 마음에 상처를 주었는지, 아니면 화나게 만들었는지는 모르겠지만, 저 가엾은 영혼은 그와 일절 말을 섞으려 하질 않았다—도 유유하게 흐르는 테베레의 초록색 강물을 보면, 그리고 엔초와 카를로가 오랫동안 재미나게 나누는 이야기를 들으면, 엔초가 그의 친구들에게 어떤 사람인지, 또 두 사람이 서로 어떤 관계인지 조금씩 알아가면 마음이 점차 누그러지지 않을까? 엔초는 강박관념에 사로잡혀 있었고, 그 점에 대해 스스로도 잘 알고 있었다. 그리고 그걸 안다는 사실은 현 상황을 벗어나는 것이 결코 불가능하지 않다는 명백한 증거였다. 서로 완전히 다른 세계에 살고 있기에 두 사람 사이에 공유하고 배울 만한 점이 많으리라는 것이 엔초의 생각이었다. 무엇보다 그에게는 그런 친구가 필요했다. 둘 모두를 위해서 말이다. 언젠가는 반드시 그런 친구를 얻게 될 터였다.

그는 커피를 내리고 토스트를 구웠다. 두더지는 어수선한 분위기에 경계심을 느꼈는지 가방 사이를 이리저리 돌아다녔다.

아침식사를 하는 동안, 엔초는 자신의 계획을 설명하고는 단도직입적으로 잘라 말했다.

"미스터, 당신은 나하고 같이 갈 겁니다."

켄투키가 불안해하리라는 것은 엔초도 충분히 예상한

바였다. 사실 켄투키는 그렇게 오랫동안 집 밖에 있어본 적도 없었을뿐더러, 무엇보다 — 그가 불안해한다면 아마 이 점 때문일 텐데 — 그토록 오랜 시간 동안 아이와 떨어져본 적이 없었기 때문이다. 켄투키는 움직이지 않았다. 루카의 의자 옆에서 미동도 없이 서 있을 뿐, 울음소리를 내지도, 의자 다리에 몸을 부딪치지도 않았다. 아버지와 아들은 당혹감을 느끼며 그를 향해 몸을 숙였다. 무언가 이상이라도 생긴 건가? 이때 밖에서 누리아의 경적 소리가 울려 루카가 깜짝 놀라 벌떡 일어났다. 아이는 곧장 외투를 입고 아버지에게 인사했다. 그러곤 가방을 멘 다음, 다시 인사를 건네고 나갔다. 켄투키는 몇미터 앞에서 여전히 그를 빤히 쳐다보고 있었다. 엔초가 음식을 입에 넣으려는 순간, 또 한번 경적이 울렸다. 무슨 일이지? 곧이어 자동차 문이 닫히는 소리가 났다. 루카가 다시 들어오고 있었다. 유리문 커튼 사이로 잠깐 모습이 비치는가 싶더니 곧 아이가 자기 열쇠로 문을 열었다. 엔진이 꺼지고 운전석의 문이 쾅 닫히는 소리가 들렸다. 전처도 차에서 내린 걸까?

"아빠." 집 안으로 들어온 루카는 미안해하는 기색이 역력했다.

"어떻게 그럴 수가 있어?" 누리아가 아이를 뒤따라 들어오면서 말했다. "아이가 주말 내내 거기 있어야 하는데 가방에 점퍼도 넣지 않고 말이야."

하지만 누리아는 점퍼를 찾으러 온 게 아니었다. 그건 분명했다. 그녀는 우선 가구 다리 주변과 의자와 식탁 아래 바닥을 쭉 훑어보더니, 굳은 미소를 지으며 집 안을 샅샅이 살피기 시작했다. 엔초는 그 미소의 의미를 잘 알고 있었다. 그건 그녀가 가장 어설프면서도 무덤덤하게 본심을 숨기는 방법이었다.

"여기 있어요." 루카가 점퍼를 들어올렸다.

하지만 전처는 이미 켄투키를 찾아낸 뒤였다.

"이제 가요." 루카가 엄마의 팔을 붙잡아 끌면서 말했다.

엔초는 아이가 자기를 위해 거짓말을 했다는 것을 깨달았다. 그녀는 분명 켄투키가 아직 집에 있는지 물어봤을 것이고, 아이는 자기 아버지를 위해, 자기 아버지와 '그 인형' 사이의 끈끈한 우정을 위해 거짓말을 한 것이다. 그때 전화벨이 울렸다. 하지만 벨은 세번 울리다 끊겼다. 켄투키를 두고 한마디 하려고 엔초에게 다가서던 누리아가 갑자기 걸음을 멈추었다.

"여기도 그래?" 그녀가 물었다.

"뭐가?" 엔초는 전처가 무슨 말을 하려는지 뻔히 알았지만 모르는 척 되물었다.

루카가 엔초를 쳐다보았다. 아이의 동그스름한 얼굴은 이제 백지장처럼 창백했다. 다시 전화벨이 세번 울리다 끊겼다. 루카가 아는 한 그런 일은 처음이었다. 아이의 얼굴을 보자 불안한 마음이 들었다. 이윽고 또다시 전화벨이 울리자 아이는 흠칫 놀라며 가방을 바닥에 떨어뜨렸다. 누리아가 전화기 쪽으로 달려가 수화기를 들었다.

"여보세요?" 그녀가 말했다. "누구세요? 제기랄, 전화를 걸었으면 말을 하라고요."

그녀는 루카를 돌아보며 전화를 끊었다. 엔초는 혼란을 틈타 켄투키가 어디론가 사라졌음을 알아차렸다. 아마 소파 밑 자기 굴에 숨어 있으리라.

"우리 집에서도 이런다고. 전화를 해놓고 아무 말도 안 한다니까." 그녀가 말했다. 전화 때문에 켄투키는 까맣게 잊은 듯했다. "아무튼 내가 받으면 저렇게 아무 말도 안하고 끊어버려." 그러면서 그녀는 고개를 푹 숙인 채 바닥만 보고 있는 아들을 힐끗 쳐다보았다.

누리아는 루카의 가방을 들고 아이의 손목을 잡아끌었다.

"자, 가자."

엔초는 문으로 다가가는 그들을 따라갔다. 그녀는 문을 열고 루카를 차 쪽으로 밀치더니, 화난 표정으로 엔초를 돌아보고는 언성을 죽인 채 말했다.

"조만간 변호사 선임할 테니까 그리 알고 있어." 그녀가 말을 이었다. "우선 루카를 당신한테서 떼어놓아야겠어.

그다음엔 그놈의 인형을 당신의 그 잘난 온상에 쑤셔박아 줄 거야."

차가 출발하자 엔초는 손을 흔들어 인사를 보냈지만 누구도 손을 되흔들어주지 않았다.

그는 다시 거실로 돌아와 잠시 기다렸다. 하지만 켄투키는 어디에도 보이지 않았다. 더이상 그를 찾고 싶지 않았다. 군색하고 모욕적인 역할도 이제는 진절머리가 났다. 화가 머리끝까지 치솟아 움직이기는커녕 숨도 제대로 쉴 수 없을 지경이었다.

"당장 전화하라고요!" 그는 거실 한가운데 선 채 소리를 질렀다. "빌어먹을 저 전화기에서 벨소리가 나게 하란 말이야!"

대체 무슨 일일까? 아들과 켄투키 사이에 무슨 일이라도 있었던 걸까? 그는 어떻게 하면 켄투키를 박살 내고 갈기갈기 찢어버릴 수 있을지 생각했다. 방법은 무수히 많았다. 그렇지만 결국은 몇걸음 뒤로 물러나 가방과 외투를 집어들고 밖으로 나섰다. 그러곤 뒤돌아 문 앞에 선 채, 나무와 문구멍과 낡은 노커를 차례로 응시했다. 잠시 후 유리문 너머로 켄투키의 모습이 보였다. 켄투키는 유리창과 커튼 사이에 꼼짝 않고 선 채 그를 지켜보고 있었다.

태블릿 컴퓨터는 주중에 이미 다 써버렸다. 그리고르는 니콜리나를 혼자 남겨두고 다시 자그레브 시내로 나갔다. 일리차 거리에 그가 아직 한번도 들르지 않은 상점도 이젠 몇군데 남지 않았다. 그는 그중 한곳으로 들어가 태블릿 두대를, 그리고 그 맞은편에 있는 작은 휴대전화 가게에서 세대를 샀다. 한참 동안 앉지도 못했다는 생각이 들어 그는 트칼치체바 거리의 양지바른 카페로 달려가 의자에 털썩 주저앉았다. 오래간만에 도시에 돌아온 듯 서먹한 기분이 들었다. 그는 거기서 점심을 먹기로 했다. 길 건너편에서 무언가를 먹고 있던 노부인이 그를 보고 미소 지었다. 그리고르도 환한 미소로 답했다. 자기도 모르는 사이에 마음이 편안해졌다. 더구나 플랜 B도 잘 돌아가고 있었다. 웨이터가 주문을 받으러 올 즈음에는 어찌나 식욕이 도는지 2인분이라도 너끈히 해치울 수 있을 것 같았다.

맞은편 테이블에서는 두 남자가 켄투키와 카드놀이를 하고 있었다. 그들 앞에는 까놓은 세장의 패가 부채꼴 모양으로 펼쳐져 있고, 테이블 한가운데에는 버린 패들이 쌓여 있었다. 켄투키가 자기 패 중 하나를 골라 그 위로 지나가면 선택된 카드를 버리는 식이었다. 요즘에는 어디를 가든 켄투키들이 보였다. 얼마나 흔해졌는지, 이제는 그의 아버지도 그것이 무엇인지 대충 이해하는 것 같았다. 텔레비전을 틀면 언제나 켄투키 소식이 나왔다. 지역 뉴스는 물론이고 사기와 강도 사건, 갈취 범죄에 관한 보도에도 빠지지 않았다. 사용자들은 켄투키를 드론에 묶거나 스케이트보드 혹은 진공청소기에 태우고 집 안을 돌아다니며 진기한 동영상을 찍은 뒤 소셜 네트워크에 올려 많은 사람과 공유하기도 했다. 켄투키 꾸미기 강좌와 개개인의 조언, 그리고 기이한 사고에서 기적적으로 살아난 경험담도 꾸준히 올라왔다. 판다 켄투키를 보고 겁이 난 고양이가 공중으로 뛰어오르는 동영상도 있었고, 산타 모자를 쓴 어떤 올빼미 켄투키는 코끝으로 일곱개의 컵을 두드리며 크리스마스캐럴을 연주하기도 했다. 사정이 이런데도 켄투키 사용에 대한 규제 방안이 마련되지 않았다는 것은 거의 기적이나 마찬가지였다. 그야말로 축복받은 플랜 B를 위한 신성한 불꽃이라는 기적이랄까.

그는 걸어서 집으로 돌아갔다. 그러곤 아파트에 들어서자마자 곧장 방으로 가 책상 위에 새로 산 태블릿 컴퓨터를 올려놓았다. 니콜리나가 그에게로 고개를 돌렸다.

“문제가 생겼어요.” 그녀가 말했다.

평소와 달리 그녀의 책상은 태블릿으로 뒤덮여 있지 않았다. 그는 가슴이 철렁했다. 문어처럼 긴 팔과 도드라진 척추뼈로 첫날부터 그를 당황하게 만들었던 니콜리나는 일에 대한 열정이 대단해서, 늘 열대에서 열두대의 태블릿을 동시에 접속해놓은 채 잠시도 쉬지 않고 일을 해온 터였다. 그런데 지금 그녀 앞에는 단 한대의 태블릿뿐이었다.

“이 여자아이 좀 보세요.” 니콜리나가 그를 끌어당겼다.

지금껏 그리고르는 그들과 연결된 켄투키 주인과의 관계에 대해서는 한번도 언급한 적이 없었다. 그들의 업무 대상은 사람들이 아니라, 특정한 IMEI 번호와 연결된 기기들뿐이었다. 휴대전화 기술, 16진법, 각종 데이터로 근사하게 채워진 스프레드시트 블록. 그런데 “이 여자아이”라니, 그게 대체 누구란 말인가?

니콜리나가 그에게 태블릿을 건네주었다. 기억이 틀리지 않는다면, 그건 47번 판다 켄투키였다.

“무슨 일이 일어났는데, 화 안 내실 거죠?”

그리고르는 자기 책상으로 손을 뻗어 47번 관련 스프레드시트를 찾았다. 그가 예상했던 그 켄투키였다. 여태껏 그 어떤 데이터도 수집하지 못했던 연결 회선. 그동안 켄투키는 컴퓨터 게임기와 대형 모니터 외에는 제대로 갖춰진 것이 없는 어느 방에 갇혀 나오지 못하고 있었다. 어떤 남자아이가 가끔 들어와 몇시간 동안 게임을 하다가 소파에서 낮잠을 잘 뿐이었다. 저 기기와 연결된 지도 벌써 한 달이 넘었지만, 그리고르는 데이터를 얻기는커녕 거기서 빠져나올 방법조차 찾지 못한 상태였다.

"어떻게 된 거야?"

"문이 열려 있었어요. 이유는 잘 모르겠지만요. 그 틈을 타 밖으로 빠져나왔어요."

"지금 우리가 어디 있는지는 알 수 있나?"

그리고르는 마침내 정보를 얻어낼 수 있으리라는 기대에 볼펜을 들었다. 하지만 니콜리나는 그에게 가까이 와서 옆에 앉으라고 손짓했다. 그녀는 태블릿 화면을 잔뜩 캡처해두었고, 이제 설명하면서 그것을 보여줄 참이었다.

"이 사진들을 봐야 제대로 이해가 될 거예요. 물론 정신 나간 짓이었다는 건 알아요."

그리고르가 옆에 앉자, 니콜리나는 처음 찍은 사진부터 차례대로 보여주기 시작했다. 사진들은 모두 태블릿에 저장되어 있었다. 그녀는 사진을 넘겨가며 그에게 자초지종을 설명했다. 밖으로 나와보니 켄투키가 갇혀 있던 집은 허름한 오두막이었다. 사람들의 말소리로 위치를 파악해 보려 해도 주변에 얼쩡거리는 사람이 하나도 없었다. 그녀는 우선 안마당으로 나갔다. 마당에는 개들이 풀려 있었지만 다행히 그녀를 해코지하지 않았고, 염소떼도 마음대로 돌아다니고 있었다. 어느 사진에서 니콜리나의 손길이 잠시 멈췄다. 잔뜩 흐린 하늘 아래 덥고 습한 지역 특유의 편평하고 탁 트인 마을이 보였다. 이 사진에도 사람의 그림자조차 없었다. 보이는 것이라고는 길과 허름한 집 몇채, 그리고 지천에 널린 염소떼뿐이었다.

"그럼 집 밖으로 나온 거야?" 그리고르가 걱정스러운 표정으로 물었다.

"알아요. 규칙 따윈 나도 안다고요. 하지만 잠깐 제 말부터 들어보세요. 밖으로 나오자마자 길을 건너려고 했는데, 온통 흙과 자갈투성이라 움직일 수가 없었어요. 무슨 말인지 아시죠? 그런 곳에서는 마음대로 움직여지지가 않잖아요."

그리고르는 다음 사진을 보았다. 꼭 유령 도시 같은 곳이었다. 사방에 널린 염소들도 주인 없이 떠돌아다니는 듯했다. 그런데 자세히 보니 거리 한복판에 어떤 여자가 누워 있었다. 버려진 레스토랑의 별채 그늘에 앉아 쉬고 있는 다른 다섯 사람의 모습도 보였다. 사진 뒤쪽 배경에서는 한 무리의 사람들이 어디론가 가고 있었다. 황량하기 짝이 없는 풍경 속에 또 하나 그의 눈길을 끄는 것이 있었다. 어느 집 앞에 세워져 있는 빨간색 오토바이였다. 그러면 그렇지, 사람들이 돌아다니고 있잖아. 그리고르는 생각했다.

"그래도 인도를 따라 움직일 수 있었어요." 니콜리나는 설명을 이어가며 다음 사진으로 넘어갔다. "처음에는 옆집을 살펴봐야겠다 싶었어요. 그런데 안에 아무도 없더라고요."

그래서 그녀는 조금 더 갈 수밖에 없었다고 했다.

"얼마나 갔는데?"

"두 블록, 아니 세 블록 정도?"

그리고르는 머리를 움켜쥐었다. 이유야 어쨌건, 충전기로부터 멀리 벗어나는 것은 너무 무모한 짓이었다. 만에 하나 누군가가 켄투키를 가두어버린다면, 혹은 다른 어떤 이유로든 충전기로 돌아갈 방법이 없어진다면 몇주 동안의 노력이 물거품이 되는 셈이었다.

"사장님." 니콜리나가 그의 잔소리를 끊으며 물었다. "사장님은 살면서 유혹에 빠진 적이 한번도 없어요?"

수십번도 더 있지. 이 켄투키들이 그 증거 아닌가. 그에게 그보다 더 구미 당기는 유혹은 없었다. 주인으로부터 벗어나 접속 가능 지역 내에서 마음대로 돌아다니는 것은 정말이지 특별하고도 잊을 수 없는 경험이었다. 하지만 그는 니콜리나에게 짜릿한 기분이나 느끼라고 돈을 주는 것이 아니었다. 그녀를 바라보는 그리고르의 얼굴에 초조한 기색이 역력했다.

"잠깐만요." 그녀가 다시 입을 열었다. "이건 아주 중요한 장면이에요."

니콜리나는 세 블록을 더 간 끝에 어느 집 안으로 들어갔다. 나직하지만 꽤 널찍한 집이었다. 충전기의 상태 표시등이 70퍼센트를 가리키고 있었기에 그녀는 아직 여유가 좀 있다고 생각했다. 문 앞에 두 남자가 플라스틱 접의자에 앉아 있었다. 니콜리나는 그리고르에게 사진을 보여주었다. 두 남자 사이로 벽에 기대어놓은 엽총이 눈에 띄었다.

"저거 엽총 아냐?"

니콜리나는 고개를 끄덕였다.

"정확히 말하면 엽총 한자루와 바글거리는 염소들이죠."

주변을 어슬렁거리는 염소들이 어찌나 많은지 집이 제대로 보이지 않을 정도였다. 그래서 그녀는 한바퀴 돌아 뒷문 쪽으로 갔다. 사실 문이랄 것은 없었고, 대신 문턱에 철창이 고정되어 있었다.

"사람 불안하게 만들지 말고 어서 요점만 말해."

작은 개 한마리가 집 안으로 들어갔다. 덩치가 작은 녀석은 무리 없이 철창 사이로 들어갈 수 있었다. 그 모습을 보고 니콜리나도 용기를 내 뒤따라 들어갔다. 그녀는 그리고르에게 다음 사진을 보여주었다. 집 안을 찍은 사진이었다. 제대로 갖추어진 것 없이 휑한 주방에 딸린 식당, 그리고 설거지를 하고 있는 여인의 모습이 보였다. 그 여인은 싱크대 위로 몸을 숙이고 있었다. 니콜리나는 주방을 가로질러 거실로 이어지는 문을 지나갔다고 했다. 거실에서는 두 남자가 소파에 누운 채 대화를 나누고 있었다. 하지만 그녀는 그들의 사진을 찍지 않고, 최대한 빨리 지나쳤다. 탁 트인 공간이라 몸을 숨길 데가 없었기 때문이었다.

"그들은 어떤 언어를 썼지?"

"포르투갈어 같더라고요."

그리고르는 감탄과 의심이 뒤섞인 표정으로 그녀를 바라보았다.

"아시겠지만, 제가 호나우지뉴를 좋아하잖아요." 니콜리나가 한쪽 눈을 찡긋해 보였다.

그리고르는 사용 언어 항목을 채워넣었다. 니콜리나는 개를 따라 복도를 지나갔다. 복도 양편으로 많은 방이 나 있었는데, 못해도 예닐곱개는 되어 보였다. 철창이 쳐진 첫번째 방은 텅 비어 있었다. 그녀가 그에게 방의 사진을 보여주었다.

"여긴 감방이 틀림없어요. 침대와 모포 말고는 아무것도 없잖아요."

그리고르는 다시 무언가를 기록하고 있었다. 니콜리나는 잠시 당황한 표정으로 그를 바라보다가 고개를 저으며 설명을 이어나갔다.

나머지 방들도 비어 있었지만, 모두 문이 달려 있었고, 모두 반쯤 열려 있었다. 완전히 망가져 못 쓰게 된 2인용 침대가 역겹고 을씨년스러운 분위기를 자아냈다.

"마지막 방에 여자아이가 있었어요." 니콜리나가 말했다. "켄투키를 보자 눈이 휘둥그레지더라고요. 마치 사막 한복판에서 물이라도 발견한 사람처럼 침대에서 벌떡 일어나 문으로 달려오더니, 내가 못 나가도록 의자로 문을 막아버렸어요."

"그러니까 지금 충전기도 없이 갇혀 있다는 거지? 몇시간이나 됐어?"

"열다섯살도 안된 아이예요. 그 아이가 종이에 뭔가를 적더니 카메라 앞에 들고 보여주더라고요."

니콜리나는 그에게 다음 사진을 보여주었다. 더러운 냅킨이었는데, 전화번호를 제외하면 무슨 말인지 도대체 알 수가 없었다. 니콜리나가 냅킨에 쓰여 있는 글을 읽어주었다.

"'나는 안드레아 파르베예요. 저들이 나를 납치했어요.

우리 엄마 전화번호: +584122340077 여기로 연락해주세요!' 메시지는 스페인어로 쓰여 있었어요." 니콜리나가 설명했다. "구글에 전화번호를 검색해봤는데, 베네수엘라더라고요. 결론적으로 말해서 우리는 지금 브라질에 있고, 저 아이는 거기 출신이 아니라는 거죠."

그리고르는 놀란 얼굴로 그녀를 바라보았다. 니콜리나는 겁을 먹은 것 같기도 하고 흥분한 것 같기도 한 표정으로, 갑자기 불에 데기라도 한 듯 두 손을 세차게 흔들었다.

"당장 저 아이를 구출해야 돼요. 우선 엄마한테 연락을 하자고요."

"아이가 지금 어디 있는지도 모르잖아."

그리고르는 켄투키의 접속 시스템이 익명 프락시*에 기반하며 서버 간 이동이 자동으로 이루어진다고 설명했다. 설령 켄투키의 위치를 정확히 찾아낼 수 있는 방법이 있다손 치더라도, 검색을 통해서는 세계 모든 곳에서 이미 시효가 지난 신호밖에 얻을 수 없다는 얘기였다. 그의 설명을 듣자 니콜리나는 손으로 입을 막았다. 그들은 한동안 말없이 생각에 잠겨 있었다.

그리고르는 47번 태블릿을 들고 처음으로 사진이 아닌

* 프락시 서버 제공업체에서 로그인 등의 계정을 특별히 요구하지 않는 익명적 웹 접근 방식.

영상 속에서 살아 있는 그 여자아이를 보았다. 깡마르고 다크서클이 유난히 짙은 여자아이는 필사적으로 서랍을 뒤지고 있었다. 시끄러운 소리가 나지 않도록 애쓰는 모습이었다. 벽은 시멘트로 되어 있었고, 까만색과 분홍색이 어우러진 시트는 싸구려 혼방 소재 같았다.

"충전기가 필요해." 그리고르가 말했다. "텔레비전을 잘 보면 우리가 어디 있는지 알아낼 수 있을 거야. 하지만 얼마나 걸릴지 가늠할 수가 없네. 어쨌든 그때까지 버티려면 배터리 전력이 필요해."

"보세요. 아이가 바닥에 뭔가를 쓰고 있어요." 니콜리나가 말했다. "켄투키를 반대쪽으로 돌려봐요. 어서요."

그가 켄투키를 움직였다. 여자아이는 바닥에 십자가를 그리더니, 네개의 사각형 안에 뭔가를 쓰기 시작했다. 좌측 상단에는 NO(아니요), 우측 상단에는 SI(예), 좌측 하단에는 NO SE(모름), 그리고 마지막 칸에는 PREGUNTA MAS(다른 질문)라고 썼다.

니콜리나는 번역기를 돌려 단어를 하나씩 확인하기 시작했다.

"알아냈어요." 그녀가 말했다. "전부 스페인어네요."

"이건 별 도움이 안되겠는데. 질문을 하려면 우리 쪽에서 해야 한다고. 이래가지고는 저 아이가 어디 있는지 알아내기 어려울 거야."

바로 그 순간 켄투키 배터리 잔량이 50퍼센트 남았다는 경고음이 울렸다. 니콜리나는 그리고르에게서 태블릿을 빼앗아 PREGUNTA MAS 칸으로 켄투키를 움직였다. 아이의 이야기가 절실한 그들로서는 그 네가지 선택지 가운데 PREGUNTA MAS를 고를 수밖에 없었다. 그것이 "우리한테 조금 더 이야기해봐"와 가장 가까웠기 때문이다.

여자아이가 무슨 말을 했지만, 그들은 전혀 알아듣지 못했다.

니콜리나는 켄투키를 움직여 NO를 선택하고, 이어 다시 PREGUNTA MAS를 선택했다.

여자아이가 혼잣말로 욕설을 내뱉더니 고개를 세차게 흔들며 옆으로 시선을 돌렸다.

니콜리나는 립스틱이 있는 곳으로 가서, 그것을 여자아이의 발 쪽으로 밀었다.

"거기가 어디냐고!" 그녀가 태블릿에 대고 고함을 질렀다. 그사이 그리고르는 그녀의 뒤편 의자에 앉아 몸을 들썩이며 무언가를 궁리하고 있었다.

오후가 되자 배터리 잔량은 30퍼센트로 줄어들었다. 이제 여자아이는 흥분을 가라앉히고 차분히 생각해보는 것 같았다. 아이가 종이에 무언가를 적어 그들에게 보여주었다.

"Surumu."

그리고르는 멍한 표정으로 니콜리나를 바라보았다.

"저건 또 무슨 소리야?"

니콜리나는 재빨리 구글에 그 단어를 검색했다. 검색 결과를 하나씩 확인하던 그녀가 함성을 질렀다.

"마을 이름이에요! 수루무는 호라이마주*에 있어요. 여기, 브라질 말이에요."

그녀는 즉시 인터넷에서 그곳의 위치를 찾아냈다. 수루무는 베네수엘라와의 국경선에서 몇킬로미터 떨어진 곳에 있었다. 워낙 작은 마을이라 위키피디아에도 등록되어 있지 않았다. 니콜리나는 전화번호가 적힌 냅킨 사진을 그리고르 앞에 놓았다. 그는 곧장 전화기를 들고 떨리는 손으로 다이얼을 눌렀지만 속으로는 자신의 신세를 한탄하고 있었다. 이 자리에 니콜리나가 없었어도 과연 전화를 걸었을까? 그는 안드레아 파르베의 어머니와 통화하고 싶다고 영어로 말했다. 전화를 받은 여인은 아무 말도 못하고 머뭇거리다가 결국 참았던 울음을 터뜨렸다. 니콜리나가 그의 손에서 전화기를 빼앗아 그녀를 진정시켰다. 보아하니 그녀는 영어를 한마디도 못 알아듣는 모양이었다. 그런데도 갑자기 울음을 터뜨린 것은 딸의 이름을 들어서였으리라. 결국 니콜리나는 일단 전화를 끊고 수루무

* 브라질 최북단 아마존 지역에 위치한 주. 인구밀도가 가장 낮은 곳이다.

에서 가장 가까운 경찰서에 신고하기로 했다. 수루무에서 317킬로미터나 떨어진 곳이었다. 현지 경찰들은 담당 부서로 연결한다면서 내선으로 전화를 이리저리 돌렸고, 기껏 연결이 되어도 그들이 스페인어를 못한다는 사실을 알고 다른 이에게 넘겨주기 바빴다. 그러다 마침내 초보적인 수준의 영어를 하는 누군가가 전화를 받았다. 우선 그들은 사건의 개요를 설명하려 했지만, 이상하게도 경찰이 어느정도 알아들은 듯싶은 순간 전화 연결이 끊겼다. 이번에는 니콜리나가 전화를 걸었다. 그리고 여러차례의 시도 끝에야, 니콜리나도 그리고르가 앞선 통화에서 어떤 느낌을 받았는지 알아차릴 수 있었다.

그리고르는 현지 경찰도 이번 사건에 연루되어 있을지 모른다고 넌지시 말을 꺼냈다. 니콜리나가 그 부근에 있는 다른 경찰서에도 신고를 했지만 거기도 사정은 마찬가지였다. 무턱대고 전화를 끊어버리거나 영어를 못한다고 빼는가 하면, 담당자를 바꾸어준다고 해놓고 한없이 기다리게 만드는 식이었다. 무모한 결정이 아닐까 싶기도 했으나 어쨌든 일을 제대로 진행시키기 위해서는 우선 여자아이의 사진을 복사하고 비공식 언론 매체 쪽에 연락을 취하는 것으로 충분하리라는 것이 그리고르의 생각이었다. 사실 그로서는 미처 모르고 있었는데—물론 니콜리나가 이와 유사한 해결책을 제시했을 때 어느정도 짐작하기는 했지만—그녀는 경찰서에 전화를 걸 때마다 통화 내용을 녹음한 터였다. 그녀의 전화기에는 모두 여덟통의 통화 내용이 녹음되어 있었다. 니콜리나는 여러 매체에 전화를 걸어 모든 자료를 넘겨주었다.

몇시간 뒤, 그리고르의 휴대전화에서 벨소리가 울렸다. 베네수엘라 경찰이었다. 그뿐 아니라 브라질 연방경찰과 호라이마 지방경찰청에서도 연락이 왔다. 수루무에 갇혀 있는 여자아이는 경찰에 신고를 했는지 묻더니, 니콜리나가 "SI" 칸을 가리키자 숨죽여 울기 시작했다. 그리고르는 이 일이 불러올 수 있는 결과를 니콜리나에게 하나씩 나열해주었다. 두 사람은 잠시 아무 말도 하지 않았다. 아마 그 아이를 위해 어느정도까지 할 수 있을지 속으로 곰곰이 따져보는 중이었으리라.

"우선 모든 것을 옮겨놓아야겠어요." 말을 마치기가 무섭게 니콜리나는 처음 사 온 태블릿 상자 두개에 자기 소지품을 챙겨 복도로 나갔다. 그제야 그리고르는 그녀의 말뜻을 이해할 수 있었다.

그들은 작동 중인 태블릿 컴퓨터 일흔두대를 맞은편의 작은 아파트로 옮겨놓았다. 니콜리나가 책상으로 사용하던 탁자는 분해해 주방으로 옮겼고, 스프레드시트와 삼각대가 달린 카메라는 모두 치워버렸다. 아무튼 꼬투리를 잡힐 만한 물건은 모조리 안 보이는 곳에 숨겨놓았다. 마침내 크로아티아 경찰이 그리고르의 아파트 문을 두드렸을 때 거기 남아 있는 것이라고는 태블릿 컴퓨터 한대뿐이었다. 물론 47번 켄투키의 태블릿은 아니었다. 그리고르는 경찰을 믿지 않았다. 일단은 연결을 유지한 채 수루무의 상황을 지켜보는 것이 최선일 터였다. 그는 별로 돈이 되지 않을 만한 켄투키를 희생시키기로 하고, 47번 대신 다른 태블릿을 포맷해 경찰에 넘겨주었다.

그사이 진짜 47번 켄투키는 배터리 잔량이 10퍼센트도 남지 않은 상황에서 사투를 벌이고 있었다. 경찰이 떠나자마자 두 사람은 다시 켄투키에게로 돌아왔다.

"어서 충전기로 돌려보내야 돼."

"안돼요." 니콜리나가 말했다. "저 여자아이를 혼자 내버려둘 수는 없잖아요. 이 상황에서 어떻게 그래요?"

"이 상태로는 십오분도 버티지 못할 거야. 하지만 지금 움직이면 기적이라도 기대할 수 있겠지."

결국 니콜리나가 고개를 끄덕였다. 그들은 켄투키를 의자 가까이 이동시켜 몸으로 몇번 부딪치게 했다. 여자아이가 무슨 뜻인지 알아차리고 의자를 치워주었다. 개는 복도 한복판에서 기다리고 있다가 주방으로 가는 내내 킁킁거리며 켄투키의 냄새를 맡았다. 소파에는 남자 하나만 남아 자고 있었고, 라디오는 여전히 켜진 채였다. 마침내 밖으로 나온 니콜리나는 시멘트 구멍과 진흙탕을 요리조리 피하고 염소의 발길질에 뒤집히지 않도록 그들의 다리 사이에 잠시 멈추어가며 어둠이 내린 유령 마을의 인도를 따라 조심스럽게 켄투키를 조종했다. 어쩌면 저렇게 능숙하게 움직이는지 그저 놀라울 따름이었다. 그녀가 일하는 모습을 그렇게 가까이에서 본 적이 없는 그리고르는 신기하고 놀라운 마음에 입을 다물지 못했다. 그날 아침과 마찬가지로 집은 문이 열린 채였고 염소들도 여전히 밖을 돌아다니고 있었다. 니콜리나가 마침내 켄투키를 충전기 위에 올려놓은 순간, 두 사람은 손바닥을 맞부딪치며 환호성을 질렀다. 마치 자기들이 충전되는 기분이었다.

알리나는 분수대 옆 계단에 앉아 볕에 뜨겁게 달구어진 바닥 돌에 땀기가 밴 발을 말리려고 샌들을 벗었다. 예술가들의 몸에서는 늘 악취가 난다고 했던 카르멘의 말이 떠올랐다. 올림포스산의 신들처럼 멋있게 생겼지만—"잘생겼고 제정신이 아니"라고 그녀는 비꼬듯이 말하곤 했다—몸에서 지옥 같은 냄새가 난다는 것이다. 그들 중 누군가가 와서 책을 빌려 가면 도서관 전체를 환기해야 한다고 했다. 나도 10킬로미터를 달리고 나면 예술가들처럼 몸에서 악취가 날까? 알리나는 마지막 계단에 앉아 있었다. 분수대 맞은편에서 어떤 켄투키가 전시장 앞에 드리운 그림자를 따라 화랑 쪽으로 가는 중이었다.

이제는 켄투키가 사방에 널려 있었다. 알리나가 본 것

만 해도 벌써 다섯이었다. 며칠 전, 코르크를 이용해 설치미술을 하는 미친 여자가 주방에서 자기 것도 아닌 두더지 켄투키를 들고 갔고, 그 두더지의 주인인 러시아 남자는 그녀의 켄투키를 데려갔다. 스벤이 그 일에 대해 아주 자세하게 말해주었다. 두 예술가 중 누구도 켄투키가 바뀐 것을 전혀 모르고 있더라니까. 러시아 남자의 두더지가 '된 사람', 그러니까 코르크 설치미술을 하는 미친 여자의 손에 있던 켄투키가 자기 주인에게 전화로 음성메시지를 보낼 때까지 말이야. 러시아 예술가가 자기 켄투키의 목소리를 들은 건 그때가 처음이었고, 그래서 처음엔 누가 보냈는지는 고사하고 어떤 언어인지도 몰랐다. 그가 저녁식사 자리에서 그 메시지를 들려주자 칠레 출신의 사진작가 부부가 웨일스어 같다고 했다. 여자의 어머니가 웨일스 출신이라 금세 알아들은 것이다. 그래서 러시아 남자는 칠레 여자에게 메시지를 보내주었고, 그녀는 그것을 곧장 자기 어머니에게 보냈다. 어머니가 메시지를 스페인어로 옮겨 녹음해서 보내주자, 칠레 여자는 자기 엄마의 억양을 최대로 흉내 내어 사람들에게 영어로 들려주었다. 메시지의 내용은 다음과 같았다. "이 미친 여자의 손아귀에서 나를 당장 꺼내줘! 안 그러면 연결을 끊어버릴 거야!" 무슨 말인지 들으려고 몰려든 사람들 중에는 코르크 설치미술가도 있었다. 잠시 후 그 메시지가 자기 이야기라는 것을 알아차린 여자는 분을 삭이지 못하고 켄투키를 — 다시 말해 러시아 남자의 켄투키를 — 두 손으로 움켜잡더니 있는 힘껏 짓밟기 시작했다. 바닥에 내동댕이치고는 — 이때 러시아 남자가 켄투키를 구해내려고 했지만 실패했다 — 곧장 구두 굽으로 카메라를 내리찍고 안에 있던 양철판이 훤히 드러날 때까지 얼굴을 으깨버렸다. 주변에 있던 사람들이 몰려들어 그녀를 떼어내면서 가까스로 진정시켰다. 어수선한 틈을 타 또다른 두더지가 종적을 감추고 말았는데, 그후로 그것을 다시 본 사람은 아무도 없었다. 심하게 두들겨맞기는 했지만, 켄투키는 간신히 살아남았다. 러시아 남자는 고통스러운 비명을 질러대는 켄투키를 품에 안은 채 저쪽으로 가서는 두더지를 진정시키느라 자장가 같은 것을 불러주었는데, 스벤이 평생 들어본 중에서 가장 소름 끼치는 노래였다고 한다. 이 무렵 스벤이 그녀에게 하는 말이라고는 죄다 예술가들과 켄투키들에 관한 것밖에 없었다. 알리나는 그의 말을 잠자코 듣기만 했다.

그녀는 방으로 올라가 샤워를 했다. 그러곤 책상 앞 의자에 앉아 몸을 쭉 편 다음 머리를 틀어올려 묶고 은행 계좌의 잔고를 확인했다. 잔고가 매우 빠듯했지만, 그녀는 최대한 빨리 멘도사로 돌아가고 싶었다.

"너 정말 괜찮은 거니?" 그녀의 어머니는 틈만 나면 문자메시지를 보내왔다.

메시지에는 키스를 보내는 얼굴과 수박 그리고 새끼 고양이 이모지와 함께 어린 조카들의 사진도 딸려 있었다.

알리나는 잘 지낸다는 대답과 작은 해골 이모지를 보냈다.

카르멘은 다가오는 망자의 날*이 이곳에 머무는 동안 최고의 날이 될 거라고 했다. 오악사카 사람들이 이날을 어떻게 축하하고 얼마나 즐겁게 보내는지 보기 전까지는 절대 못 떠난다고 으름장을 놓기도 했다. 요즘 알리나와 카르멘은 거의 매일 오후 야외 매점에서 만나 커피를 마셨다. 알리나는 망자의 날 밤에 오악사카 시내로 내려가는 것이 어떻겠냐고 제안했다. 그러면 정말 재미있을 것 같아. 바를 돌아다니면서 새벽이 될 때까지 노는 거야. 카르멘은 그녀의 이야기를 들으면서 조용히 미소 지었다. 계획이야 그럴싸했지만, 알리나는 카르멘이 도서관 사서이자 두 아이, 그러니까 켄투키의 주인인 두 사내아이의 엄마라는 사실을 까맣게 잊고 있었다. 아무튼 카르멘은 잠 못 이루는 밤이 될 거라고 했다.

"잠 못 이루는 밤?" 알리나가 물었다.

* 11월 1일과 2일에 치러지는 멕시코의 전통 명절. 가족과 친구들이 한자리에 모여 죽은 이를 추모하면서 명복을 빈다. 멕시코에서는 애도라기보다 축제의 날이다.

"아이들이 하는 엉뚱한 소리지 뭐." 카르멘이 말했다. "켄투키 보이콧운동이라나 뭐라나. 그래서 아무 일도 일어나지 않도록 그날밤 고양이 켄투키들을 꼭 껴안고 자야 된다는 거야. 그뿐 아니라 창문마다 나무판자로 덮어 못을 박고, 안에 있는 불은 죄다 끌 생각이더라고. 무슨 저주받은 좀비들이 습격이라도 할 것처럼 말이야."

카르멘은 남은 커피를 한번에 마시더니 한동안 말없이 먼 산을 바라보았다.

"더구나 아빠라는 사람은," 그녀가 이야기를 계속했다. "아이들을 진정시키기는커녕 손전등이며 침낭이며 빨간색 페인트 총이 든 비상 배낭까지 하나씩 사주지 뭐니…… 이 정도면 그날밤을 어떻게 보낼지 대충 짐작이 가지?"

알리나는 방으로 돌아오자마자 태블릿을 켜 구글에 "보이콧운동" "켄투키들" "망자의 날"을 검색했다. 이제 곧 대령이 작업실에서 돌아와 문을 두드릴 시간이었지만 그녀는 방금 카르멘에게서 들은 이야기에 온통 정신이 팔려 있었다. 보이콧운동은 아카풀코에 있는 라스 브리사스*에서 시작되었다. 좁은 골목길이 이리저리 뻗어 있고 야자나무로 뒤덮인 고급 주택이 즐비한 라스 브리사스는—

* 멕시코 남서부 아카풀코의 해안 지대에 자리한 주거 및 휴양 지구.

『파이낸셜 타임스』에 따르면 — 네가구당 최소한 하나꼴로 켄투키를 소유한 세계 스무개 지역 중 하나였다. 조사 결과 켄투키 사망 사건은 매주 아홉건에 달했고, 라스 브리사스처럼 언제든 새 켄투키를 들일 수 있을 만큼 부유한 작은 동네에서 이는 커다란 문제로 부각되기 시작했다. 주민들은 작동을 멈춘 동물 인형을 정원에 묻어주고 싶었지만 너무 좁아서 여의치 않았고, 그렇다고 쓰레기통에 버리고 싶지는 않았다. 그러던 중 인근 운타 브루하스에 사는 어떤 엄마가 커다란 슬픔에 빠진 두 딸을 위해 공원 숲속 후미진 곳으로 — 그곳은 반경 수킬로미터 내에서 찾을 수 있는 유일한 공공장소나 다름없었다 — 가서 무덤을 판 뒤 죽은 판다 켄투키의 장례식을 치러주었다. 그로부터 며칠 뒤, 그 주변으로 더 많은 무덤이 새로 생기더니 결국 그곳도 포화 상태에 이르러 더이상 묻을 곳이 없어지고 말았다. 그러자 라스 브리사스 여기저기, 특히 몇 안되는 작은 공공 광장을 중심으로 새로운 무덤이 하나둘 생겨나, 이내 미겔 알레만 대로의 가로수길 주변으로 퍼져나가기 시작했다.

시의회는 공원 관리과에 무덤을 파내고 훼손된 공공 자산을 신속히 복원하라는 지시를 내렸다. 바로 그다음 날, 어느 노부부가 시청사 앞에 버티고 서서 켄투키의 몸체를 돌려달라고 항의 시위를 벌였다. 소셜 미디어에서도 시의

회의 방침에 분노를 터뜨리는 이들의 목소리가 줄을 이었다. 하지만 그곳에 켄투키를 묻는 사람은 더이상 없었다. 이어 어느 록 스타급 사회학자가 텔레비전에 나와 망자의 날 밤에 멕시코의 모든 주에서 일제히 매장 행사를 벌이자고 호소했고, 반면 그의 동생—반제국주의 레게톤 아티스트이자 정부 여당을 맹렬히 공격하는 정당 대표—은 마이크를 잡은 채 충격적인 반대 제안을 외치면서 이 공연의 피날레를 장식했다. "죽은 켄투키를 묻지 맙시다! 대신 산 켄투키들을 땅에 묻어버립시다!" 그의 주장은 각종 언론 매체에서 많은 논란을 불러일으켰다. 늘 그러듯이 얼마 가지 않아 뒤숭숭하던 분위기는 가라앉았고, 혁명적인 보이콧운동 또한 불안하고 긴박한 정세에 묻혀 꼬리를 감추었다. 하지만 청소년들과 젊은이들이 모이는 커뮤니티에서는 여전히 불안감이 도사리고 있었다. 그들은 팔짱 끼고 방관하는 대신, 켄투키의 안전을 위협하는 요인에 적극적으로 대처해나가기 시작했다. 덕분에 8세에서 15세 아이들을 대상으로 한 모든 종류의 켄투키 생존 관련 액세서리의 매출이 역대 최고치를 기록했다.

샌더스 대령이 방문을 두드리는 소리에 알리나는 읽고 있던 글을 북마크에 저장하고 자리에서 일어났다. 열쇠를 돌려 문을 열자 대령이 안으로 들어왔다. 작은 날개가 사라진 녀석의 모습은 어딘가 어색해 보였다. 게다가 오늘은 어느 바퀴에 흙덩어리가 끼었는지 제대로 돌지도 못했다. 알리나는 곧장 충전기로 향해 가는 그를 말없이 지켜보았다. 충전기는 여전히 침대 옆에 있었지만, 며칠 전 스벤이 자기 쪽으로 옮겨놓았다. 그녀가 잠든 사이에 그렇게 해놓은 모양이었다. 알리나는 샌들을 벗고 침대에 벌렁 누웠다. 일주일 전부터 그녀는 베개에 머리를 대기 전에 그 밑을 확인하는 버릇이 생겼다. 혹시라도 스벤이 그 자리에 뭘 갖다놓지나 않았는지 확인하기 위해서였다. 그녀는 커다랗고 네모난 그의 손이 그리웠다. 귤껍질이나 다른 종류의 신호, 그녀가 눈치채지 못할 정도로 작은 것이라도 좋을 텐데. 베개 밑을 확인한 뒤 그녀는 자리에 누워 천장을 멍하니 쳐다보았다.

그동안 예술가 공동주택의 더블베드에서 허구한 날 팔짱을 끼고 앉아 무엇을 그토록 기다리고 있었던 걸까? 스벤에게서 미처 알아차리지 못했던 모습을 찾으려 했던 것일까? 아니면 스스로도 몰랐던 자신의 모습을 찾고 싶었나? 그리고 켄투키들…… 그녀를 가장 치 떨리게 만드는 게 바로 켄투키들이었다. 켄투키라니, 이 무슨 바보짓이람? 다들 대체 뭘 하겠다고 남의 집 바닥을 돌아다니며 인류의 나머지 절반이 양치질하는 모습이나 엿본단 말인가? 왜 그 이상의 이야기는 없을까? 왜 아무도 켄투키들과 내통해 잔인하기 이를 데 없는 음모를 꾸미지 않는 것일까? 왜 아무도 켄투키에 폭발물을 설치해 혼잡한 중앙역을 한방에 날려버리지 않는 것일까? 왜 그 어떤 켄투키 사용자도 항공 관제사를 협박해 딸을 살려주는 대신 프랑크푸르트의 비행기 다섯대를 제물로 바치도록 하지 않는 것일까? 바로 이 순간에도 중요한 서류 위를 돌아다니고 있을 수천명의 사용자 가운데 왜 아무도 기밀 정보를 빼내 월 스트리트 주식시장을 붕괴시키거나, 주요 소프트웨어 네트워크를 해킹해서 수십개에 달하는 초고층 빌딩의 엘리베이터를 동시에 추락시키지 않는 것일까? 왜 브라질의 우유 공장에 수십리터의 리튬이 쏟아져 하루아침에 백만명의 소비자가 죽은 채 발견되는 끔찍한 사건이 벌어지지 않는 것일까? 왜 켄투키들의 이야기는 하나같이 소소하고, 사사롭고, 찌찌하고, 뻔한 것들뿐일까? 지나칠 정도로 인간사에 얽혀 있는, 지극히 평범한 것들뿐 아닌가. 망자의 날에도 보이콧이 일어날 리는 만무했다. 스벤도 그녀를 위해 자신의 모노프린트 예술을 바꿀 리 만무했다. 그녀 또한 그 누구를 위해 분열되고 파편화된 자신의 실존 상태를 바꿀 리 만무했다. 모든 것이 서서히 사라져가고 있었다.

알리나는 11월 첫째주 멘도사행 비행기표를 사기로 마음먹었다. 복도에서 만나는 이들마다 이야기꽃을 피울 정도로 축복받는 스벤의 전시회에 조용히 들렀다가, 하루 이틀 뒤 비행기에 몸을 싣고 그리운 멘도사에서 영원히 파묻혀 사는 거야. 물론 켄투키는 데려갈 생각이었다. 비행기에 타면 켄투키를 머리 위 짐칸에 올려놓을 테지만, 도착하면 나 혼자 내려야지. 다른 아무 여자의 젖가슴이나 실컷 구경하라지.

하고 싶은 이야기가 참 많았다. 학교에 간 그는 1교시 쉬는 시간에 친구들을 불러모아 그간 있었던 일을 간략히 들려주었다. 이윽고 그의 이야기를 듣고 싶어하는 아이들이 점점 불어났다. 그와 같은 학년에 주인인 친구는 네 명이었고, 켄투키가 된 아이들은 그보다 훨씬 많았다. 두 번, 많게는 세번이나 켄투키가 된 아이들도 있었다. 하지만 바이킹의 땅에서 살아본 아이는, 심지어 충전기 위치가 표시된 지도를 가지고 '해방되어 자유롭게' 돌아다녀 본 아이는 하나도 없었다. 마르빈은 켄투키가 된 이들 중에서도 가장 자유로운 생활을 누리고 있는 셈이었다. 노르웨이 시간으로 밤 11시에서 새벽 2시까지만 돌아다니도록 되어 있기 때문에 사람들과 마주칠 기회가 거의 없다시피 했고 만난다고 해봐야 대부분 술주정뱅이들뿐이었지만, 그래도 구경하는 재미가 쏠쏠했다. 더군다나 켄투키의 키 높이로 시내를 돌아다니기 때문에 보통 사람들은 볼 수 없는 진기한 장면을 목격할 수도 있었다. 켄투키 해방 클럽의 흔적은 도처에 있었다. 인도의 턱과 주택 벽 아래쪽에 그려진 그라피티도 이들의 편이었다. 가령 화살표는 비를 피할 만한 지붕이 있는 곳을, 또 간단한 수리와 충전기를 제공하는 수십군데 주택의 위치를 알려주었다.

전날, 그는 광장의 벤치 아랫부분에 이렇게 적혀 있는 것을 보았다. "스노드래건, 행운을 빌어! 우리에게 메시지 보내는 거 잊지 말고!"

Kitty03이 떠올랐다. 이 글을 적어놓기 위해 예스페르에게 얼마를 냈을까? 많은 친구들이 도시 반대편에서 소식을 기다리고 있는데 한밤중에 그 홀로 거기 있다니, 아무리 생각해도 어처구니가 없었다. 게다가 눈이 쌓인 곳에 도착하려면 예상보다 훨씬 더 오래 걸릴 것 같았다. 그렇지만 눈을 직접 만져보기 전까지는 절대 돌아가지 않을 생각이었다. 그는 지도를 펴서 몇가지 대안을 검토했다.

지도를 살펴보느라 정신이 팔려 있을 때 누군가가 그를 바닥에서 집어들었다. 조금 전까지 어두운 길모퉁이에 개미 한마리 얼씬거리지 않았는데, 지금은 두 아이가 그를 잡아 흔들어대고 있었다. 이 아이들은 대체 어디서 나타난 거지? 두 아이는 형제 같았고, 나이는 마르빈과 비슷하거나 더 어려 보였다. 아이들은 새총을 들고 있었다. 그를 집어든 것은 동생이었지만 형이 다시 낚아채더니 바퀴를 빼내려는 듯 힘껏 잡아당겼다. 용 켄투키가 바닥에 떨어져 몇바퀴 구르자 두 아이는 다시 그를 들어올렸다. 아이들이 서로 가지겠다고 이리저리 밀치는 통에 카메라가 심하게 흔들렸다. 무슨 일이 벌어지는 건지 정확히 알 수는 없었지만, 바닥에 떨어져 있는 무언가가 얼핏 눈에 띄었다. 예스페르가 두번째 배터리를 몸통에 장착하기 위해 사용한 벨트 조각이었다. 마르빈은 덜컥 겁이 났다. 아이들은 다시 그를 바닥에 내동댕이쳤다가 들어올렸다. 형이 켄투키를 빼앗으려고 하자 동생이 울면서 악을 쓰기 시작했다. 마르빈은 주저 없이 경보 장치를 작동했다. 예스페르가 도착하려면 얼마나 걸릴까? 그런데 경보 장치를 누르면 위치 추적기가 작동하면서 주변 소리가 들리지 않을 정도로 큰 경보음이 울린다고 하지 않았나? 하지만 아무 소리도 안 들리는데? 용 켄투키는 다시 바닥에 떨어져 데굴데굴 굴렀다. 당황한 마르빈은 연거푸 경보 장치를 눌렀지만 소용없었다. 그는 계속 굴러가다가 인도의 턱에 부딪쳐 똑바로 일어설 수 있게 되었다. 기적이었다. 그 틈을 타 재빨리 달아나려는데, 이번에는 개 한마리가 달려오더니 날카로운 이빨을 드러낸 채 짖기 시작했다.

설상가상으로 뒤쫓아온 아이들이 다시 그를 집어들었다. 개 바로 옆에는 어떤 남자가 서 있었고, 어느새 그는 남자의 손에 넘어가 있었다. 아이들이 짜증을 내며 소리를 지르자 남자는 이들을 타이르면서 트럭 쪽으로 데려가 문을 열어주었다. 아이들이 서로의 머리끄덩이를 잡아당기며 트럭에 오르는 사이, 남자는 켄투키를 트럭 짐칸에 두었다. 그들의 손에서 풀려나자마자 마르빈은 이리저리 움직여보았지만 갈 곳이 없었다. 바닥의 철판은 녹이 잔뜩 슬어 있는데다, 옆에는 칸막이 벽이나 철망조차 없었다. 보이는 것이라고는 물이 빠지도록 가장자리에 파놓은 홈뿐이었다. 사과 박스 몇개가 운전석에 끈으로 묶인 채 짐칸 가운데 쌓여 있었다. 남자는 첫번째 상자의 플라스틱 뚜껑을 열어 사과 세개를 꺼내 갔다. 그가 운전석에 올라 세차게 문을 닫자 트럭이 흔들렸다. 시동이 걸리면서 마르빈의 태블릿 컴퓨터 화면 속 영상이 부르르 떨리기 시작했다. 그는 뭐든 붙잡아보려 하다가 상자에 얼굴이 눌리고 말았다. 눈앞으로 시내가 지나쳐갔다. 혼닝스보그의 집들과 가게들이 보였다. 눈이 쌓인 곳과 반대 방향으로 가고 있는 것이 분명했다. 트럭이 모퉁이를 돌 때 마르빈은 몸의 균형을 잃지 않으려고 안간힘을 써야 했다. 차라리 트럭에서 뛰어내릴까도 생각해봤지만, 차가 너무 빠르게 움직이고 있어서 무사할지 확신할 수가 없었다. 곧 시내의 풍경이 시야에서 사라지면서 차는 고속도로로 진입했다. 오르막을 오르는 동안 바다는 점점 멀어져만 갔다.

여기서 더 멀어지지만 않으면, 또 정신만 똑바로 차리고 있으면 어떻게든 돌아갈 방법을 떠올릴 수 있을 거야. 하지만 시간이 흐를수록 떠나온 도시의 흔적을 찾기가 점점 어려워졌다. 내리막길로 접어들자 길 끄트머리에 호수의 모습이 나타났다. 나루터와 허름한 오두막 두채가 눈앞을 빠르게 스쳐 지나갔다. 호수를 지나 다시 언덕길을 오르자 저 먼 곳에 눈이 보였다. 아무튼 그들은 그곳을 향해 가고 있었다. 트럭은 한동안 일직선으로 뻗은 길을 따라갔다. 멀리 보이는 눈은 상상했던 것보다 훨씬 더 하얀 빛을 띠고 있었다.

"마르빈!" 식당에서 아버지가 밥 먹으러 내려오라며 고함을 질렀다. 트럭은 도로를 벗어나 흙길로 들어섰다. 차가 덜컹거려 화면이 선명하게 잡히지 않았다. 이렇게 심하게 흔들리다가 결국 켄투키 위로 사과 상자들이 무너져내리지나 않을지 걱정스러웠지만 그가 할 수 있는 일은 아무것도 없었다. 갑자기 차가 튕겨오르면서 켄투키도 공중으로 붕 떠올랐다. 이러다 곧 트럭에서 떨어질 것 같았다. 다행히 바닥 철판에 바퀴부터 떨어져 짐칸 한가운데로 빠르게 움직일 수 있었다. 그는 사과 상자에 바싹 다가붙었다. 태블릿 화면의 영상이 점점 어두워지고 있었다. 이제는 아스팔트 위에 비친 트럭의 빨간 불빛만 간신히 보일 뿐이었다. 하지만 저 먼 곳, 하늘 근처 산꼭대기에 덮인 눈은 달빛을 반사하며 여전히 환하게 빛나고 있었다.

아버지가 계단 아래에서 다시 그를 불렀다.

트럭이 갑자기 속도를 높였다. 너무 빨랐다. 다시 차가 튕겨오르며 그도 결국 균형을 잃고 말았다. 그는 트럭 뒤쪽으로 굴러가 짐받이 철제 플랩에 부딪쳤다가 다시 앞으로 떠밀리듯 굴러갔다. 남자는 차를 몰아 또다른 출구로 빠져나갔다. 트럭이 급경사로를 오를 땐 사과가 그의 카메라에 떨어지기도 했다. 온 세상이 뒤흔들렸다. 제대로 일어서는 것도, 그렇다고 가만히 있는 것도 불가능했다. 짐칸 가장자리로 밀려난 그는 물받이 홈에 낀 채로 한동안 버틸 수 있었다. 하지만 다시 한번 차가 튕겨오르자 결국 공중으로 날아가버렸다.

그는 밖으로 떨어졌다. 허공에 붕 뜬 느낌이 드는가 싶더니 이내 아스팔트에 부딪쳐 비탈길 아래로 데굴데굴 굴러가기 시작했다. 고무와 플라스틱 그리고 철판에서 날카로운 소리가 울렸다.

문밖에서 아버지가 고함쳐 부르는 소리가 들렸다. 당장이라도 울음이 터져나올 것 같았지만 마르빈은 이를 악물고 참았다. 호숫가에 이를 때까지 구르고 또 구르며 그는 엄마와 눈을 생각했다. 하느님이 내게 중요한 것들을 자꾸 이렇게 가져가버리면 결국 그 무엇도 나한테 다가오지 않을 거야. 계속 아래로 굴러떨어지고 있는데 아버지가 갑자기 문을 벌컥 열었다. 마르빈은 재빨리 태블릿을 책 위에 올려놓고는 몸이 움직이지 않을 정도로 이를 악물었다. 금속성 소리가 여전히 태블릿에서 새어나오고 있었다. 아버지가 무슨 일이냐고 물어보면 뭐라고 하지? 자기가 여기저기 부딪치고 깨지면서 아래로 계속 굴러떨어지고 있다는 것을 아버지에게 무슨 수로 설명한단 말인가? 그는 안간힘을 쓴 끝에 간신히 숨을 쉴 수 있었다. 내가 굴러떨어지는 소리를 아버지도 듣고 있을까? 그 소리의 정체를, 즉 그가 구르면서 자갈돌에 부딪치는 소리라는 것을 알아차릴까? 아버지는 고개를 옆으로 까딱하면서 그에게 나오라고 손짓했다. 마르빈은 의자에서 내려왔다. 문 앞으로 가는 순간, 아버지의 손에 들려 있는 성적표가 언뜻 보였다. 갑자기 땅바닥이 사라지고 허공을 걷는 듯한 기분이었다. 계단 앞에서 그는 걸음을 멈추었다. 온 집 안이 공기처럼 가벼워지면서 마치 꿈속인 양 비현실적인 느낌이 들었다. 이윽고 그는 깊은 정적이 감돌고 있다는 것을 알아차렸다. 태블릿에서 흘러나오는 정적이었다.

"내려가자." 아버지가 말했다.

마르빈은 속이 메스껍고 어지러워 이제 한발짝도 더 못 걷겠다고 말하고 싶었다. 그때 등 뒤에서 서재의 문이 닫히고 열쇠가 찰카닥 돌아가는 소리가 들리더니 발소리가 점점 가까워졌다. 마르빈은 다리가 후들거려 대리석 난간을 붙잡고 서 있어야 했다. 한순간 한기가 손가락 끝을 찌르는 듯했다. 다시 엄마 생각이 났다. 그것도 잠시뿐, 곧 안티과의 더위가 그를 몽상의 늪에서 꺼내주었다.

"어서 내려가." 아버지의 목소리가 다시 들렸다.

아버지의 손이 그의 등을 밀고 있었다. 한계단 한계단, 조금씩 아래로.

정오에 배달원 두명이 이월 재고 다섯대를 가져갔다. 플랜 B는 기대 이상의 성과를 올리고 있었다. 니콜리나가 옆에서 잘 도와준 덕분에, 시중의 네배나 되는 가격에도 불구하고 물건을 제때 납품할 수 없을 만큼 주문이 밀려드는 날도 있었다. 하지만 그리고르는 그런 사업의 호황 주기를 정확히 알고 있었다. 최근 들어 가격이 다시 조금씩 떨어지면서 재고 정리 세일도 나날이 늘어나기 시작했다. 모든 분야에서 가장 마지막까지 버티는 이들은 언제나 재판매업자들이라지만, 그 역시 조만간 이 사업이 내리막길로 들어서리라는 것을 느끼고 있었다.

수루무에서 벌어진 사건을 해결하느라 니콜리나는 2박 3일 동안 그리고르의 방에 처박혀 지냈다. 그들은 각종 뉴스와 가끔씩 울리는 전화에만 신경을 쏟을 뿐 다른 켄투키들을 거들떠보지도 않았고, 그 때문에 할 일이 산더미처럼 쌓여갔다. 그리고르와 니콜리나는 번갈아 잠을 자면서, 비스킷과 그의 아버지가—아버지는 무슨 일이 일어나고 있는지 전혀 몰랐다—때맞춰 방문 앞에 가져다주는 요구르트로 끼니를 때웠다.

수루무의 켄투키는 여전히 지옥의 가장자리에서 고통받고 있었다. 다섯시간 만에 충전이 끝나자 니콜리나가 켄투키를 켰다. 다행히 그 집의 문은 아직 열려 있었다. 자그레브의 니콜리나는 자기 발아래 바닥에서 자고 있던 그리고르를 흔들어 깨웠다. 둘은 주변 상황을 살피기 위해 다시 인도로 나갔다. 마을은 전날과 마찬가지로 텅 비어 있는 것 같았다. 두번째 블록을 지나가고 있는데, 갑자기 어떤 이가 그들을 집어들었다. 여전히 잔뜩 흐린 잿빛 하늘이 보였다. 이어 맞은편 길가에 경광등을 켠 순찰차 두 대가—니콜리나는 확신했다—보이는가 싶더니, 갑자기 화면이 까맣게 변했다. 누군가가 켄투키를 가방 안에 집어넣었거나 천으로 눈을 가린 모양이었다. 바퀴는 허공에서 헛돌고 있는 듯했다.

"우린 지금 허공에 떠 있어." 그리고르가 말했다. "이럴 때일수록 배터리를 아껴야 돼."

들리는 소리로 봐서 그들은 트럭이나 트레일러 안에 있

는 것 같았다. 바닥에 놓이기는 했지만 움직일 공간이 없었다. 상자 안에 갇힌 걸까? 니콜리나는 제어프로그램의 작동을 멈추고 태블릿을 절전 모드로 전환한 뒤 책상에 내려놓았다.

그후로 무슨 변화가 있는지 확인하기 위해 이따금씩 켄투키의 눈을 뜨게 했지만, 그럴 때마다 짙은 어둠만 보일 뿐이었다. 아무도 없는지 말소리가 아예 들리지 않았다. 그 틈을 이용해 그들은 그동안 밀린 회선 연결 작업을 이어갔다.

그리고르와 니콜리나는 각자의 태블릿으로 작업을 하고 있었다. 하지만 작업에 집중하려 해도 연결이 중단된 켄투키가 자꾸 마음에 걸렸다. 그렇게 일을 하다가 밤이 되면 번갈아 침대에서 눈을 붙이고, 다시 일어나 일에 매달렸다. '유괴 사건'—니콜리나는 그렇게 불렀다—이 일어나고 열다섯시간이 지난 후, 그녀는 다시 켄투키를 깨웠다. 여전히 카메라는 검은 천에 덮여 있었지만 이제 사람들의 목소리와 문이 여닫히는 소리가 들렸고, 가끔 어디선가 새어들어오는 희미한 빛도 어른거렸다. 어딘가 열린 공간에서 움직이는 듯했다. 그리고르가 가까이 다가와 혼란스러운 표정으로 고개를 저었다.

빌어먹을! 이게 대체 무슨 일이람? 그는 속으로 중얼거렸다.

“울음소리를 내게 해볼까요?” 니콜리나가 물었다.

“잠깐만. 뭐라도 보일 때까지 기다리는 게 좋겠어.”

“그래도 우리를 충전기에 올려주긴 했네요.”

켄투키는 그대로 하루 이상을 어둠속에서 보냈다. 니콜리나는 배터리를 아끼기 위해 아주 가끔씩만 켄투키를 켜봤는데, 그때마다 결과는 마찬가지였다. 그러다 닷새째 되던 날, 그들이 켄투키를 켜보니 상황이 완전히 달라져 있었다.

그들은 널찍한 식당에 있었다. 벽이 낡은데다 페인트칠도 안되어 초라한 느낌을 주는 곳이었다. 한쪽에는 플라스틱 식탁 두개가 놓여 있고, 나머지 공간은 칸막이로 나뉘어 있었다. 커튼이 쳐져 있지 않은 세개의 커다란 유리창은 회랑으로 이어졌는데 그 너머로 울창한 밀림이 보였다. 열대 지역이 틀림없었다. 바닥에서 놀고 있던 사내아이 셋이 신기한 듯이 켄투키를 바라보았다. 아마 켄투키가 움직이는 것을 처음 본 모양이었다. 한 아이가 벌떡 일어나 왼쪽에 있는 방으로 쪼르르 달려가더니 잠시 후 두 여자와 함께 돌아왔다.

“그 아이예요.”

그들 중 어린 여자아이가 그리고르와 니콜리나를 보자마자 북받쳐오르는 감격을 간신히 억누르면서 인사를 건넸다. 바로 뒤에 있는 여인은 엄마인 것 같았다. 그녀는 앞치마에 손을 닦으면서 신기하다는 듯이 그들을 보았다. 두 모녀는 카메라 쪽으로 가까이 다가왔다. 여자아이가 손에 들고 있던 분필로 켄투키 앞 바닥에 단순한 모양의 십자가를 그렸다. 그들과 처음 연결되었을 때 바닥에 그렸던 그 십자가였다. 엄마와 딸은 카메라를 바라보면서 즐겁게 이야기를 건넸는데 마음이 앞섰는지 서로의 말을 막기도 했다. 감사한 마음을 표현하는 듯했지만 그리고르나 니콜리나는 한마디도 알아듣지 못했다. 여자아이가 다시 그려놓은 십자가로는 대답만 할 수 있어서, 그들의 말을 이해하지 못한다는 내용을 어떻게 전해야 할지 알 수가 없었다.

"참 좋은 사람들인 것 같아요." 니콜리나도 아이를 다시 보자 감격에 겨운 듯했다.

그리고르가 어깨를 부드럽게 어루만지자 그녀는 화들짝 놀라 그를 쳐다보았다. 그렇게 두 사람은 한동안 켄투키를 통해 여자아이와 엄마, 그리고 뒤에 있는 호기심 많은 아이들과 즐겁게 대화를 나누었다. 잠시 후, 엄마가 작별인사를 하고 자리를 떠났다. 니콜리나는 여자아이에게 다른 통신수단을 제안하고 싶은 마음에 엄마의 전화번호를 찾아 다시 연락했다. 집 안에 벨소리가 울리자 아이가 전화를 받으러 갔다. 사실 그리고르는 더이상 그 일에 관여하고 싶지 않았지만 이미 늦은 터였다. 아이가 전화를 받았다.

"우리야." 니콜리나가 말했다. "괜찮니?"

그러곤 영어로, 그리고 그리고르가 그녀에게서 한번도 들어본 적이 없는 아주 기초적인 프랑스어로 다시 물었다. 그래도 아이는 그녀의 말을 알아듣지 못하는 것 같았다. 켄투키에 대해서는 잘 아는 듯한 사람이 영어를 한마디도 못한다니, 저곳은 어떤 사회일까? 그리고르가 보기에 아이는 방금 걸려온 전화와 켄투키의 연관성을 제대로 이해하지 못하고 있는 듯했다. 아이가 전화를 끊고 무슨 말을 하자, 뒤에 있던 아이들이 까르르 웃었다.

니콜리나는 태블릿을 내려놓았다. 실망한 기색이 역력했지만, 다른 한편으로 무거운 짐을 벗어버린 듯 홀가분한 것 같기도 했다.

"다 끝났으니까 샤워나 해야겠어요." 그녀는 문어 같은 팔을 위로 쭉 뻗어 기지개를 켜더니 자리에서 일어나 문으로 갔다. "고마워요." 그녀가 문턱에서 그에게 미소를 지어 보이며 말했다.

그리고르도 미소로 답했다. 그녀가 나가버렸는데도 여전히 미소 짓고 있는 자신이 좀 민망하게 느껴졌다. 방 안에 혼자 남은 그는 잠시 그녀의 길고 유연한 팔과 벨벳처럼 부드러운 살결로 덮인 에일리언의 척추를 떠올렸다. 47번 연결 켄투키로 인해 많은 곡절을 겪었음에도 손해가 그리 크지는 않은 듯했다. 그는 태블릿을 들고 침대에 걸터앉아 켄투키를 조종하면서 그 여자아이의 사회경제적 환경 조건을 따져보았다. 잘만 하면 그 켄투키를 팔 수도 있을 것 같았다. 집은 누추하지만 그럭저럭 지낼 만한 수준이었고, 주변 경관이 꽤 멋진데다 가족도 생기가 넘쳐 보였다. 더구나 유럽의 상류층 사람들 중에는 전통적인 방식으로 방문하기 어려운 국가들에 자신의 박애와 자선 본능을 알리고 싶어하는 이들도 있지 않은가. 무엇보다 여자아이와 엄마는 마음씨가 착해 보였다. 아이들도 신기한 듯 그를 따라다니면서도 찰싹 달라붙거나 함부로 건드리지 않는 걸 보면 순하고 고분고분한 것 같았다. 여자아이가 어딘가로 걸어가기에 그리고르도 뒤를 따라갔다. 그들은 널찍하지만 엉성하고 어수선한 주방으로 들어섰다. 엄마는 싱크대에서 설거지를 하고, 두 남자가 식탁에서 대화를 나누고 있었다. 여자아이는 엄마와 즐겁게 몇 마디 주고받았다. 남자들끼리 나누는 대화에는 아예 관심도 없는 듯했다. 남자들 쪽으로 다가간 그리고르는 그 이유를 알아차렸다. 그들이 영어로 대화를 나누고 있기 때문이었다. 둘 중 더 나이 든 남자—아이의 아버지가 분명했다—가 초보적인 수준의 영어로 말했다.

"나…… 돈 없다. 돈 하나도 없다. 다 썼다."

맞은편의 젊은 남자는 혈색이 좋았고, 담배를 피우고 있었다. 그의 영어 발음은 거의 완벽에 가까웠다.

"계집애가 돌아왔잖아요. 무슨 말인지 모르겠어요? 아이가 집에 돌아왔으니, 아저씨의 지갑으로 곧 돈이 들어오게 되어 있다고요."

그때 여자아이가 요리를 가져와 남자들 앞에 하나씩 놓았다. 젊은 남자가 아이의 손목을 잡더니 아버지를 힐끗 쳐다보면서 팔에 입을 맞추었다. 그러곤 여전히 손목을 잡은 채 그에게 말했다.

"그 돈이 어디서 생겼냐고 물어볼 사람은 아무도 없어요."

그들이 무슨 말을 하는지 아이는 전혀 모르는 것 같았지만 무언가를 직감하기라도 한 듯 얼굴에서 웃음기를 거두었다.

그리고르는 주방 찬장 옆에 붙어 있는 켄투키처럼 그 장면을 엿보고 있는 자신의 모습도 저들의 눈에 보이지 않을 거라고 생각했다. 한동안 그 자리에 머물러 있던 그는 엄마가 아이를 부르는 소리를 들었다. 그 순간 니콜리나가 떠올랐다. 우리가 저 여자아이를 어디에 돌려준 거지? 그는 자기가 본 것을 니콜리나에게 솔직하게 털어놓을 수 있을지 생각해보았다. 아버지, 요구르트, 또 플랜 B 덕분에 모을 수 있었던 돈에 대해서도 생각했다. 그러고 나자 모든 것이 분명해졌다. 그는 전혀 모르는 이들이 밥 먹고 코 고는 모습을 더이상 보고 싶지 않았다. 작은 병아리 한마리가 공포에 질려 비명을 지르는 사이 다른 병아리들이 신경질적으로 녀석의 털을 뽑는 모습도 더는 보고 싶지 않았다. 이제 누구라도 한 지옥에서 다른 지옥으로 옮겨놓고 싶지 않았다. 그는 빌어먹을 국제 규제가 자신의 사업을 망하게 만들 때까지 기다리고 싶지 않았다. 따지고 보면 그 규제라는 것도 벌써 나왔어야 마땅하지 않은가. 이제 과감하게 벗어나야 할 때였다. 남은 기기는 내다 팔고 다른 일에 뛰어들 생각이었다. 그는 기기 설정으로 들어간 뒤, 굳이 그 집에서 켄투키를 꺼내지 않은 채 단번에 연결을 끊어버렸다.

그녀는 클라우스의 꿈을 꾸었다. 침대에 누워 몸을 뒤척이는데 갑자기 어둠속에서 그가 나타나 그녀를 와락 껴안았고, 낯 뜨거운 장면이 이어졌다. 무언가 뜨겁고 축축한 것이, 빳빳하게 발기된 독일 남자의 커다란 성기가 마침내 그녀의 다리 사이를 지나 몸속으로 들어왔다. 깜짝 놀라 깨어난 그녀는 가슴이 두근거려 견딜 수가 없었다. 하는 수 없이 자리에서 일어나 침대맡 램프를 켜고 한동안 앉아 있어야 했다. 바로 그때 작은 토끼가 눈에 띄었다. 토끼는 방 한가운데 서서 다정한 눈빛으로 그녀를 쳐다보고 있었다. 혹시 그녀가 꿈꾸는 것도 보았을까? 필요 이상으로 많은 것을 본 건 아닐까? 켄투키와 함께 지낸 지도 거의 일주일이 다 되어가고 있었다. 지난 일주일 동안 어찌나 화기애애하고 애정 넘치는 시간을 보냈는지 누구한테 말하기도 부끄러울 정도였다. 하지만 글로리아에게는 모든 것을 털어놓았다. 켄투키와 함께 살게 해준 친한 친구요, 마음속 깊이 서로를 신뢰하는 사이가 아닌가. 반면에 아들에게는 한마디도 하지 않았다. 아들은 검은색 군화를 신은 여자에게 푹 빠져 있을 뿐 아니라, 최근에는 너무 바빠 자기 엄마가 뭘 물어도 제대로 답장한 적이 없었다. 게다가 켄투키 얘기만 나오면, 그는 자기 얘길 하느라 엄마의 말은 아예 들으려고 하지도 않았다.

에밀리아는 아들이 자기 생활을 너무 소홀히 하는 것 같아 불만스러웠다. 아들과는 다른 세대라 기술과 동떨어진 삶을 살아온 그녀조차 그런 동물 인형을 통해 사생활이 노출될 위험에 대해서 충분히 인식하고 있었기에 더더욱 화가 치밀었다. TV 뉴스에서도 연일 그런 문제를 보도했다. 밤 10시 프로그램에서는 일기예보 하듯이 매일 전문가들을 초대해 새로운 팁과 예방 조치 방법 등을 알려주었다. 에밀리아가 보기에 그것은 상식의 문제이자 스스로의 절제력에 관한 문제였다. 즉 삶의 경험과 약간의 직관적 통찰력이 필요했다. 하지만 각자의 동물, 그러니까 에르푸르트에 있는 그녀 자신처럼 작은 동물들을 생각하면, 그러한 위험도 무릅쓸 만한 가치가 있는 것 같기도 했다. 아무튼 그들은 좋은 의도로 다른 이들과 함께 시간을 보내고 싶어하는 존재들 아닌가.

에바와의 관계도 처음에는 그랬다. 얼마 후 클라우스가 나타나면서 약간 껄끄러워지기는 했지만 최근 들어 다시 원만해지고 있었다. 하지만 클라우스는 여전히 그녀에게 전화를 걸어왔다. 처음 몇번은 휴대전화 화면에 그의 번호가 뜰 때마다 두려움에 떨었다. 어찌할 바를 몰라 전화기를 손에 든 채 집 안을 서성거리다가도 결국에는 전화를 받았다. 클라우스는 영어로 말했지만 억양이 워낙 강해서 대부분 알아듣기가 어려웠다. 하지만 세번째, 혹은 네번째로 통화할 때부터는 그 저음의 목소리에 어느정도 익숙해지기 시작했다. 더구나 그의 말을 알아듣고 말고는 그다지 중요하지도 않았다. 그녀는 지난 몇달 동안 그랬듯이 마음을 열고 작금의 상황을 따져보았다. 클라우스의 전화 통화에서 드러나는 음란성과 공격성에 무언가 숨겨져 있을지도 모른다는 생각이 들었다. 그녀는 우선 그의 말을 잘 들어봐야겠다고 다짐했다. 그러면 에바에 대해서 좀더 자세히 알 수 있을 것이었다. 그렇게 하기로 마음먹은 것은 에바를 위해서, 아니 자신과 에바 모두를 위해서였다. 그녀는 눈을 지그시 감은 채 클라우스의 목소리를 들으며 무슨 말을 하는지 이해하려고 애썼다. 어쩌면 그녀의 관심을 끌고 싶어서 이러는 게 아닐까? 그녀에게 전화를 거는 것도 따지고 보면 힘들고 억압적인 삶으로부터 벗어나려는 몸부림일지도 모를 일이었다. 가끔 클라우스는 뭔가 묻는 투로 이야기하다가 이내 입을 닫아버리곤 했다. 그럴 때마다 에밀리아는 분위기를 바꿔보려고 스페인어로 날씨나 그날의 뉴스에 대해 쓸데없는 이야기를 지껄였지만, 클라우스는 매번 그녀의 말을 막고 다시 자기 얘기를 꺼내기 시작했다. 전화를 끊는 것은 늘 그였다. 물론 에밀리아는 통화가 끝날 때까지 참고 견뎠다.

그녀는 이불을 옆으로 밀어내고 가운을 입은 뒤 일어났다. 토끼가 주방까지 그녀의 뒤를 졸졸 따라왔다. 그녀는 찻주전자를 불 위에 올려놓았다. 일주일도 지나지 않았지만, 그들에게는 이미 일상적 습관이라 할 만한 것이 생겼다. 처음에 에밀리아는 토끼한테 정을 붙이지 않으려고 했다. 하루 종일 자기 꽁무니만 졸졸 따라다니는 토끼에게서 자신의 진정한 모습, 그러니까 에르푸르트에 존재하는 자신의 모습을 보다보면 자칫 현혹되기도 쉽거니와 필요 이상으로 깊이 빠져들 수도 있을 것 같았기 때문이다. 하지만 켄투키가 워낙 그녀를 잘 따랐다. 두 토끼는 서로 닮은 점이 많았다. 단지 털 색깔이 똑같다거나, 두 귀 사이에 똑같은 모양으로 머리핀을 꽂고 있다거나 하는 외모의 특성만이 아니었다. 토끼 켄투키에게 시선이 갈 때마다 그녀는 언제나 자기 자신을 보는 듯한 기분이 들었다. 모든 면에서 둘은 쌍둥이 같았다. 길모퉁이 가게에서 물건을 사기 위해 집 안에 토끼를 가둔 채로 나갈 때면 언제나 마음이 아팠다.

"내가 아는 이들 중에서 켄투키의 '주인'이기도 하고 켄투키가 '되기'도 한 사람은 너밖에 없다니까." 글로리아는 이렇게 말했다.

그들은 이네스가 수영장에서 마지막 한바퀴를 도는 동안 샤워를 하면서 몰래 켄투키 이야기를 나누곤 했다.

"그러니 아주 특별한 관점으로 세상을 볼 수 있게 되지 않을까?"

충분히 그럴 수 있어. 그럼, 그렇고말고. 그녀도 어렴풋이나마 그 사실을 깨닫고 있었다. 때때로 에바를 찾아 에르푸르트의 아파트를 돌아다니는 동안, 에밀리아는 뒤에서 토끼가 바지런히 움직이는 소리에 귀를 기울이곤 했다. 그 소리는 시간을 두고 되돌아온 자기 자신의 메아리나 마찬가지였다. 한편 토끼 입장에서도 자기 주인이 다른 켄투키가 '된 것'을 지켜보고 있으면 마음이 편안해질 것 같았다. 이런 식으로 지내면 결국 모든 형태의 상호 이해와 연대에 대해 생각하게 되지 않을까? 하지만 그렇다고 해서 그녀가 뭘 어쩌단 말인가? 복잡하게 뒤얽힌 켄투키의 양면성을 깨닫기 위해 정진하는 선승禪僧이라도 되겠다고? 물론 그녀가 많은 것을 배우고자 노력하는 사람이라는 건 부인할 수 없는 사실이었다.

“저들은 모든 것을 다 보고 듣는다고요. 무슨 말인지 아시겠어요?” 언젠가 슈퍼마켓에서 우연히 만난 남자에게 그녀는 나무라듯 말했다.

슈퍼마켓에서 셈을 치르다가 남자 계산원의 켄투키가 영수증과 명세서 위를 돌아다니고 있는 것을 목격한 참이었다. 그녀가 보기에 켄투키를 제멋대로 돌아다니게 내버려두는 것은 온당하지 못한 처사 같았다. 실제로 일부 켄투키들의 악용 사례가 있다면, 그건 주인들이 태만하고 관리를 소홀히 했기 때문이라는 게 에밀리아의 생각이었다. 물론 그 반대의 경우도 마찬가지였다. 활동 범위를 적절히 제한하는 것이야말로 주인과 켄투키의 올바른 관계를 정립하는 기초였다. 아무튼 에밀리아도 자기 아들을 그런 식으로 키웠고, 그 덕에 아들은 조금도 삐뚤어지지 않은 채 잘 자라지 않았는가.

슈퍼마켓에서 돌아온 그녀는 사 온 것들을 냉장고에 넣고 점심을 짓기 시작했다. 에르푸르트에서 에바와 함께 찍힌 사진을 인화해 붙여둔 터라, 냉장고 문을 여닫을 때마다 그 사진을 볼 수 있었다. 물론 휴대전화로 화면을 찍은 다른 사진들도 인화해 집 안 여기저기 붙여놓았고, 심지어 아들이 선물로 보내준 아주 예쁜 액자에도 한장 넣어두었다. 거기다 클라우스의 사진도 몇장 뽑아놓았다. 그녀는 팬티 바람으로 요리를 하는 그의 사진이 마음에 들었다. 화장실 거울에 붙인 두장을 제외하면 클라우스 사진은 모두 침실용 탁자에 붙여놓았다. 굉장히 재미난 사진도 한장 있는데 그건 글로리아에게 보낼 카드로 만들 생각이었다. 솔직히, 오후에 이따금씩 전화를 걸어오는 남자가 어떻게 생겼는지 친구에게 보여주고 싶었던 것이다.

그녀는 뉴스를 보면서 점심을 먹은 뒤 주방을 청소했다. 토끼가 잠을 자는 몇시간이 그녀에겐 집안일을 하는 시간이었다. 에밀리아는 에바가 자기한테 해주듯이 토끼를 충전기 위에 올려놓았다. 잠든 켄투키를 살짝 들어올릴 때마다 그녀는 뒷바퀴 사이의 작은 표시등이 켜져 있는지 마음을 졸이며 확인하곤 했다. 글로리아가 말하길, 켄투키가 자고 있는 동안에도 계속 연결되어 있는지 확인하는 방법은 그것뿐이라고 했다.

오후 2시 정각에, 에밀리아는 토끼를 데리고 컴퓨터 앞에 앉아 에르푸르트의 켄투키를 깨웠다. 가끔 토끼가 올려달라고 보채면 에밀리아는 그를 화면 앞에 놓아주었다. 토끼로서는 다른 곳에 존재하는 자신의 모습을 보고, 동시에 자기 주인이 조종하는 다른 토끼를 보는 것이 참 놀랍고 신기한 경험이리라.

“여긴 독일 에르푸르트야.” 에밀리아는 토끼에게 조금씩 알려주었다.

그러면 토끼는 가르랑 소리를 내며 그녀의 팔에 몸을

비비는가 하면, 그녀를 바라보면서 눈을 깜박이기도 했다. 에르푸르트는 마음에 들어했지만 클라우스는 영 못마땅한 눈치였다. 지난번에 클라우스한테서 전화가 왔을 때는 마치 악마한테서 걸려온 전화라도 되는 양 제자리에서 꼼짝도 않은 채 휴대전화 화면에 나타난 그의 전화번호를 유심히 바라보았다. 아마 자기 주인이 긴장하고 있다는 것을 알아차린 모양이었다. 아니면 클라우스가 한 말을 우연히 엿듣고 기분이 상했던 건지도 몰랐다.

"절대로 나쁜 일 아니야, 얘." 에밀리아는 전화를 끊고서 말했다. "그러니까 이상하게 생각할 것 없어." 에르푸르트 화면에 나타난 클라우스는 전화를 끊은 뒤 샌드위치를 만드는 중이었다. 그는 팬티 바람으로 이리저리 돌아다니면서 냉장고 문을 여닫고 프라이팬에 달걀을 깨 넣었는데, 그런 와중에도 손에서 맥주를 놓지 않았다. 에밀리아는 클라우스가 에바와 잠자리를 할 때도 자기한테 했던 말을 할지 궁금했다. 이어 그런 생각을 한 자신이 왠지 부끄러워 곁눈질로 토끼를 흘끔거리는데, 그 순간 에르푸르트에 있던 클라우스의 전화에서 벨소리가 울렸다. 그는 불을 줄이고 전화를 받았다. 비록 한마디도 알아듣지 못하지만, 에밀리아는 그가 영어로 말할 때보다 독일어를 할 때가 훨씬 더 좋았다. 그런데 무슨 일인지 그의 목소리가 평소와 너무 달랐다. 클라우스는 심각한 표정으로 한

동안 듣기만 하다가 고개를 숙인 채 창가로 다가갔다. 상대방이 하는 말을 유심히 듣고 있는 듯했다. 에밀리아는 저들이 무슨 이야기를 하는지 짐작조차 할 수 없었지만 유난히 진지한 클라우스의 모습에 무언가 이상한 느낌이 들었다. 문득 클라우스가 그녀를 바라보았다. 언젠가 켄투키를 붙잡으려고 닭 쫓듯이 거실을 뛰어오기 직전처럼 무서운 눈빛이었다. 이윽고 그가 고개를 끄덕이며 그녀에게 다가오기 시작했다. 그때 에바가 아파트 문을 열고 안으로 들어왔다. 가방과 매트를 어깨에 메고 있는 걸 보니 요가를 하고 온 모양이었다. 클라우스가 손으로 휴대전화의 마이크를 막고서 그녀에게 무언가를 설명하자, 에바 역시 물건을 내려놓지도 않은 채 켄투키를 빤히 바라보았다. 방금 그가 한 말이 무슨 소린지 이해하려고 애쓰는 듯한 표정이었다. 두 사람이 그녀를 바라보는 동안 그녀도 화면으로 그들을 바라보았다. 무슨 일이 생긴 건지 에밀리아는 도무지 종잡을 수가 없었다. 클라우스는 다시 통화를 이어가며 연신 고개를 끄덕였다. 그러곤 종이쪽지에 무언가를 적은 뒤, 몇마디 더 하고 전화를 끊었다. 곧 그가 에바에게 다가가 자기 전화의 화면을 보여주었다. 손가락으로 계속 화면을 넘기는 것으로 보아 전화 속 사진들을 보여주는 듯싶었다. 화면을 유심히 지켜보던 에바의 입가가 묘하게 일그러지더니 곧 미소가 번지기 시작했다. 짧게 스치고 지나갔을 뿐이지만, 에밀리아로서는 그때껏 한 번도 본 적이 없는 음흉한 미소였다. 에바가 마침내 가방과 요가 매트를 바닥에 내려놓고 소파에 앉았다. 그러곤 자기 발 쪽으로 다가오고 있는 켄투키를 바라보았다. 에밀리아는 무슨 일인지 궁금해서 견딜 수가 없었다. 에바는 그녀 옆으로 몸을 낮추어 바닥에 책상다리를 하고 앉더니 손에 들고 있던 전화기로 어디론가 전화를 걸었다.

바로 그때, 에밀리아의 집에 전화 벨소리가 났다. 한꺼번에 너무 많은 일이 닥치다보니 전화를 받을 엄두가 나지 않았다. 휴대전화가 책상 위에서 계속 진동하자 토끼가 그것을 그녀의 손 가까이로 밀어주었다. 클라우스의 번호였다. 전화를 받자 에바가 그녀를 보며 미소 지었다. 그녀는 독일어로 말을 했지만, 다행히 화면의 번역기가 잘 돌아가고 있었다.

《안녕.》

전화기에서 흘러나오는 그녀의 목소리는 왠지 평소보다 걸걸하고 어른스러웠다.

《방금 당신의 켄투키가 사진을 보내줬어요. 당신이 내 남자친구와 전화로 노닥거리는 장면을 찍었더군요.》

에바는 그녀에게 존댓말을 쓰고 있었다.

《당신 집에 우리 사진이 잔뜩 붙어 있네요. 그리고 당신 사진도요. 당신의 토끼가 아주 엄격한 도덕성을 지닌 분인지 단단히

화가 나 있는 것 같아요.》

에밀리아는 그 말의 의미를 알고 싶었지만, 도무지 이해할 수가 없었다.

《자기 주인한테 굉장히 실망한 모양이더라고요. 그리고 당신에게 하고 싶은 말이 있는데……》 에바의 목소리가 점점 더 가라앉으며 관능적으로 변해서 에밀리아는 온몸의 털이 곤두서는 것만 같았다. 《에밀리아……》 에바는 그녀의 이름을 알고 있었다. 《나는 당신이 입고 있는 노인용 속옷이 너무, 너무나 마음에 들어요.》

그렇다면 저들이 그녀의 베이지색 팬티를 봤다는 말인가? 거의 가슴 아래까지 올라오는 그 팬티를 어떻게 봤을까?

《정말이에요.》 에바가 클라우스를 바라보며 말했다. 《우리 둘 다 그 팬티가 마음에 든다고요.》

에밀리아는 깜짝 놀라 옆에 있던 차를 엎지르며 자리에서 벌떡 일어났다. 발이 땅에 붙박인 듯 움직일 수가 없었다. 어떻게 하지? 심장이 터질 것처럼 빠르게 뛰었다. 그녀는 자신이 아직도 전화기를 귀에 대고 있다는 것을 깨달았다.

"이봐요, 아가씨……" 입을 열자 다 죽어가는 목소리가 갈라져 나왔다. 새삼스레 자기도 많이 늙었다는 생각이 들었다.

그녀는 무슨 말을 해야 할지 몰라 전화를 끊어버렸다.

에르푸르트에서 에바가 전화를 보며 클라우스에게 무슨 말인가를 건넸다. 그는 폭소를 터뜨리더니 에바의 팔을 잡아 단숨에 일으킨 뒤 요가 바지를 벗기기 시작했다. 에밀리아는 분을 삭이지 못하고 화면을 꺼버렸다. 잠시 후, 다시 화면을 켜자 에바가 클라우스의 팬티를 벗기고 있었다. 어떻게 하면 이 악몽에서 벗어날 수 있을까? 떨리는 손으로 제어프로그램을 더듬거리던 그녀는 평소 무시하고 지나치던 빨간색 버튼을 발견했다.

《연결을 완전히 종료하시겠습니까?》

에밀리아는《예》를 누르고 손으로 등나무 의자 등받이를 꽉 붙잡았다. 손에 힘을 주자 우두둑 소리와 함께 등나무 살에 눌린 자국이 선명하게 남았다. 마침내 빨간색 경고 표시가 화면에 떴다.《연결 종료.》컴퓨터 화면에 그렇게 크고 빨간 텍스트 상자가 나타난 건 처음이었다. 이제 그녀의 몸은 무엇에도 반응하지 못하는 상태였다. 충격이 너무 컸던데다 두 사람으로부터 조롱을 당한 탓에 기운이 다 빠져버린 것이다. 켄투키는 책상 반대쪽 끝에서 그녀를 멀뚱히 바라보고 있었다. 그녀를 비난하는 듯한 모습이었다. 그 혐오스러운 눈빛을 견딜 수가 없었다. 그 순간, 갑자기 클라우스가 떠올랐다. 그녀를 처음 만난 날 클라우스가 요즘 세상에서 어떻게 닭을 잡는지 몸소 보여주지 않았던가. 에밀리아는 토끼를 집어들어 주방으로 가서는 싱크대에 집어넣었다. 수도꼭지를 돌리려고 잠깐 놓은 틈을 타 토끼가 도망치려 했지만, 그녀는 마음속에서 이글이글 타오르는 분노와 원통함을 의식하며 난폭하게 녀석의 두 귀를 잡아 수도꼭지 아래로 밀어넣었다. 토끼는 발버둥을 치며 비명을 질러댔다. 아들이 우연히 이 장면을 본다면 어떻게 생각할지, 억센 손으로 토끼를 쥐고 눈을 가린 채 수도꼭지 아래 밀어넣고는 마침내 토끼가 질식해 발바닥에 있는 초록색 불빛이 꺼질 때까지 있는 힘껏 하수구에 대고 누르는 그녀의 모습을 본다면 제 엄마를 얼마나 부끄럽게 여길지, 에밀리아는 궁금했다.

루카를 못 본 지도 벌써 보름이 다 되어가고 있었다. 심리 치료사를 만나 상담을 하고, 전처와 언쟁을 벌이고, 사회복지사의 중재가 이어지던 중 어느 시점부터 엔초는 아들의 양육권을 잃을 수도 있으리라는 패배주의적인 생각에 시달리기 시작했다. 불과 이년 전, 판사는 아내가 아들의 양육을 책임질 수 있을 만큼 정신적으로 안정되어 있지 못하다는 판결을 내렸다. 그날 법정의 장면을 떠올리자 두려움이 밀려왔다. 만약 같은 판사가 이번에는 정반대로 아버지에게 부적합 판결을 내리면 어쩌지? 생각만 해도 끔찍했다. 그가 알기로 심리 치료사는 이미 여러시간에 걸쳐 루카와 상담을 진행했다. 아마 공부도 많이 하고 세상의 모든 정신병에 대해 전처보다 훨씬 잘 알고 있을 테니, 만일 루카에게 문제가 있다면 처음부터 끝까지 자세하게 보고할 것이다. 혹시 아이가 모호하게 대답한다 하더라도 다 알아듣고 종이에 이름 모를 것들을 휘갈기리라. 엔초는 더이상 아들을 보호할 수 없게 될 것이고, 그건 순전히 그의 탓이다. 저들이 아이에게 모든 것을 말해주고, 필요한 것을 물어보게 될 것이다. 결국은 아이도 그런 생활에 익숙해지겠지.

일주일 사이 '손해배상 평가' 회의가 세번 열렸고, 그들은 경찰서에도 갔다. 아버지, 미친 여자 둘, 그리고 아들, 이렇게 넷이서. 성인 셋에 아이 하나. 다른 건 몰라도 아이는 경찰서에 데려가지 말았어야 했다. 아이는 그들 셋 중 누구보다도 더 나은 보호자를 가질 자격이 있었다. 어쨌든 루카는 입을 다물고 잘 버텨냈다. 이 모든 게 그 여자들이 켄투키를 상대로 제기한 소송 때문이었다. 담당 판사는 그런 소송이 법률적으로 성립되지 않는다는 점을 수차례에 걸쳐 그들에게 설명했다. 결국 엔초는 켄투키의 연결을 끊겠다고 서약하는 내용의 상호 합의서에 서명할 수밖에 없었다. 더하여 즉시 주거지를 옮기기로 약속했고, 그 순간부터 아이의 어머니가 집에 별일이 없는지, 그리고 루카가 잘 있는지 확인하기 위해 사전 통보 없이 그들을 방문할 수 있는 권리를 갖게 된다는 점도 조건 없이 수용했다.

확인 및 서명 절차가 모두 끝난 뒤에야 엔초는 다시 루카를 만날 수 있었다. 그는 전처의 집을 찾아가 밖에서 경적을 울렸다. 대문이 열리더니 루카가 쏜살같이 그에게 달려왔다. 엔초에게는 기적 같은 순간이었다.

"어때, 녀석아? 잘 지냈어?" 루카는 대답 없이 차 문을 닫고 가방을 뒷좌석에 휙 던졌다. "어쨌든 다시 만나서 얼마나 기쁜지 모르겠구나." 엔초가 말했다. "우리가 살 집을 새로 구했는데, 마음에 들 거야."

몇년 전 아이가 원했던 대로 루카의 방을 검은색으로 칠해둔 터였다.

"벽에다 분필로 써도 돼." 그가 웃으며 말해주었다. 하지만 루카는 자기가 아직도 다섯살짜리 어린애인 줄 아느냐고 퉁명스럽게 쏘아붙였다.

집은 작고 정원도 없었지만, 시내에서 일곱 블록밖에 떨어져 있지 않아 학교까지 걸어갈 수 있었다. 그 점만큼은 루카도 마음에 들어하는 눈치였다. 엔초는 그날 처음으로 아들의 얼굴에 잠시 스치는 미소를 보았다.

이사 첫주 내내 아파트에서는 이상한 냄새가 났고 물건을 찾기도 힘들었지만, 그래도 아들과 함께 지낼 수 있다는 것이 꿈만 같았다. 그가 그토록 힘들게 싸우며 이루고자 했던 꿈이었다. 동네 부동산 회사가 그들이 전에 살던 집의 세입자를 구해주었다. 세입자들이 다음 달 첫날 그 집에 들어오기로 되어 있어서 그 전까지는 온상에 놓고 온 것들을 찾아와야 했다.

"그리고 집 열쇠도 저희에게 넘겨주셔야 합니다." 부동산 회사의 직원이 말했다. "제가 열쇠 받아두는 걸 늘 잊어버려서 말이죠."

엔초는 새 아파트에서 혼자 늘어지게 낮잠을 자고 일어났다. 루카는 여전히 주말마다 제 엄마 집에 가서 시간을 보냈다. 그 틈을 이용해 그는 일어나 커피를 내리고 전에 살던 집에 마지막으로 가볼 생각이었다.

예전 집에 도착했을 때는 이미 해가 저물고 있었다. 그는 유리창 덧문을 열고 전등을 켰다. 안이 텅 비어 있는데다 페인트칠을 새로 해서인지 전보다 더 널찍하면서도 쓸쓸해 보였다. 새 아파트에서 얼마나 오래 버텨야 이곳으로 돌아올 수 있을지 막막하기만 했다. 그는 정원으로 나가 온상 문을 열었다. 몇주 전 그곳을 떠날 무렵, 그는 켄투키를 충전기에 올려둔 채 온상 구석에 처박아두었다. 켄투키는 여전히 그 자리에 있었다. 충전기의 불빛도 그대로였다. 그는 전등 스위치를 올리고 잠시 서서 비참하게 변해버린 온상을 둘러보았다. 거무죽죽하게 말라붙은 덤불들이 묘판에서 땅바닥으로 축 늘어져 있고, 고추는 곰팡이가 슨 채 온상 한가운데로 굴러다니며 홀로 썩어가는 중이었다. 그때 전화벨이 울렸다. 집 안에서 나는 소리였다. 그는 가방을 바닥에 내려놓고 온상을 나왔다. 정원을 가로질러 주방으로 들어간 그는 벽에 붙어 있는 오래된 전화기를 잠시 바라보았다. 처음 루카와 함께 이사 왔던 날 그 집에 남아 있던 유일한 물건이었다. 또한 그들이 그 집을 떠나면서 남겨둔 유일한 물건이기도 했다. 아주 오래된 구식 전화기였지만 지금도 여전히 쌩쌩하게 울리고 있었다. 그는 수화기를 들었다. 수화기에서 흘러나오는 어둡고 거친 숨소리에 온몸의 털이 곤두서는 것 같았다.

"아이는 어디 있죠?" 목소리가 물었다.

아들이 어디 있냐고? 혹시 전처의 집에 무슨 일이 일어난 건 아닌가 싶은 생각에 갑자기 불안해진 그는 수화기를 잡은 손에 힘을 꽉 주었다. 이어 남자의 목소리가 다시금 몸속으로 파고드는 순간, 엔초는 목소리의 주인공이 누구인지 어렴풋이 알 것 같았다.

"루카를 보고 싶어요."

자기도 모르게 수화기를 너무 세게 누르고 있었는지 귀가 얼얼했다.

"보고 싶다고……" 목소리가 다시 말했다. 엔초는 전화를 끊어버렸다.

두 손으로 전화를 끊었지만, 수화기가 손에서 떨어지지 않았다. 그는 벽에 걸린 전화기에 매달린 채 잠시 멍하니 서 있었다. 이어 텅 빈 거실을 휘 둘러보고는, 아무도 지켜보지 않는다고, 켄투키는 온상에 갇힌 채 충전기 위에서 얌전하게 쉬고 있다고 스스로를 다독이며 한숨을 내쉬었다. 아무 데나 주저앉고 싶었지만 몸이 말을 듣지 않았다.

다시 전화벨이 울리자, 그는 움찔거리며 뒤로 물러나 주방 한복판에서 얼어붙은 듯 가만히 선 채로 전화기를 바라보았다. 이윽고 어떻게 할지 마음을 굳혔다. 그는 곧장 온상으로 갔다. 켄투키는 여전히 충전기 위에서 그를 기다리고 있었다. 엔초는 연장을 넣어둔 수납장에서 삽을 꺼낸 뒤 묘상 위로 올라가 말라붙은 풀포기를 헤치고 흙을 파기 시작했다. 웬만하면 뒤를 돌아보지 않으려고 했지만 어느 순간 이상한 낌새가 느껴져 고개를 돌려보니, 어느새 켄투키가 충전기에서 내려와 어디론가 달아나고 있었다. 하지만 방금 전 삽을 꺼내기 전에 문을 단단히 잠갔기 때문에 독 안에 든 쥐 신세나 다름없었다. 어느정도 큰 구덩이가 만들어지자 그는 삽을 내팽개치고 켄투키에게로 갔다. 두더지는 피하려 애를 썼지만, 엔초는 별 어려움 없이 녀석을 잡아서 들어올렸다. 두더지는 그의 손아귀에서 벗어나려고 필사적으로 바퀴를 움직였다. 그는 녀석을 작은 무덤 안에 똑바로 누였다. 두더지는 머리만 흔들어댈 뿐 더이상 몸을 움직이지 못했다. 엔초는 옆에 쌓여 있던 흙을 손으로 쓸어 구덩이에 넣었다. 두더지의 옆구리와 배 그리고 얼굴의 일부가 흙에 덮였다. 이어 남은 흙을 부릅

뜬 눈에 쓸어부은 뒤, 엔초는 주먹으로 있는 힘껏 흙을 내리쳤다. 우두둑 소리와 함께 흙 밑에서 미세한 움직임과 떨림이 느껴지는 듯했다. 그는 다시 삽을 잡아 높이 치켜들었다가 세차게 내리치고는 여러차례 두드려 흙을 단단히 다졌다. 설령 저 밑에 어떤 생명체가 살아 있다 해도 빠져나올 틈이 전혀 없다는 확신이 들 때까지.

그들은 야외 매점에서 마지막으로 커피를 마셨다.

"언제 떠나?" 카르멘이 물었다.

"일요일." 그녀가 대답했다. 문득, 정확한 날짜는 고사하고 자신이 그렇게 금방 떠나리라는 사실을 아는 사람이 카르멘밖에 없다는 생각이 들었다. 스벤에게는 소식을 알릴 기회조차 없었다.

"나를 이 지옥에 혼자 내버려두는구나, 친구야." 카르멘이 말하고는 잔에 남은 커피를 한번에 마셨다.

둘은 포옹을 했다. 알리나는 고향에 가서도 카르멘이 그리울 것 같았다. 따지고 보면 그녀 덕분에 비스타에르모사에 머물며 그나마 좋은 추억을 만든 셈이었다. 그들은 함께 광장을 가로질러 가다가 교회 앞에서 작별인사를 나누었다. 알리나는 마음을 굳게 다잡고 발을 돌렸다. 이런 저런 일을 하기에 아주 좋은 오후였지만, 예술가의 성대한 전시 개막식이 올림포스에서 그녀를 기다리고 있었다.

스벤은 벌써 일주일째 미술관에 처박혀 조수와 함께 작업 중이었다. 카탈루냐 출신인 미술관 대표는 설치 과정 전체를 기록으로 남겨두기 위해 사진작가를 고용했다. 스벤과 켄투키가 홀연히 종적을 감추다시피 한 것도 그 무렵부터였다. 며칠 전부터 샌더스 대령은 그녀의 방으로 돌아오지 않았다. 저녁 시간 뒤에도 작업실에 남아 있다가 공용 구역에서 다른 예술가들이나 켄투키들과 어울리는 듯했다. 스벤은 이미 모노프린트 작품을 완전히 포기한 터였고, 대신 설치 작품에 더 큰 기대를 걸고 있었다. 하지만 알리나는 그 예술가가 대체 무슨 일을 하고 있는지 전혀 알지 못했다.

주차장은 이미 차들로 꽉 찬 상태였다. 나란히 세워진 택시 두대에서 손님들이 내리고 있었다. 아직 어두워지지도 않았는데 밖에는 불이 환하게 밝혀져 있었다. 낯선 사람들 사이를 돌아다니다보니 몇시쯤 되었는지 궁금해졌다. 알리나는 미술관 근처로 가 커다란 유리창에 비친 자신의 모습 앞에 걸음을 멈추고 머리를 매만진 뒤 허리춤에서 올라와 목 뒤에서 매듭이 지어진 끈을 살짝 당기며 이브닝드레스 매무새를 가다듬었다. 두달 동안 매일 조깅을 한 덕분인지 몸매가 몰라보게 달라져 있었다.

계단 꼭대기에 이를 무렵, 안에서 박수 소리가 터져나왔다. 꾸물거리다 조금 늦은 모양이었다. 그녀는 조수와 나란히 선 채 벅찬 감정을 억누르고 있을 스벤의 모습을 상상했다. 그 음울한 잿빛 모노프린트로는 한번도 이렇게 찬사를 받은 적이 없었는데. 알리나는 사람들을 피해 미술관 메인 홀로 들어섰다. 웨이터 여럿이 분주하게 돌아다니며 샴페인을 나눠주고 있었다. 전시회는 저 안쪽에서 열리고 있었다. 사람들이 여기저기 흩어져 있는 첫번째 전시실에 들어서자 한쪽 벽에 걸린 스벤의 커다란 사진과 그 아래 붙은 약력이 보였다. 가끔 그가 얼마나 잘생겼는지 잊는단 말이야. 그런 생각을 하고 있는데 갑자기 이상한 느낌이 들었다. 전시실의 하얀 네 벽은 텅 비어 있었다. 작품이 하나도 걸려 있지 않았다. 대신 사방에 켄투키들이 있었다. 발치에 있던 올빼미 켄투키가 그녀를 물끄러미 바라보았다. 바닥은 온통 동그란 보라색 비닐들로 덮여 있는데, 각각의 동그라미 안에는 "나를 만져줘" "나를 따라와" "나를 사랑해줘" "마음에 들어" 같은 글자가 쓰여 있었다. "기부해" "사진" "됐어" "응" "안돼" "절대 안돼" "다시 한번 더" "나눔"이라는 글자도 보였다. 그녀는 "다가와"라는 원에 서 있었고, 그녀를 빤히 쳐다보는 켄투키는 "내게 전화해"라는 원 안에 있었다. 올빼미의 이마에는 전화번호가 붙어 있었다. 그러고 보니 거기에 있는 켄투키 대부분이 숫자, 주소, 이름 따위를 몸에 붙이고 다녔다. 등에 종이쪽지를 달고 다니는 켄투키들도 눈에 띄었다. 거기에는 "나는 노르마라고 하는데, 일자리를 찾고 있어"라든가, "우리는 비영리 단체인데, 1유로만 기부하면……"이라는 글귀가 적혀 있었다. 사진이나 달러화, 아니면 명함 같은 것을 붙이고 다니는 켄투키도 있었다. 그녀의 발치에 있던 켄투키가 갑자기 울음소리를 내더니 "내게 전화해" 원 안을 뱅글뱅글 돌았다. 알리나는 주위를 둘러보며 "안돼"를 찾았지만, 다른 이들이 이미 원 두개를 차지하고 있었다. 안에는 켄투키들만큼이나 사람도 많은 것 같았다. 켄투키들이 우는 소리와 사람들이 전화하는 소리, 원 사이를 폴짝폴짝 뛰어다니는 소리 등이 한데 섞이며 쉴 새 없이 이어져 실내는 어수선하기 그지없었다. 한 남자가 "내게 줘"라는 원판을 위로 치켜든 채 권투 경기의 라운드 걸처럼 이쪽저쪽을 돌아다니고 있었다.

"혹시 '절대 안돼' 봤어요?" 어떤 여자가 그녀에게 물었다.

여자는 그사이 모은 10여장의 "절대 안돼"를 가슴에 달고 있었다. 알리나는 고개를 저었다. 이어 자신이 "널 사랑해" 원에 서 있는 것을 알아차리고는 화들짝 놀라며 펄쩍 뛰어 물러섰지만, 하필 걸린 곳이 "나를 만져줘"와 "너를 원해"라서 다시 재빨리 다른 곳으로 피해야 했다. 아무것도 밟지 않은 채 조용히 있고 싶어도 그럴 만한 공간이 없었다. 어디로 움직이든 늘 무언가를 밟게 되어 있었다. 그녀는 도망치듯이 그곳을 빠져나와 옆 전시실로 갔다.

"정말 멋져요! 그렇지 않아요?" 어떤 여자의 목소리가 그녀를 붙들었다.

고개를 돌려보니 조수였다. 그녀는 알리나에게 윙크를 건넨 뒤 홀로 가버렸다. 그렇다면 알리나가 누구인지 알고 있는 걸까? 저 여자는 스벤이 어디 있는지 알까? 당장 물어보고 싶었지만, 조수는 어느새 저만치 멀어져 있었다.

두번째 전시실은 크기도 작고 사람도 별로 없었다. 한복판에는 나무 받침대가 켄투키를 마치 토템처럼 떠받치고 있었다. 토끼 켄투키였다. 알리나는 벽에 붙어 있는 두 대의 모니터로 다가갔다. 거기에는 가엾은 저 토끼, 그러니까 이제 전원이 꺼진 채 받침대 위에서 뻣뻣하게 굳어버린 켄투키의 지난날 모습이 담겨 있었다. 첫번째 모니터에는 바닥 가까이 있는 카메라가 식당의 의자 다리 사이로 움직이며 찍은 영상이 재생되고 있었고, 옆 모니터의 영상은 그 반대쪽에서 찍은 모습인 듯했다. 어떤 남자가 카메라를 마주 본 채 키보드 작업을 하고 있었다. 스벤이 저 사용자에게 미리 연락해서 앞에 카메라를 놔달라고 부탁한 것일까? 아니면 사용자가 혼자서 녹화한 영상이 어떤 경로로 스벤의 손에 흘러들어간 것일까? 남자는 화면을 잠시 살피다가 뭐라고 나지막이 중얼거리며 키보드로 시선을 내렸다. 이제 첫번째 모니터의 카메라는 복도를 지나가고 있었다. 뭔가 지저분하고 추잡스러운 분위기가 느껴졌다. 카메라는 문을 열고 침대 밑으로 재빨리 숨어들었다. 한 여인이 옷을 벗으면서 옷장 문을 닫고 있었다. 남자는 휘파람을 불면서 모니터에 휴대전화를 갖다대고 그 모습을 녹화하기 시작했다. 그 순간, 알리나는 자신이 스벤과 함께 침대에 있는 모습과 그걸 지켜보는 대령을 상상해보았다. 물론 이런 일이 그녀에게 일어날 리는 없었다. 대령과 처음 만난 날부터 그런 사용자들로부터 스스로를 지키기 위해 무척이나 신경을 썼으니까 말이다.

웃음소리가 들리더니 여자 셋이 샴페인잔을 들고 몰려왔다. 알리나는 다음 전시실로 갔다. 그곳에도 비슷한 것이 있기에 그녀는 내심 실망스러웠다. 한쪽 벽에 붙어 있는 '주인'과 사용자의 모니터들. 전시실 한가운데 서 있는 또다른 켄투키. 그녀는 걸음을 멈추지 않고 곧장 다음 전시실로 갔다.

전시실 입구에서 그녀는 한 남자와 마주쳤다. 남자는 안경을 고쳐쓰더니 잠시 그녀를 빤히 바라보았다. 무슨 일인지 그의 얼굴에는 당황한 기색이 역력했다. 알리나는 그가 다른 사람들과 부딪쳐가며 허둥지둥 메인 홀로 돌아가는 모습을 지켜보았다. 막연하고도 암울한 직감에 그녀는 숨을 깊이 들이마신 뒤 전시실을 둘러보았다. 켄투키가 등을 돌리고 있었지만, 그녀는 즉시 알아보았다. 어쩌면 그곳에 들어오기 전부터 이미 직감하고 있었는지도 몰랐다. 앞서 본 두 켄투키처럼 샌더스 대령도 받침대 위에서 꼼짝 않고 있었다. 그의 등에 난 탄 자국과 이마의 '만' 자, 오른쪽 눈에 붙여놓은 부리와 싹둑 잘린 날개가 보였다. 대령은 눈을 감고 있었다. 이어 그녀는 오른쪽 모니터 영상에 나오는 자신의 모습을 보았다. 화면 속 그녀는 청반바지와 멘도사를 떠날 때 엄마가 사준 셔츠 차림으로 카메라를 향해 다가오고 있었다. 실제보다 통통하게 나왔지만 그건 상관없었다. 다른 화면에서는 50대 남자가 당황스러운 표정으로 키보드를 보고 있었다. 콧수염과 구레나룻을 기른 거구의 남자였다. 일곱살쯤 되어 보이는 남자아이가 그의 무릎으로 기어올라오더니 조종기를 빼앗아 들었다. 남자는 아이에게 조종기를 맡긴 채 한동안 지켜보았다. 아이가 켄투키를 얼마나 능숙하게 다루는지, 남자는 놀라면서도 감격 어린 표정을 감추지 못하는 듯했다. 오른쪽 화면에는 화장실로 향하는 알리나의 모습이 보였다. 아이가 방바닥에 깔린 작은 카펫과 구석에 있는 화장대를 이리저리 피하면서 그녀를 따라갔지만 알리나는 문을 쾅 닫아버렸고, 그러자 남자는 품에 안고 있던 아이의 배를 간지럽히며 웃었다. 다시 화면이 바뀌었다. 이제 카메라는 굳게 닫힌 방문 앞에 있었다. 꼬마는 움직이지 않고 차분히 기다렸다. 그 뒤로 낡아빠진 선반에 옷을 올려놓는 한 여인이 보였는데 아마 아이의 어머니인 듯했다. 알리나는 스벤을 생각했다. 두 눈으로 똑똑히 보면서도 이 상황을 도무지 믿을 수가 없었다. 스벤은 그동안 내내 그녀의 일거수일투족을 감시하면서 정작 그녀에게는 한마디도 하지 않은 것이다. 문이 열리면서 방으로 들어가는 다리와 운동화가 모니터에 나타났다. 알리나는 그것이 자신의 다리와 운동화라는 것을 금세 알아차렸다. 옆 모니터에서는 꼬마가 기쁜 듯 박수를 치며 자기 엄마를 불렀다. 또다시 장면이 바뀌었다. 남자의 모습은 한동안 보이지 않았지만 아이는 매번 그 자리에 앉아 알리나가 카메라에 잡힐 때마다 즐거운 듯 소리를 질렀다. 가끔은 넋을 잃고 그녀를 바라보면서 코를 후비기도 했다. 모니터 앞에서 잠이 든 적도 있었다. 아이는 매일 아침 그녀가 조깅을 하고 돌아올 때까지, 그리고 도서관이나 야외 매점에서, 혹은 일광욕을 하고 돌아올 때까지 초조하게 기다렸다. 그녀가 잠에서 깨는 모습을 보고 싶은 마음에 아침 일찍 일어나 기다리기도 했다. 알리나는 온몸이 딱딱하게 굳어버리는 것만 같았다. 끝없이 새로운 화면이 나타나는 사이, 어떤 강한 힘이 그녀를 뒤로 잡아끌면서 어서 그곳을 나가라고 재촉하는 듯한 느낌이 들었다. 그녀는 아이에게 소리를 지르는 자신의 모습을 보았다. 아이에게 자기 젖가슴을 보여주는 모습, 그가 충전기에 올라가지 못하도록 몸을 묶어버리는 모습도 나왔다. 가끔은 아이가 뛰어나가 방 안이 한동안 텅 비기도 했고, 가끔은 아이의 얼굴이 홍당무처럼 빨개져 있거나 알리나가 화면에 나타나기 전부터 너무 울어서 눈물범벅이 되어 있기도 했다. 아이의 아버지가 방에 들어와 전부 끄고 아이를 내보내기도 했지만 아이는 언제나 그 방으로 돌아왔다. 그녀가 켄투키에게 끔찍한 형벌을 내릴 때도, 아이는 공포로 온몸이 얼어붙은 채 그 자리에서 지켜보았다. 그녀가 켄투키를 선풍기에 매달고 가위로 날개를 자른 다음 카메라를 보면서 주방 라이터로 몸에 불을 붙이던 그날 오후에도 마찬가지였다. 어젯밤, 침대에 누워 빈둥거리면서 무엇을 할지 궁리하던 그녀가 그를 바닥에서 들어올린 뒤 점심 먹을 때 썼던 나이프로 눈을 찔러 모니터 화면에 긁힌 자국을 낼 때도 아이는 그 자리에 있었다.

자기도 모르게 뒷걸음질을 치던 알리나는 놀란 표정으로 화면을 보고 있던 몇 사람과 부딪치고 말았다. 그들을 밀치고 지나가는 수밖에 없었다. 왔던 길로 돌아가자 마침내 메인 홀이 나타났다. 스벤이 자신의 추종자들에게 둘러싸인 채, 예술가 공동주택 관리자들 앞에서 바닥에 그려진 원을 가리켜 보이고 있었다. 알리나는 제자리에 선 채 거친 숨을 몰아쉬며 스벤을 바라보았다. 그는 사람들의 축하를 받으며 미소 짓고 있었다. 그 순간 그녀의 머릿속에는 그에게 고통을 주고 싶다는 생각뿐이었다. 하지만 도무지 제자리에서 움직일 수가 없었다. 수많은 사람과 바닥의 원, 그리고 켄투키 사이에서 온몸이 뻣뻣하게 굳어버린 듯했다. 마치 자신의 육체가 전시회의 새로운 작품으로 둔갑해버린 느낌이었다. 스벤이 그녀를 받침대에 올려 전시하고 그녀의 몸을 정교하게 조각조각 분리해놓은 바람에 그녀는 이제 어떻게 움직여야 하는지조차 알 수 없었다. 갑자기 온몸이, 심지어는 몸속과 가슴마저 저려오더니, 급기야는 찌르는 듯한 통증이 느껴졌다. 신경성발작이나 공황발작, 아니면 분노발작이 일어난 건 아닐까? 그도 아니면 무력증이 도진 것일 수도 있었다. 당장 소리를 지르고 싶은 충동이 일었지만, 그조차도 할 수 없었다. 자기가 파놓은 굴을 기어다니면서 단단하기 이를 데 없는 나무의 몸속을 파들어가는 나무좀벌레처럼, 그녀가 움직일 수 있는 공간은 자신의 내면뿐인 듯했다. 그녀의 켄투키는 저 받침대에 고정된 채 뭘 하고 있는 걸까? 켄투키는 어떻게 꺼졌을까? 혹시 아이의 부모가 연결을 끊었나? 스벤이 자기 작품의 화룡점정을 위해 그들에게 켄투키를 꺼달라고 부탁한 건 아닐까? 아니면 그 아이의 결정이었을까? 그녀는 방 안에 앉아 검은 모니터에 비친 자신을 멍하니 바라보는 아이의 모습을 상상해보았다.

몸이 움직이지 않아도 생각은 할 수 있었다. 눈을 감자 대령이 떠올랐다. 새까맣게 타버린 철판과 가장자리가 불에 그슬린 벨벳 천. 까마귀의 등에서 날갯죽지는 정확히 어디 있을까? 그녀는 어린 시절 아버지가 그랬던 것처럼 뼈 사이 움푹 들어간 곳을 부드럽게 어루만지는 상상을 했다. 그녀는 또 아이의 집을 찾아가 대문을 두드리는 모습을, 그러자 아이가 나와서는 손을 내밀어 자기를 길 아래 공원으로 데리고 가는 모습을 상상했다. 아이의 손은 무척이나 작았다. 보드라우면서도 땀이 밴 아이의 손이 그녀의 손 안에서 꼼지락거렸다. "어디 좀 앉는 게 좋겠어. 할 이야기가 있거든." 그녀의 말에 아이가 고개를 끄덕였다. 둘은 손을 놓고 자리에 앉았다. 시멘트 벤치였지만 한낮의 햇볕을 받아 따뜻했다. 덕분에 곧 그들의 종아리도 따뜻해지면서 긴장이 풀렸다. 아이는 두 눈을 반짝이며 그녀를 쳐다보았다. 그녀가 하려는 말이 무엇이든 꼭 듣고 싶은 눈치였다. 그녀로서는 입을 열고 아무 말이나 내뱉으면 되었다. 하지만 벌레가 마음속의 굴을 기어갈 뿐이었다. 그녀는 너무 지쳐 손가락 하나 움직일 수 없었다.

알리나는 눈을 떴다. 마지막 전시실에 들어가다가 우연히 마주쳤던 그 남자가 그녀를 향해 걸어오고 있었다.

몸이 움직이지 않아도 생각은 할 수 있었다. 그녀는 택시를 탈 작정이었다. 당장 정류장으로 달려가 차에 올라 문을 쾅 닫으면, 택시가 알아서 오악사카 쪽 언덕 사이로 자취를 감출 것이다. 전시실에 있던 누군가가 그녀를 손으로 가리켰다. 어떤 여자는 그녀를 보더니 깜짝 놀란 듯 손으로 입을 가렸다. 알리나는 택시 뒷좌석을 꽉 붙잡고 무슨 일이 있어도 뒤를 돌아보지 않으리라 다짐했다. 그러면 비스타에르모사의 불빛이 점점 사그라질 테고, 올림포스 꼭대기에서 황금색으로 빛나는 미술관만 어렴풋이 보일 것이다. 이제 이 세상 모든 신을 기억에서 지워버리고 어떤 저항도 없이 땅으로 추락할 거야. 모든 것에 굴복할 거야. 그녀는 속으로 중얼거렸다. 하지만 이제 눈을 감을 수도 없었다. 그녀는 원들 위에서, 그리고 수백개의 동사와 명령어, 또 욕망 위에서 깊게 숨을 쉬었다. 그녀를 알아본 수많은 사람과 켄투키가 주변을 둘러싸고 있었다. 몸이 너무 굳어버린 나머지 삐걱이는 소리가 나는 것 같았다. 이러다 산산조각 나버릴지도 모른다는 두려움이 그녀를 덮쳤다. 이런 경험은 태어나서 처음이었다. 한치도 벗어날 수 없는 이 세상 위에 자기가 정말 발을 딛고 서 있는 것인지, 그녀는 도무지 믿기지 않았다.

상품과 사물 사이: 순간의 미학*

오늘날 아르헨티나, 조금 더 넓게 말하자면 라틴아메리카 문단에서는 여성 작가들의 돌풍이 거세다. 일면 1960년대 라틴아메리카 작가들이 일으킨 소위 붐(Boom) 소설의 전통을 계승하면서도, 미묘한 차별성을 드러내면서 자신들만의 세계를 구축하고 있다. 가령 아르헨티나만 해도 사만타 슈웨블린(Samanta Schweblin), 마리아나 엔리케스(Mariana Enríquez), 클라우디아 피녜이로(Claudia Piñeiro) 등 탁월한 신예 작가들이 활약을 펼치고 있다. 그런데 그 대부분이 여성 작가라는 사실은 단순히 우연이

* 이 글은 『Axt』 34호(2021년 1월 6일 발간)에 실린 필자의 글을 수정·보완한 것이다.

라기보다, 오늘날 삶의 조건에 대항하는 문학의 특수성에서 비롯된 것으로 보인다. 우리의 머리 위를 유령처럼 떠돌고 있는 공포의 그림자. 그리고 그런 공포에 맞서기 위해 단단한 대지를 뚫고 올라오는 또다른 유령, 즉 억압된 (여성의) 목소리. 이처럼 현실적인 것-정치적인 것과 문학적인 것은 동일한 공간에서 서로 다른, 아니 서로 적대적인 방법으로 작용하는 분신(Doppelgänger) 관계라고 할 수 있다(보들레르의 말처럼 예술가는 적의 영토에서 활동하는 이중 스파이다). 위에 언급한 작가들의 작품이 모두 공포와 두려움에 초점을 맞추고 있다는 점이 흥미롭다. 그들은 일상에 은폐된 두려움, 혹은 일상 그 자체인 공포에 미세하고 섬세한 관점—실존적, 사회적, 정치적 차원—으로 접근해 그 실체를 드러내려고 하는 듯하다. (그런 점에서 이들은 대부분 훌리오 코르타사르(Julio Cortázar)의 문학세계로부터 가장 큰 영향을 받은 것으로 보인다.) 공포와 두려움을 해부한다는 것은 곧 삶의 미시적인 흐름을 포착해 거기에 얽혀 있는 수많은 갈래의 요소들을 하나씩 드러낸다는 것을 의미한다. 다시 말해 작가들의 글쓰기를 통해 지금 여기의 삶은 물론 (슈웨블린의 텍스트에서 자주 등장하듯이) "또다른 삶"이 어렴풋하게나마 그 자취와 흔적을 드러낸다. 또다른 세계의 지도로서의 글쓰기.

사만타 슈웨블린은 1978년 부에노스아이레스에서 태어났다. 부에노스아이레스 대학교에서 영상 이미지 디자인을 전공한 슈웨블린은 문학의 세계에 뛰어든 이후 왕성하게 활동하면서 아르헨티나 국내는 물론 전세계적으로도 호평을 받고 있다. 단편집 『소란의 핵』(*El núcleo del disturbio*, 2002)으로 국립예술기금상 대상을, 단편 「수도의 유쾌한 문명을 향하여」(Hacia la alegre civilización de la Capital)로 아롤도콘티 콩쿠르 대상을 받았다. 그리고 2009년에 펴낸 두번째 단편집 『입속의 새』(*Pájaros en la boca*)에 수록된 작품들로 2008년 카사데라스아메리카스상을 받고, 영문판으로 2019년 인터내셔널 부커상 후보에 올랐다. 2010년에는 영국의 문예지 『그랜타』(*Granta*)가 선정한 스페인어권의 뛰어난 젊은 작가 22인에 이름을 올리기도 했다. 2012년에는 단편 「재수 없는 남자」(Un hombre sin suerte)로 후안룰포상을 수상했다. 2014년에는 단편집 『일곱채의 빈집』(*Siete casas vacías*, 2015)에 실린 작품으로 리베라델두에로 단편문학상을 받았다. 2014년에는 중편소설 『피버 드림』(*Distancia de rescate*)을 발표했다. 이 작품으로 2015년 티그레후안상을 받았을 뿐 아니라, 영문판이 출간된 2017년 셜리잭슨상을 수상하고 인터내셔널 부커상 최종후보에 이름을 올리기도 했다. 2018년에 발표한 장편 『리틀 아이즈』(*Kentukis*)로 만다라체상을 받고 역시 인터내셔널 부커상 후보에 올랐다.

* * *

인물들과 켄투기들 사이에 일어난 사건과 경험을 옴니버스 형식으로 엮은 『리틀 아이즈』를 읽는 독자라면 낯설면서도 거북한 느낌을 떨칠 수 없을 것이다. 생소하면서도 음울하고 비관적인 내용은 물론, 시종일관 무미건조한 문체가 부자연스럽게 느껴질 테니 말이다. 실제로 텍스트에서는 사건에 대한 주관적 반응을 배제하려는 듯 형용사와 부사의 사용이 극도로 절제되어 있다. 이처럼 벌거벗은 문체는 사람이 아니라, '사물'이 작품의 주인공이라는 데에서 비롯된 자연스러운 결과다. 이 작품에서 인간은 켄투키(kentuki)라는 사물의 자장(磁場) 주변으로 몰려들었다가 흩어지기를 반복하는 부수적 존재, 정확히 말하자면 파편으로 흩어지는 비존재에 지나지 않는다. (실제로 작가는 모든 인물의 이야기를 파편화해 불연속적 서사를 만들어낸다. 일단 이야기를 어느정도까지 발전시킨 다음, 나머지는 생략하거나 암시함으로써 독자들이 뒷이야기를 다양하게 상상할 수 있도록 해놓았다.) 이 작품을 읽는 내내 느낄 수밖에 없는 불안감과 거부감의 정체는 이야기의 시점, 사물-상품의 눈으로 세계를 관찰하는 "아주 특별한 관점"(320면)에서 비롯된 것으로 보인다. 그렇다면 『리틀 아이즈』는 상품물신주의와 자연스럽게 상품언어(Warensprache)를 지껄이는 상품으로서의 인간을 비판하려는 의도를 담은 작품일까? 그러나 사태는 그리 단순하지 않아 보인다.

켄투키는 동물 모양의 봉제 인형으로, 바닥에 달린 세 개의 바퀴로 전후좌우로 움직이고 눈에 달린 카메라로 대상을 보며, 인터넷을 통해 타인과 연결해주기도 한다. "관절 인형과 휴대전화의 혼종"(37면)인 켄투키는 익명의 타인과 접속시켜주는 매개적 존재다. 그런데 여기서 중요한 점은 켄투키를 '소유'(tener)하는 사람과 켄투키가 '되기'(ser)를 원하는 사람, 즉 "사용자"가 다르다는 것이다. 전자는 상점에서 물건-상품을 사기만 하면 되지만, 후자는 인형 대신 연결 암호 카드를 구입해서 자신의 컴퓨터나 태블릿에 설치해야 한다. 그러면 전세계에 분산되어 있는 서버를 통해 켄투키 소유자와 사용자가 자동으로 연결된다. 이때 켄투키의 "주인"과 "사용자"는 서버의 작동에 의해 임의적으로 연결되기 때문에, 상대를 선택할 권한이 없다. 이러한 방식의 접속은 인간들 사이의 우발적인 "상호 이해와 연대"(320면)를 통해, 그리고 "두종류의 삶"(63면)을 향유함과 동시에 삶의 경험을 공유함으로써 새로운 관계의 가능성을 열어주는 것으로 보일 수도 있다. 실제로 작품에서는 "동시에 모든 곳에 존재할 수 있는"(94면) 가능성과 익명적 관계의 잠재성에 대한 희망이 간간이 엿보이기도 한다. "온라인 세계에서 익명의 존재가 되는 것이 최대한의 자유이자 사실상 거의 바랄 수조차 없는 조건인 마당에, 타인의 삶 속에서 익명의 존재가 된다는 건 대체 어떤 느낌일까?"(167면) 결국 이 작품의 인물들은 자신의 "이름"을 버리고—즉, "소유"를 넘어서서—"익명"의 상태로 경계를 가로질러 "타자"가 되려는 유토피아적 세상을 꿈꾸며 실험하고 있다.

하지만 기대와 달리 현실은 아주 부정적인 양상으로 전개된다. 켄투키들은—정확히 말하자면 켄투키가 "된" 이들, 켄투키 "존재들"은—"여러개의 눈으로 전세계를 한눈에 내다보는 유리창"(150면)처럼 소유자들의 사생활을 감시하는가 하면(관음증), 이를 통해 상대방에게 협박을 일삼고, 아이들을 상대로 도착적 행위(소아성애증)나 납치를 자행하기도 한다. 반면 인간들이 켄투키들을 학대하거나 파괴하는 경우도 자주 눈에 띈다. 그러나 이는 순진무구한 사물(장난감!)이 아니라, 신비롭고 물신적인 성격을 지닌 상품을 매개로 이루어진 관계에서 비롯되는 필연적인 결과이다. 켄투키-상품은 페티시즘의 주물(呪物)처럼 "실재하는 만큼 사실적이고 구체적이며 만질 수도 있는 무엇임"과 동시에 "부재하는 것의 실재"이자 기호로

"만진다는 것이 불가능한 허상"에 불과하기 때문에, 사람들로 하여금 "실제로는 결코 소유할 수 없는 무언가를 끊임없이 찾게" 만든다.* 이제 현실과 허구, 보이는 것과 보이지 않는 것의 경계가 무너지면서 모든 것은 유령으로 변한다. 따라서 인물들의 주변에는 "언제나 덧없이 사라져버릴 것들밖에 없"다.(75면) 한 인물의 내면이 이러한 사실을 분명하게 드러내준다. "이러다 산산조각 나버릴지도 모른다는 두려움이 그녀를 덮쳤다. 이런 경험은 태어나서 처음이었다. 한치도 벗어날 수 없는 이 세상 위에 자기가 정말 발을 딛고 서 있는 것인지, 그녀는 도무지 믿기지 않았다."(347면)

> 그녀를 가장 치 떨리게 만드는 게 바로 켄투키들이었다. 켄투키라니, 이 무슨 바보짓이람? 다들 대체 뭘 하겠다고 남의 집 바닥을 돌아다니며 인류의 나머지 절반이 양치질하는 모습이나 엿본단 말인가? 왜 그 이상의 이야기는 없을까? 왜 아무도 켄투키들과 내통해 잔인하기 이를 데 없는 음모를 꾸미지 않는 것일까? 왜 아무도 켄투키에 폭발물을 설치해 혼잡한 중앙역을 한방에 날려버리지 않는 것일까? 왜 그 어떤 켄투키 사용자도

* 조르조 아감벤, 『행간』, 윤병언 옮김, 자음과모음, 2015, 81면.

항공 관제사를 협박해 딸을 살려주는 대신 프랑크푸르트의 비행기 다섯대를 제물로 바치도록 하지 않는 것일까? 바로 이 순간에도 중요한 서류 위를 돌아다니고 있을 수천명의 사용자 가운데 왜 아무도 기밀 정보를 빼내 월 스트리트 주식시장을 붕괴시키거나, 주요 소프트웨어 네트워크를 해킹해서 수십개에 달하는 초고층 빌딩의 엘리베이터를 동시에 추락시키지 않는 것일까? 왜 브라질의 우유 공장에 수십리터의 리튬이 쏟아져 하루아침에 백만명의 소비자가 죽은 채 발견되는 끔찍한 사건이 벌어지지 않는 것일까? 왜 켄투키들의 이야기는 하나같이 소소하고, 사사롭고, 쩨쩨하고, 뻔한 것들뿐일까? 지나칠 정도로 인간사에 얽혀 있는, 지극히 평범한 것들뿐 아닌가. 망자의 날에도 보이콧이 일어날 리는 만무했다. 스벤도 그녀를 위해 자신의 모노프린트 예술을 바꿀 리 만무했다. 그녀 또한 그 누구를 위해 분열되고 파편화된 자신의 실존 상태를 바꿀 리 만무했다. 모든 것이 서서히 사라져가고 있었다.(296~97면)

이처럼 슈웨블린은 서사의 공간을 아예 상품 세계로 끌어들일 뿐만 아니라, 상품화의 논리를 그 극단으로 밀어붙이는 것으로 보인다. 그 결과, 켄투키와 인간은 서로를 부정하고 파괴함으로써 상품 자체를 부정하는 단계에 이른다. 이제 상품은 물신화라는 주술에서 깨어나 사물 본연의 모습을 되찾게 된다. 하지만 자기부정을 통해 부재하는 것이 존재하게 되는 이 과정은 순간적인 충격 — 베냐민의 표현을 빌리면 쇼크! — 의 경험 속에서만 우리 눈앞에 모습을 드러낼 뿐이다. 조금 길지만 『리틀 아이즈』에서 가장 시적 상징성이 뛰어난 문단을 보도록 하자.

> 어두운 밤이었다. 그는 하늘을 향해 치켜든 군중의 손을 보았다. 그가 공중에서 돌다가 아래로 떨어지면 그들은 다시 그를 높이 던졌다. 저 먼 지평선에서 대도시의 이빨이 날카롭게 번쩍였고, 그의 앞에는 무대가 시시각각으로 나타났다가 사라졌다. 음악 소리가 울려 퍼지면서 그를 에워쌌다. 큰 드럼이 울릴 때마다 청중의 몸이 부르르 떨렸다. 트럼펫 연주자와 베이스 주자도 보였다. 조명과 카메라가 운동장 끝에서 끝으로 날아다니면서 연주자들 사이를 부지런히 돌아다니고 있었다. 누군가가 무어라고 소리 높여 외치자, 수천명이 열광하며 일제히 화답했다. 그들은 다시 그를 공중에 내던졌다. 그가 떨어지면 다시 붙잡아 위로 던져올렸다. 하늘에 남아 있는 짙푸른 어둠이 가끔 눈에 들어왔다가, 곧 무수히 많은 손과 머리의 바다가, 그리고 잠시 후에는 여태 본 적도 없고 앞으로도 볼 일이 없을, 그러

나 부딪치기 직전까지 그를 기다리고 있던 이들의 얼굴이 보였다. 모든 게 그가 여태 꿈꾸어왔던 이상이었다. 손가락 끝마다 피가 끓어오르는 느낌. 자신이 실제로 존재하지 않는 장소인데도 그랬다. 낯선 얼굴들이 번갈아 자기를 기다리다 다시 헹가래를 쳐주는 이곳에서 영원히 살고 싶었다. 천지를 뒤흔들며 연거푸 터져나오는 함성과 힘차고도 매끄럽게 흘러나오는 목소리. 그뿐이면 되었다. 계속 되풀이해서 나타나는 그 얼굴, 황홀한 표정으로 그를 붙잡아 다시 높이 던지는 어느 여자아이의 커다랗고 흥분으로 들뜬 눈동자. 공중에서 빙글빙글 도는 와중에도, 그는 거기 모인 군중이 가끔씩 주변으로 흩어진다는 것을, 만일 그를 잡아줄 사람이 없으면 모든 게 끝장이라는 것을 의식하고 있었다. 그들은 땅 위에, 혹은 가끔 하늘에 걸려 있는 땅에 있었다. 반면 그는 허공에 뜬 채 두 세계 사이를 오가며, 언젠가 자신을 구원해줄 또다른 삶을 위해 기도했다.

그가 바닥에 떨어진 순간, 음악 소리가 사라지고 화면은 몇초 동안 깜박거리다가 결국 꺼지고 말았다. 이스마엘은 의자에 털썩 주저앉았다. 그는 눈을 뜬 채 잠시 기다렸다. 요란하던 소리가 한순간에 사라져버리자 정신을 차릴 수가 없었다. 난민 캠프의 사이렌 소리도 잦아든 뒤였다. 폭발음도 더이상 들리지 않았다. 총성도 이미 멈추었다. 의무반 막사의 불이 다시 켜졌다. 조금 있으면 교대 근무자들이 올 것이고, 그러면 그들에게 임시 사무실을 비워줘야 한다. 허름한 판잣집 위로, 개울 건너편으로, 수백개에 이르는 하얀색 천막 사이로, 언덕과 시에라리온의 어두운 밤 위로, 수상쩍은 정적이 짙게 드리웠다. 그의 거친 손은 여전히 마우스 위에서 떨리고 있었다.(263~65면)

시에라리온의 난민 캠프 의무반에서 일하는 사용자 이스마엘은 켄투키의 눈을 통해 어느 대도시에서 열리는 열광적인 록 콘서트 현장을 보고 있던 중, "자신을 구원해줄* 또다른 삶"이 땅에 떨어져 최후를 맞이하는 순간, 즉 마법에 걸린 상품의 외피가 벗겨지고 사물이 본래 모습으로 드러나는 순간을 충격 속에 경험하게 된다. 이는 사물의 구원이 "곧 미적 계시가 완성되는 찰나에 사물들을 불러일으키며 실현된다"**는 보들레르의 시학, 그리고 보르헤스 문학의 핵심 요소인 "미학적 사건"(hecho estético)

* 슈웨블린의 텍스트에서 자주 발견되는 '구원'의 주제는 과거 문학에 빈번히 등장하는 인간의 구원이라기보다, 사물 혹은 인간과 사물 관계의 구원, 즉 사물이 사용가치와 교환가치의 외피를 벗어던지고 본연의 모습으로 돌아가는 것을 의미한다.

** 조르조 아감벤, 『행간』, 110면.

과 크게 다르지 않다. "음악, 행복의 여러 상태들, 신화, 시간의 흔적이 고스란히 남은 얼굴들, 어떤 황혼과 어떤 장소들은 우리에게 무언가를 말하고 싶어한다. 아니면 우리가 놓치지 말았어야 할 무언가를 이미 말했거나, 곧 무언가를 말하려는지도 모른다. 끝내 나타나지 않지만 이처럼 임박한 계시, 어쩌면 이것이 바로 미적 사건일지도 모른다."* 작가는 이와 같이 충격적인 찰나의 경험 속에서 "상품의 기만을 진실로 변화"시킬 수 있는 마지막 희망을 걸고 있는 듯하다. 이와 같은 계시, 혹은 순간적인 충격의 경험은 결국 새로운 "예술적 시선을 구성"함으로써, "또다른 삶", 즉 대안적 세계를 창조하기 위한 전략적 연결망을 구축하려는 시도**로 이어진다. 슈웨블린은 알리나를 통해 새로운 예술적 시선을 **"비예술가"**(inartista)라는 개념으로 규정한다. 문학예술의 내재적 초월적 가치를 추구하는 예술가(알리나의 남자친구인 스벤으로 표상되고 있다)와는 반대로, 비예술가는 예술가임을 스스로 부정하고 순수한 예술적 인식을 지닌 주체, '거리'를 두고 (주변부에서) 세계와 사물을 인식할 뿐만 아니라 일반화된 취향과 미적 인식을 부정하고, 또한 예술을 비웃을 수 있는 주체로서

* Jorge Luis Borges, *La muralla y los libros*, Otras inquisiciones, Obras completas Ⅱ, Barcelona: Emecé Editores, 1989, p.13.

** Ricardo Piglia, *Teoría del complot*, Buenos Aires: Editorial Mate, 2007, p.39.

의 예술가, 즉 "반예술가"(anti-artista)를 가리킨다.* 따라서 알리나는 "어느 누구와도, 어떤 것과도 관련이 없는 아무것도 아닌 존재였다. 어떤 방식이든 구체적인 모습으로 드러나기를 거부하는 존재. 그녀의 육체는 사물들 사이에 끼어듦으로써, 무언가에 도달하게 될 위험으로부터 그녀를 지켜주고 있었다".(86면) 결국 슈웨블린은 기존의 관례적 합의, 즉 무엇이 시적이고 문학적인지를 규정하는 사전 지식—브레히트가 "명예의 생산양식"으로 규정한 바로 그것—을, 따라서 가치의 경제를 규정하는 사회적 생산양식, 그리고 사회적 지배 관계의 결과인 소유와 전유(專有) 체계를 비판과 공격의 대상으로 삼는다.

따라서 상실과 절망의 한복판에서 작가가 "모든 것을 의심의 눈으로 바라보는 습관"(30면)도, 그리고 끈질기게 소유와 존재의 문제를 제기하는 것도 당연하게 보인다. 이는 존재, 즉 되기를 통해 소유 관계를 해체함으로써 타자와 진정한 연대를 이루기 위한 서사적 전략이다. 왜냐하면 작가가 제시한 존재, 즉 'ser'는 스페인어로 '존재/존재하다'와 '~되기/~되다'라는 의미를 동시에 가지기 때문이다. 결국 이 작품에서 존재는 사적 소유를 토대로 하는 자본주의 체제의 영토에 '~되기'라는 변화의 힘을 침

* 『행간』, 36면.

투시키고, 외부 조건과의 결합을 통해 뜻밖의 사건이 일어나는, 그래서 현실을 무한한 잠재성으로 변환하는 생성에 속해 있는 것이다. 영원히 계속될 듯 보이는 자본주의적 삶의 질서도 곧 변화와 생성의 일부라는 새로운 존재론을 제시하고자 하는 것이다. 표면적으로는 파괴—죽음!—충동이 지배하고 있지만, 이는 삶의 질서 또한 영원히 계속되는 죽음을 맞이한다는 뜻이 아닐까. 다시 말해서, 죽음과 파괴도 결국 새로운 삶의 질서를 지속적으로 만들어낸다는 역설의 표현이 아닐까. 그리고 부자연스럽고 건조한 문체도, 또 인간의 숨결이 느껴지지 않는 비인간적 분위기도 결국 텍스트가 상품 세계와 아직 천사의 손에 담긴 채 새로운 모습으로 등장하지 않은 사물 사이에서 동요하고 있기 때문이 아닐까. 기차 여행을 통해 장편소설이, 그리고 신문 사회면 기사를 통해 단편소설이 탄생한 것처럼, 시대의 새로운 경험은 새로운 형식과 문체를 만들어낸다. 『리틀 아이즈』는 아직 이름 붙이기 어렵지만 가상현실 세계의 첨단으로, 도래하는 미래의 소설이라는 명칭이 걸맞을 듯하다.

"무언가 새로운 일이 일어나고 있"다.(29~30면)

엄지영

리틀 아이즈

초판 1쇄 발행/2021년 12월 20일

지은이/사만타 슈웨블린
옮긴이/엄지영
펴낸이/강일우
책임편집/양재화 홍상희
조판/박아경
펴낸곳/(주)창비
등록/1986년 8월 5일 제85호
주소/10881 경기도 파주시 회동길 184
전화/031-955-3333
팩시밀리/영업 031-955-3399 편집 031-955-3400
홈페이지/www.changbi.com
전자우편/lit@changbi.com

ISBN 978-89-364-3863-0 03870

* 책값은 뒤표지에 표시되어 있습니다.